아버지의 초상肖像

아버지의 초상肖像

1판 1쇄 펴낸날 2021년 11월 15일
지은이 이강산
펴낸이 이재무
책임편집 박은정
편집디자인 민성돈, 장덕진
펴낸곳 (주)천년의시작
등록번호 제301-2012-033호
등록일자 2006년 1월 10일
주소 (03132) 서울시 종로구 삼일대로32길 36 운현신화타워 502호
전화 02-723-8668
팩스 02-723-8630
홈페이지 www.poempoem.com
이메일 poemsijak@hanmail.net

이강산ⓒ, 2021, printed in Seoul, Korea

ISBN 978-89-6021-590-0 03810

값 15,000원

*본 사업은 **대전문화재단**, ✳ **대전광역시** DAEJEON METROPOLITAN CITY 로부터 사업비 일부를
 지원받았습니다.

아버지의 초상肖像

이강산 소설집

천년의
시작

차례

강

프롤로그

기억은 나를 한 마리 곤충으로 포획하는 포충망이다. 시간의 포충
망이다. 나는 생의 순간순간 그 포충망으로부터 자유로웠던 적이 없었
다. 어쩌면 나는 그 부자유를 즐기며 살아왔는지도 모른다. 오늘 아침,
나는 또 1999년이라는 포충망에 갇힌 나를 본다.

*

콰콰콰콰.

고막을 찢을 듯이 등 뒤에서 무쇠 바퀴가 구른다. 소리의 흐
름으로 보아선 하행선이 분명하다. 기관차 두 량의 머리를 맞댄
광주행 새마을혼가. 매포역을 지나치는 소리가 제법 길다. 두두
두두두두. 흡사 축사 형님이 쏘는 총소리 같다. 아니, 용표의 노
랫소리 같기도 하다. 짐승 같은 노랫소리. 달이 뜨면 상류에 나
룻배를 띄우고 하염없이 떠내려오면서 부르던 노래. 강물에 뜬
달빛의 속살을 파고들던 용표의 상앗대. 달빛에 취해 둥둥 떠내
려가던 나룻배…….

강변 산자락 멀리 형님의 축사 지붕이 보인다. 목 잘린 풍뎅
이처럼 넙죽 엎드려 있다. 축사 뒤 개 사육장에선 아무 소리도
들리지 않는다. 내 등을 후려치며 우수수 하류 쪽으로 몰려가는
강바람 탓인가. 산기슭의 포도나무를 송두리째 뽑아 놓을 것처
럼 밤새 울부짖던 똥개들. 이미 오랜 세월이 흘렀으므로 스무 마
리도 넘는 개들은 완전히 씨가 말랐을 것이다. 강 건너 백사장에

서 자갈 채취 트럭 한 대가 가교를 향해 헐떡거리며 달려온다. 희뿌연 흙먼지를 꽁무니에 매단 채 곧장 강물 속으로 뛰어들 것만 같다. 그러고 보면 강 건너 금탄리 아이들이 뛰어놀던 나루터 백사장은 흔적도 없다. 기억하건대 매포역 앞에 가교가 놓인 지도 두 해가 지났다. 기껏해야 하수관 구멍만 한 가교 때문에 더 이상 나룻배를 띄울 수 없겠다는 생각을 하면서 지나쳤던 게 지난해 봄이었다.

내 앞에서 시내버스 한 대가 멈출 듯 주춤거리다 그대로 지나친다. 배차 시간으로 보아 강변에 서성댄 것이 어느새 한 시간이 지난 모양이다. 점심때를 놓치긴 했으나 장터 신설집에서 순대국밥을 먹는 장꾼들을 만나려면 다음 차를 타야 한다. 그래야만 남성집에 들러 막걸리 반 되라도 마실 짬이 날 것이다.

아직 사십 분가량 여유가 있다. 축사 앞길을 지나 은혜농원 정류장까지 걸어가기로 한다. 이십 분 남짓한 거리의 오르막길이다. 형님의 오토바이를 탄다면 용표처럼 목숨 걸고 가속 핸들을 당기지 않아도 이, 삼 분이면 넉넉할 거리다. 마치 산비탈에 꼬막 껍질을 뿌려 놓은 듯한 은혜농원 양계장 지붕이 멀리서 희끗거린다. 지붕은 경부선 터널이 뚫린 산자락을 비껴 줄줄이 늘어서 있다. 그 너머가 아버지의 장터다. 그곳을 벌써 세 파수째 다녀가는 중이다. 단편소설 「금반지」 때문이다.

당신 생애의 절반이 넘는 세월 동안 괴나리봇짐을 지고 오일장터를 떠돈 톱 장수 아버지. 칠순을 넘긴 장돌뱅이가 칠순 기념으로 낀 금반지를 두 번씩이나 장터에서 잃어버리고 결국 그 장터를 떠난 비애감을 어떻게 쓸 것인가. 아버지처럼 어느덧 황혼에 든 오일 장터의 풍광을 어떻게 그려낼 것인가.

'금반지'라는 제목을 붙이고 일사천리로 초고를 써 내려간 지 보름이 지났다. 그 보름 새 부강 장날마다 시내버스를 타고 이 길을 지나며 꼬박꼬박 강변을 들른 셈이다. 충청북도 청원군 현도면 매포리. 음력설을 넘겼으니 이미 십오 년의 세월이 흘러가 버렸으나 그만큼의 세월이 다시 사라져도 잊지 못할 시간들. 내 이십 대 청춘의 가장 슬프고도 아름다운 시절이 강물의 물비늘처럼 반짝이던 공간들.

나는 은혜농원 정류장에서 멀리 강물을 굽어보았다. 흡사 시위를 당긴 국궁처럼 북쪽을 향해 휘어 돌며 유유히 흘러가는 강물. 오랜 세월, 변함없는 저 물살의 심연엔 또 어떤 세월의 강물이 흐르고 있을까. 나는 며칠 전 강물 앞에서 메모했던 단상을 떠올렸다.

강.
세상의 무수한 삶과 죽음의 이유들이 저마다의 빛으로 모여 이루어진 점묘화.

부강장터는 대보름 대목장을 지난 탓인지 텅 비어 있다. 대설주의보가 내렸던 세 파수 전의 장터 같다. 시내버스를 내려서 바라본 유진슈퍼의 벽시계가 세 시를 가리킨다. 그렇다면 아무리 해가 짧아도 파장까지는 족히 두어 시간이 남았다. 그러나 도무지 장맛이 나질 않는다. 생선 골목이든 아버지의 장터든 옥신각신 흥정을 하는 장꾼보다 멀뚱멀뚱 앉은 채로 초봄의 꽃샘추위에 떠는 장돌뱅이 숫자가 더 많다.

흡사 수해를 당한 마을처럼 장터가 흉물스럽게 변한 것은 날씨 탓만이 아니다. 장터에 상가 건물이 들어서면서 재래시장이 사라졌기 때문이다. 불과 서너 해를 전후로 이, 삼 층짜리 상가가 우후죽순처럼 들어섰고 손바닥 뒤집히듯 장터 풍광이 바뀌었다. 이 년 전, 아버지가 마지막으로 괴나리봇짐을 싸 들고 장터를 떠나던 무렵이 그 절정이었다. 이제 부강 인근 사람들은 굳이 오일장을 기다릴 필요가 없다. 언제든, 무엇이든, 상가에서 물건을 사고팔 수 있으므로.

아버지의 장터 맞은편 명랑 식당 골목에선 윷가락 던지는 소리가 와자지껄하다. 목욕 바구니를 든 젊은 애 엄마 둘이 부끄러운 표정을 지으며 내 옆을 비껴 쪼르르 생선 골목을 빠져나간다. 난전의 장돌뱅이들이 애 엄마를 힐끗거린다. 애 엄마가 꺾어 든 골목 중간에 양지다방이 있을 것이다. 간판 글씨의 획 하나가 떨어져 양기 다방처럼 읽히는, 장터 어름의 유일한 다방이다. 간판 때문에 겨우 다방이라는 게 구별될 만큼 세월의 먼지를 겹겹이 에두른 슬레이트 지붕의 한옥이다. 신설집에서 순대국밥을 먹는 즉시 나는 그 다방에서 죽치고 앉아 있을 것이다. 지난 장날처럼, 막차를 탈 때까지. 아니, 어쩌면 남성집에 들러 축사 형님의 안부를 듣기라도 한다면 막차를 타지 않을지도 모른다.

오늘 축사 형님을 만난다면 몇 년 만인가. 그새 십오 년이란 세월이 흘렀다. 그 세월의 저편에 있는 형님을 우연히 지나친 게 보름 전이다. 일요일, 대보름 대목장이었다. '금반지' 때문에 대설주의보를 무릅쓰고 장터를 찾았던 그날이다.

"미친놈들. 모조리 쏴 죽여야 한다고."

양지다방에서 막 노트북을 접고 일어서던 참이었다. 오십 대의 사내 셋이 눈발을 털며 다방으로 들어섰다. 일행 중 누군가 썩은 막걸리 냄새를 풍기며 미친놈들을 연발했다.

"M16으로 두두두두, 갈겨 버려야 한다니깐."

내 뒷덜미를 잡아채는 듯한 그 목소리에 나는 섬뜩한 기분으로 양지다방을 나섰다. 자동소총을 난사하는 소리. 축사 형님이 분명했다. 십 분도 채 못 남은 막차 시간에 쫓기지만 않았어도 나는 형님을 아는 척했을지도 몰랐다. 정류장을 향해 잰걸음을 하면서 나는 몇 번씩 뒤를 돌아보았다. 그리고 마치 일부러 형님을 피하기라도 한 것처럼 두 장도막 내내 불안한 마음으로 지냈다. 봄방학이 되면 꼭 한번 만나고야 말겠다고 거듭거듭 다짐하면서.

십오 년 만의 해후. 보름 전 형님을 처음 지나쳤을 때, 형님과 나 사이를 관류한 세월의 깊이에 새삼 놀랐던가? 마치 십오 년 전, 그 시절의 모든 추억을 내 머릿속에서 지워 버리고 싶어

했던 것처럼 너무도 무심하게 흘려보낸 그 세월의 무게 때문에?

　한낮이 다 되어 아침을 먹은 데다 이미 때를 놓쳐 순대국밥을 먹는 둥 마는 둥 신설집을 나왔다. 남성집은 원고를 한 번 훑어본 뒤 해거름에 들르기로 하고 양지다방 문을 열었다. 세 시 반. 여차하면 아예 형님과 저녁까지 먹을 작정이다. 막차를 타지 않을지도 모르겠지만 어쨌든 여섯 시 막차 시간까지는 두 시간 반 남짓 남아 있다. 그 정도면 시간은 충분할 것이다. 아버지가 삼십 년 가까운 세월 동안 드나들었던 장터와 신설집에 대한 묘사. 이제 그 마무리만 남겨 둔 터다.

　빨강 색종이를 오려 붙인 것 같은 입술로 아가씨가 차 주문을 한다. 전기 좀 쓰겠습니다. 전번처럼 이천 원이면 되겠죠? 그 말끝에 눈치를 보면서 칡차를 주문했다. 차를 기다리는 동안 노트북 화면에서 눈을 떼고 실내를 둘러보았다. 출입구 맞은편에 어항이 놓여 있다. 수족관 흉내를 냈으나 첫눈에도 조잡한 형색이다. 어항에 비하면 터무니없이 비대한 금붕어 세 마리가 숨이 가쁜지 저희들끼리 박치기를 한다. 어항 건너편 의자에선 털 잠바를 걸친 오십 대의 남자 하나가 쭈그려 앉아 있다. 옷차림새나 얼굴 때깔이 탄광 막장에서 방금 나온 듯한 몰골이다.

　「금반지」 초고를 한 번 훑어볼 때까지 털 잠바는 일어나지 않는다. 그사이 이십 대 후반쯤으로 보이는 젊은이 셋이 다녀갔다. 셋은 다방의 공중 전화기를 두고도 돌려 가면서 휴대폰을 사용했다.

"미친놈들. 저렇게 폼 잡고 지랄하니 나라가 망하지. 저런 귀때기 새파란 새끼들까지 창자에 거품이 가득 차서 IMF가 터진 거라고."

세 사람이 문을 나서기가 무섭게 털 잠바가 뒤통수에 대고 이를 갈았다.

"미친놈들……."

양지다방에서 미처 막차 시간을 채우지도 못한 채 빠져나온 것은 그 미친놈들 때문이다. 털 잠바가 컥컥 깡통 밟히는 소리를 냈을 때 퍼뜩 떠오른 게 축사 형님이다. 미친놈들을 향해 형님이 두두두두 내갈기던 자동소총에 용표와 나는 어지간히 맞아 죽곤 했다. 형님의 고종사촌 누님인 남성댁도 마찬가지였다. 지금 당장 남성집에 들르면 형님의 안부를 들을 수 있을 것이다.

파리 떼가 들끓던 여름철같이 남성집은 썰렁하다. 실내는 막걸리가 썩는 듯한 퀴퀴한 냄새로 가득 차 있다. 나는 막걸리 반되를 시켜 놓고 단숨에 한 대접을 들이켰다.

"저를 알아보시겠어요?"

"글쎄, 나보다 젊은 놈이라는 것밖엔 모르겠는데."

남성댁은 얼굴을 몰라볼 정도로 늙어 있다. 형님보다 대여섯 살 위라고 했으니까 막 회갑을 넘겼을 터인데 그보다 십 년은 더 들어 보인다. 추위에 떨듯 까물거리는 형광등 때문인지 아니면 한평생 술에 절어서 그런지 낯빛이 맞은편 신설집의 녹슨 양철 지붕 같다. 장터에서 남성집 간판을 달았던 삼십여 년 전부터 한 번도 빗질을 하지 않은 듯한 머리카락은 짧은 파마머리였음에도 갈기갈기 사방으로 뻗쳤다. 발목의 복사뼈처럼 광대뼈가 툭 불거져 있는 얼굴은 영락없이 암 말기 선고를 받은 사람의 그것이다. 십오 년 전의 모습이란 낮은 천장에 비해 터무니없이 커 보이는 체구와 장작을 패는 듯한 목소리뿐이다. 금방이라도 개새끼를 내뱉을 듯이 입술을 실룩거리는 모양도 낯설다. 저 입술이 부강 장날마다 남성집에 들르는 용표와 축사 형님과 나 셋을 흐느적거리게 만들었다. 막걸리보다 더 독한 욕설로.

좆심도 없는 새끼들이 술 처먹으면 입술에 침 흘리고 지랄들이지. 염병, 쥐도 못 먹는 무녀리들이 입만 살아서 말복에 나자빠진 개새끼처럼 헐떡거리긴.

남성집엔 세월이 절반쯤만 흐르든지 아니면 때때로 역류하는 모양이다. 텅 빈 실내 풍경과 막걸리 썩는 냄새와 거무튀튀한 남성댁의 모습이 한순간 낯설다가도 더없이 눈에 익어 보인다.

"그 썩을 놈은 뭣 하러 찾어."

축사 형님이 어디서 사는지 미처 다 묻기도 전에 대뜸 튀어나온 그 말에 나는 움찔했다. 정말이지 형님을 왜 찾는 것인가. 갑자기 나도 그게 궁금해진다. 그저 어떻게 사는가 안부나 나눌까 해서요, 했지만 아무래도 다른 의도가 있을 듯하다. 월남전을 다녀온 뒤 월남전의 악몽에서 벗어나지 못한 채 축사를 운영했고, 두어 차례 소값 파동을 거치는 동안 세월보다 빨리 늙어버렸을 초로의 남자.

전화번호 좀 알 수 없을까요? 전화번호 알 것도 없어. 부강 초등학교 후문 앞집이니까. 아, 예. 빨강 양철 지붕여. 그 근방 에선 빨강이 그 집 하나뿐이니깐 눈먼 봉사도 찾아가. 아니면 길 에 나서서 강 회장을 찾던가. 강 회장을요? 아, 이 바닥에서 머 리 굵은 놈 쳐 놓고 따이한 강 회장 모르면 개새끼지!

지붕은 빛이 살짝 날아간 주황색이었다. 부강장터를 오가며 형님이 즐겨 타던 효성 스즈끼 오토바이 색깔과 엇비슷했다. 남 성댁 말대로 빨간색은 아니었지만 눈 감고도 찾을 만은 했다.

형님은 집을 막 나서는 중이었다. 양철 대문 입구에서 정면 으로 마주쳤다. 십오 년 만이었다. 불과 서너 걸음 앞이었지만 이제 그만 성질 좀 죽이라던 남성댁의 말을 도저히 전할 수 없 을 만큼 아득한 세월의 강물이 형님과 나 사이를 가로지르고 있 었다. 나는 준비했던 인사말을 포기하고 남성댁에게 했던 그대 로 첫마디를 꺼냈다.

"제가 누군지 알아보시겠어요?"

"누구신가……. 가만있자, 어디서 많이 본 얼굴인데."

형님은 한 발짝 내게 다가섰다.

"나루터 용표, 서용표 친굽니다."

"아하, 그래."

내가 형님을 한눈에 알아본 것처럼 형님 역시 나를 기억하고 있었다. 형님이 내민 손을 맞잡는 순간, 십오 년이란 세월의 강 물이 툭 끊어지는 느낌이었다. 그래서 더 송구스러운 마음으로 쭈뼛거렸을 것이다.

"기억 못 하실 줄 알았습니다."

"기억하고 살진 않았지만 만나 보니깐 잊진 않았나 보구만."

틀림없이 기억 못 할 줄 알았다. 형님을 만나지 못 하는 것보다 솔직히 그게 더 불안했고 기억해 주었기에 오히려 더 송구스러웠다. 그 때문인지 제대로 얼굴을 마주 바라보지 못할 만큼 형님과의 거리가 멀게 느껴졌다. 과거의 친분을 억지로 끌어대듯 엉겁결에 몇 마딘가를 더 나누었을 것이다. 그러나 십오 년만에 이루어진 재회의 흥분이 채 진정되기도 전에 형님은 오토바이에 올라탔다. 모델은 달랐지만 오토바이는 예전 그대로 효성 스즈끼였다.

"지금 내가 바빠. 일이 좀 있어서."

"예."

"남성집 기억하지?"

"거기서 오는 길입니다."

시간 있으면 내일 점심에 남성집에서 만나자는 말을 형님이 건넬 즈음에서야 나는 형님의 얼굴을 비로소 똑바로 보았다. 안면 전체가 수류탄 파편에 맞은 것처럼 얽은 마마 자국. 십오 년이 지나도록 잊히지 않는 얼굴이었다. 내일 꼭 뵙겠다는 인사를 끝내기가 무섭게 나는 오토바이가 떠난 반대 방향으로 냅다 뛰었다. 여섯 시 오 분 전이었다.

*

　기억의 저편, 여름이었다. 송곳 같은 불볕더위가 살갗을 쿡
쿡 들쑤시던 칠월 말, 꼬박 육 일 낮과 밤을 쏟아붓던 장맛비가
그친 뒤였다. 용표와 나는 기진맥진 쓰러져 지냈다. 장마철 내
내 목숨을 걸고 나룻배와 씨름했던 때문이었다. 여름방학을 앞
둔 금탄리 아이들의 통학 길을 차마 끊을 수가 없어서 우리는 나
룻배를 띄웠다. 고향 후배의 등교를 책임지겠다고 나선 용표의
의욕을 꺾을 수가 없었다. 평소보다 강폭이 두 배나 벌어진 강물
을 도강하면서 우리는 서너 번씩 물귀신이 될 뻔했다. 금탄리 도
로 확장 공사가 절반쯤 진행될 즈음이었다.
　"배 좀 똑바로 묶어 놔! 배 떠내려가면 정글 속에서 총 잃어
버리는 거와 한가지라는 것 몰라?"
　장맛비가 그친 며칠 뒤였다. 오두막 입구를 가로막은 시꺼먼
물체에 놀라 벌떡 솟구치면서 바라본 게 축사 형님이었다. 베니
어합판으로 방 두 칸을 들여놓고 부엌도 없이 그 한쪽에 출입문
을 낸 오두막이었다. 도로 확장 공사가 마무리될 때까지만 금탄
리 통학생을 위해 눈감아 준 불법 건축물. 나루터 뱃사공 용표의
거처였다. 슬레이트를 올린 그 오두막 지붕의 추녀 끝에 형님의
머리가 닿아 있었다. 육 척은 되어 보이는, 불곰 같은 사람의 형
체. 말뚝이 탈처럼 단단한 각질로 뒤덮여 있으면서도 어딘지 쓸
쓸한 구석이 엿보이는 곰보 얼굴. 그게 축사 주인 강두식 형님
의 첫인상이었다. 형님은 오두막에 놀러 왔다가 막 떠내려가던

나룻배를 발견하고는 나루터 바위에 묶어 두고 오는 중이었다.

"중학교 동창이에요."

부강 장날이니 장터에 가서 막걸리나 마시자는 형님에게 용표는 나를 소개했다.

"인사해라. 저번에 말한 축사 형님이야."

"이민웁니다. 처음 뵙겠습니다."

"그래, 처음 보는군."

"이 자식, 국문과 사 학년인데 등록금이 없어 졸업도 포기하고선 소설 쓴다고 들어왔어요. 넋 빠진 놈이죠."

형님의 오토바이를 그날 처음 탔다. 오토바이는 마치 최저속도 제한이 있는 것처럼 필사적으로 달렸다. 맨정신으로 부강장터로 떠날 때나 술에 취해 돌아올 때, 언제든 마찬가지였다.

팔월이 지나면서 속도에 차츰 익숙해질 때까지 나는 장맛비속에서 나룻배를 띄웠을 때처럼 오토바이 꽁무니에 매달려 목숨을 걸고 부강장터를 오갔다. 그때마다 형님과 용표의 옷자락에 애벌레처럼 착 달라붙어 있어야 했다. 닷새에 한 번씩, 부강 장날마다 그 짓을 반복했다. 나룻배는 특별한 일이 없는 한 대부분 통학생만 이용했기에 통학생들이 돌아올 때까지 우리는 딱히 할 일이 없었다. 장터에서 대낮부터 취했던 것은 오로지 그 탓이었다. 장이 서지 않는 날이나 형님이 축사 일에 쫓겨 합석하지 못할 때면 용표와 둘이서만 매포역에 가서 막걸리 주전자를 흔들었다. 통근 열차가 올 때까지 그대로 의자에 쑤셔 박힌 채. 그러곤 통학생과 함께 휘청휘청 돌아왔다. 매포역에서 일 킬로미터 떨어진 나루터까지 마치 우리가 지나가기를 기다려 박수를 치면서 도열해 있는 듯한 은백양 숲 아래를 휘청휘청 걸었다.

나루터 오두막을 처음 찾아오던 겨울부터 제법 나룻배를 부릴 줄 알게 된 여름까지, 바라보면 언제나 물비늘처럼 빛나던 은회색의 나뭇잎과 나뭇가지. 그것은 복학 후 이 년 동안 도서관에서만 파묻혀 음습하게 썩어 가고 있던 내 가슴속을 한꺼번에 뒤집어 놓을 만큼 아름다운 풍경이었다. 그리고 그것은 딱 한 그루, 형님의 축사 입구에 장승처럼 서 있는 은백양도 마찬가지였다.

"노질을 배우겠다고?"

"그래."

"새 도로가 나면 곧장 사라질 나룻턴데, 노질 배워서 뭣 하려고?"

"사라져 가는 전통문화를 계승, 보존하자는 거지. 하하."

"전통문화 뭐라고?"

"계승, 보존!"

"미친놈. 너 언제부터 그렇게 애국자가 되었냐? 넌 좀 다른 애들하고 달라야 하는 것 아냐? 돈 없어서 졸업도 못 하는 자식이 당장 먹고살 생각부터 해야 되는 것 아니냐고?"

용표의 나루터를 처음 찾은 것은 가까스로 삼 학년을 마친 뒤 겨울방학이 막 시작되면서였다. 내리 이틀 밤낮을 오두막에 머물면서 나는 강바람에 쩍쩍 갈라 터진 용표의 손을 잡고 늘어졌다. 노질과 상앗대 꽂는 법을 전수해 달라고. 용표야. 다른 뜻은 없다. 그저 사라져 가는 전통문화의 한 꼭지나마 맛보고 싶다. 물론 그 말은 절반이 거짓말이었다. 복학하면서 대학 신문사에서 주최한 문학상을 탔고, 그 문학상을 인연으로 만났던 나영과 헤어지기로 결정한 사실을 나는 말하지 않았다. 나 스스로 내린 그 결정의 배경을 곱씹으며 한 달 이상을 술에 절어 지냈던 일도 감추었다. 국문과 후배 오나영. 나영은 성년이 되어 만난 첫 여자였다. 스물여섯 살. 여자를 처음 만나기엔 너무 늦었고, 첫사랑이 된 그 여자와 헤어지기엔 너무 이른 나이였다.

"용표가 돌아왔다더라. 강변 나루터 오두막에서 지낸다지, 아마?"

용표를 만나기 위해 나루터를 찾기 열흘 전쯤의 일이었다. 용표가 살아 있고, 살아서 금탄리 나루터에서 나룻배를 부린다는 말이 떠돌았다. 중학교 동창회에서 처음 그 말을 듣는 순간, 분노와 함께 솟구치던 탄성을 가까스로 억누르면서 나는 이미 용표의 나루터에 가 있었다. 용표가 살아서 돌아오다니. 그것도 고향 근처로……. 용표를 직접 만나 내 눈으로 확인하기 전에는 믿어지지 않는 일이었다. 중학교 동창생 은희의 시댁에 쳐들어가 난동을 부린 뒤 어디론가 사라져 삼 년 가까이 소식이 끊겼던 용표였다. 삼 년이 다 지난 언젠가 이번엔 손목에 면도칼을 긋고 응급실로 실려 갔다는 소식이 딱 한 번 친구들의 입에 오르내린 적이 있었다. 용표 이야기는 그게 전부였다. 그리고 모든 게 풍문처럼 사라진 일 년쯤 뒤, 나루터에 용표가 불쑥 나타난 것이다. 고향과 친구들을 등진 지 사 년 만의 일이다.

종강하던 날 나는 두 시간에 한 차례씩 왕복하는 매포행 시내버스에 올랐다. 비포장도로 위에서 툴툴거리면서 얼마나 숨이 막혔는지 모른다. 이십 대의 절반을 막 넘어선 그 시절, 과연 내가 우리들의 학창 시절을 잊을 수 있을까? 그것은 비록 오래전 강물처럼 흘러간 세월 속으로 묻혀 버린 과거라 해도 결코 잊을 수 없는 생생한 현재였다.

용표는 중학교 삼 년 내내 나와 같은 반이었다. 함께 인문계 고입 진학 준비를 했던 우등생이다. 독서에 몰두하던 나와는 다르게 노래와 기타 솜씨가 뛰어나 남녀공학이었던 학창 시절 내내 인기를 독차지했다. 성격도 습습한 편이어서 누구든지 가리지 않고 잘 어울렸다. 그러나 빈농의 집안에서 태어난 용표는 장학금을 받는 공업고등학교로 진학하면서 동창들과 차츰 멀어졌다. 나 역시 사정이 엇비슷했다. 이름 있는 인문계 고등학교에 합격하고도 등록금이 없던 나는 전액 장학금을 지급하는 경북 구미의 고등학교로 진학한 탓에 용표와 소식이 뜸해졌다.

고등학교를 졸업한 뒤로도 친구들과 이따금 어울렸던 용표가 우리 곁을, 아니 내 곁을 홀연히 떠난 것은 돌발적인 사건 때문이었다. 그것은 용표에겐 결코 현실이 아니어야 할, 꿈에서조차 나타나서는 안 될 사건이었다. 중학교 때부터 용표의 여자로 통했던 은희가 느닷없이 결혼을 한 것이다. 우리는 충격적인 결혼보다도 은희의 남편이 누군가가 더 궁금했다. 놀랍게도 그는 중학교 일 년 선배였다. 용표와 은희의 관계를 잘 아는 나와 몇몇 동창들이 의형제를 맺을 만큼 가까웠듯이 은희의 남편 역시 우리와 절친한 사이였다. 용표가 공고를 졸업하고 서울 구로 공단에 취직해 올라간 지 일 년쯤 뒤에 벌어진 일이었다. 우체국장 딸이었던 은희가 대학 진학을 미루고 잠시 쉬는 사이에, 그리고 용표를 만나기 위해 친구들과 떼를 지어 용산행 비둘기호에 오르내리던 그즈음의 어느 날, 결혼식은 치러졌다. 나를 비롯해 중학교 동창생 가운데 은희의 결혼 소식을 전해 들은 사람은 아무도 없었다. 우리가 장터 닭 내장집에 둘러앉아 은희의 결혼과 남편을 질겅질겅 씹는 사이 용표는 소리 소문 없이 떠났다.

*

강두식 형님의 축사는 폐허였다. 집의 뼈대만 아슬아슬하게 남아 있었다. 형님 부부와 아이 둘, 그리고 한우 일곱 마리가 이곳에서 살았다니. 믿어지지 않았다. 파란색 페인트가 거의 날아간 축사 지붕은 그 절반이 썩거나 부서진 채 바닥으로 주저앉았고 축사 한쪽에 벽돌을 올려 살림을 하던 안방의 벽은 흡사 포탄을 맞은 것처럼 뻥뻥 뚫려 있었다. 축사뿐만이 아니었다. 축사 주변의 땅이 있는 곳은 어디든 빈틈없이 내 키만 한 잡초들이 우거져 있어서 그 첫 느낌이란 게 영락없이 형님이 수색 나갔다 구사일생으로 살아 돌아온 정글 같았다.

형님과 만나기로 약속한 부강장터에 오는 내내 나는 그 장면만 몇 번씩 떠올렸다. 남성집에 앉아서 형님을 기다리는 동안도 마찬가지였다. 따이한 형님의 기억 속에 각인되어 있을 이방인의 전쟁터. 열대우림의 칠흑 같은 어둠 속에서 함정에 빠진 아군끼리 오인사격으로 개죽음을 당하던 그날 밤, 갓 대학을 졸업한 애송이 소대장의 오판으로 동료 셋의 뒤통수를 날려 버린 총소리. 그것은 형님의 안면 전체에 퍼져 있는 마마 자국처럼 형님의 생명이 끝나지 않는 한 결코 지워질 수 없는 아픈 기억의 편린일 터였다. 용표와 내가 때때로 반문했던 그 사건의 진위와는 상관없이 결코 멈추거나 마르지 않을 고통의 강물이었다.

"급하게 일 좀 치를 게 있어서 늦었네."

형님이 남성집 출입문을 벌컥 열어젖힌 것은 약속한 시간보다 반 시간가량이 지나서였다. 형님은 실내로 들어서기가 무섭게 오토바이 헬멧을 탁자 위로 벗어 던졌다. 어디서 한바탕 몸싸움이라도 벌인 모양이었다.

"저도 조금 전에 왔습니다. 점심 식사 하셔야지요?"

"아녀. 막걸리부터 한잔 빨자고. 니기미, 속이 확 타버릴 것 같아서 불부터 꺼야겠어."

"......."

"누님, 여기 막걸리 좀 주쇼. 큰 걸로 한 대접."

나는 김치 보시기를 내놓는 남성댁에게 고맙다는 뜻으로 목

례를 했다. 남성댁은 얼굴 보면 되었지 새삼스럽게 무슨 인사치
레가 필요하냐는 듯이 술 대접을 불쑥 들이밀었다.

"오늘은 또 무슨 일인데 대낮부터 술 주전자를 끼고 돌아? 또
누굴 반 토막이라도 낸 거여?"

"씨발. 그러면 아예 술 먹을 일도 없어지라고? 엊그제 공장
에서 사표 쓰고 나왔소."

"사표라니? 또 사표여? 어째 강 회장은 대통령이 바뀌어도
술 처먹는 사연이 뒤집힐 줄을 모르냐?"

"안 그러면 누님이나 내가 여기 이렇게 마주 앉기나 하겠소?
재수 없는 놈은 뒤로 자빠져도 코피 터지는 이치가 대통령이 바
뀐다고 변할 리 없지."

"입만 살아서 깐죽거리긴. 술은 깜냥껏 퍼다 먹어. 나는 피곤
해서 구들장 신세 좀 져야겠다."

남성댁의 핀잔에도 아랑곳하지 않고 형님은 거푸 두 사발을
들이켰다. 형님의 말대로 지금 한창 내장의 어딘가가 불이 붙은
사람처럼 막걸리 대접에 입술을 대고 연신 꿀꺽거렸다.

"자네 시장하면 점심 들지 그래."

"아닙니다. 아침을 늦게 먹고 나와서요. 그런데, 형님."

"왜 그러나?"

"옛날처럼 그냥 너라고 하세요. 자네라는 말이 어째 좀……."

"그럴까? 하도 오랜만에 만나서 다짜고짜 하대하기가 어려
워서 말이야."

"무슨 일 있으세요. 안 좋은 일이라도 있는 모양이신데."

안 좋은 일이 무엇인지 어렴풋이 짐작은 하면서도 나는 형님 입을 통해 직접 듣고 싶었다.

"그 씨발놈의 IMF 땜에 사람 돌아 버리겠다. 우라질라운든가 그것한테 얻어터지고 겨우 건져 낸 목숨인데, 니미럴."

우라질라운드. 그게 뭔지 알 만했다. 오륙 년 전에 세상을 떠들썩하게 만든 우루과이라운드였다. 농수산물 수입 개방이 결정된 뒤 소값 파동으로 축산 농가가 무더기로 무너졌다는 보도를 수없이 듣고 본 적이 있었다. 짐작하건대, 한우 일곱 마리를 키우던 형님도 예외는 아니었을 것이다.

떠난 지 두어 해 지났지, 아마. 소값이 우리 집 개값으로 떨어지면서 이삿짐을 쌌는데.

지난해 겨울, 아버지의 장터로 처음 취재를 떠나면서 축사에 들렀을 때 축사 뒤 개 사육장 주인은 복날의 개처럼 입가에 침을 흘리며 말했다. 문득 형님의 안부가 궁금해서 들렀던 축사였다. 형님은 가족들이 사는 부강 시내로 들어간 뒤였다.

"형님, 한 잔 더."

"좆 같은 세상. 사는 게 정글에서 전투하는 것 한가지여. 도대체 앞이 안 보인다구."

"IMF 때문에 일이 벌어진 모양이죠?"

"매포에서 부강 들어오다 보면 럭키시멘트 보이지?"

"예. 경부선 터널 옆으로."

"그래. 지난해 가을부터 럭키시멘트 경비로 있었는데 엊그제 사표 썼다. 어제저녁부터 오늘 아침까지 퇴직금 때문에 한판 붙다가 나왔어."

"아, 예."

"IMF 터지고 두 달째 야근 수당이 사라진 거여, 글쎄. 씨발놈들이 내 얼굴이 고객들에게 혐오감을 준다느니, 성질이 어떠니 하면서 경비 근무를 철야로 돌려놨을 때도 지폐 한 장이 웃돈으로 나오는 야근 수당 땜에 말없이 참아 왔는데 말이야."

"예……."

"나, 솔직히 날마다 정글에서 매복하듯이 살아왔어. 그런데 하루아침에 야근 수당을 날려 버리는 거야, 개새끼들이."

"아무런 예고나 협의도 없이요?"

"그런데 이젠 한술 더 떠서, 다음 달부턴 경비의 절반을 줄인다나 어쩐다나. 그러니 짤릴 때까지 남아 있든가 알아서 나가든가 하라는 거야, 씨발."

형님은 어제오늘 혼 빠진 사람처럼 오토바이를 몰았던 일을 생선 뼈를 추리듯 술상 위로 꺼내 놓았다. 그러곤 묻지 않았음에도 근황을 전했다. 럭키시멘트 경비는 축사를 떠난 뒤 세 번째의 직장이었다. 레미콘 회사와 화학 공장 경비를 거쳐서. 미친놈들과 씨발놈들 탓으로 생돈 들여 사진을 찍고 이력서를 썼다는 말을 수없이 반복했다. 오로지 안정된 직장을 얻기 위해, 소똥 치우는 것보단 나을 것 같아서 그랬다며.

"이것 보라구, 강 회장. 아, 콩밥 먹은 얘기는 왜 슬그머니 꼬리를 감추는가?"

방 안에 누운 채로 남성댁이 형님을 향해 한마디 내질렀다. 형님은 못 할 것도 없다는 듯이 마마 자국을 일그러뜨리며 맞받아쳤다. 마치 서술형 시험지의 모범 답안을 읽듯 형님은 콩밥 먹은 얘기를 요약해서 펼쳐 놓았다.

우루과이라운드 타결 뒤였어. 빚더미에 앉은 농가 대표들이 면사무소를 찾아가 항의 시위를 했거든. 맨 앞에 섰던 내가 비닐에 담아 온 인분을 면장의 면상을 후려갈겼어. 공무집행방해로 구류를 살고 나왔지. 얼마 뒤엔 야근 수당 지급 문제로 멱살잡이를 하던 레미콘 공장장의 오른쪽 정강이를 부러뜨렸는데 합의금이 어마어마해서…….

막걸리 한 대접을 찔끔찔끔 베어 마시고 형님께 술잔을 돌리도록 나는 다른 할 말이 없었다. 주전자 하나를 추가할 땐 이미 공복으로 들이켠 막걸리가 텅 빈 배 속에서 물 끓는 소리를 내고 있었다. 손목시계와 나를 번갈아 보던 형님은 욕설과 함께 내처 서너 마디를 뱉고선 냉장고에서 두부를 꺼내 왔다. 나는 얼른 젓가락을 집었다. 안주 겸 점심을 그것으로라도 때워야 할 듯싶었다. 술판은 바야흐로 이제 그 서막이 올라가기 시작했음을 누구보다도 잘 알고 있었기에.

"형님. 따이한 강 회장이라고 불린다던데요?"

"아, 그거? 그전에 얘기 안 했었나? 마을에서 월남전에 갔던 사람이 넷이었는데 하나는 죽고 셋이 살아남았지. 우리끼리 월남전 전우회를 만들어서 내가 회장 감투를 쓰고 있는 거야."

몇 가지 형님에 대한 궁금증이 머릿속에서 맴돌았다. 그러나 더 이상 묻지 않았다.

그런데……, 나는 왜 십오 년의 세월이 흐르도록 형님을 찾지 않았던 것일까. 두부의 절반이 사라질 때까지 나는 그 생각을 곱씹었다. 한때 나를 위해 목숨을 걸었고 아끼던 집안의 닭과 흑염소를 잡았던 형님이었다. 아버지의 장터를 오가며 수없이 축사 앞을 지나쳤으면서도 왜 한 번도 만나려 하지 않았을까. 내 기억 속에서 그 시절을 지워 버리고 싶었던 것은 아닐까. 불현듯 용표의 노래가 듣고 싶어졌다. 사랑하고 미워하는 그 모든 것을 못 본 척 눈감으며 외면해도…….

미안하네. 내 말만 늘어놓았어. 아닙니다. 결혼은 했고? 예. 애는? 남맵니다. 그래, 지금 뭐하고 먹고사는가? 고등학교 국어 선생입니다. 어? 그쪽으로 풀렸나? 가만있어 봐. 대학교 때 공부한 게……. 국문과였습니다. 그렇다면 길은 제대로 잡은 것 같긴 한데. 예. 형수님 안부 여쭤볼 면목도 없습니다만 형수님, 건강하시죠? 마누라야 옛날보다는 좀 쭈글쭈글해졌지. 몸은 불었지만. 애들은 둘 다 학교 다니겠네요? 큰애는 대학생, 둘째는 고등학생. 기억나지? 축사에서 개구리 잡아먹던 애 말이야. 아, 예. 벌써 그렇게 컸네요. 그래, 눈 감았다 뜨면 사라지는 게 그

드런 놈의 세월이라니깐. 예. 가만있어 봐, 그런데…… 용표 말이야. 용표는 어떻게 됐나?

용표의 이름이 너무 늦게 나왔다 싶었다. 형님과 마주 앉았지만 그렇다고 두 사람의 얘기만을 늘어놓을 수는 없는 노릇이었다. 용표가 있어야만 내가 형님 곁에 다가서는 것 또한 가능할 것이므로. 우리들 관계는 늘 그랬다. 나는 농고를 졸업하고 월남전에 다녀와 세상을 등진 채 사는 듯한 곰보 형님을 어려워했고, 용표는 대학 물 먹은 놈들을 꺼리는 듯한 형님과 나를 연결해 주는 교량 역할을 해 준 셈이었다. 비록 삼 개월 남짓한 시간 동안 나루터 오두막과 형님의 축사를 오가며 막걸리를 마신 게 우리들 관계의 전부였지만. 그러나 그 삼 개월은 삼 년보다 길고 소중했다. 아침저녁마다 햇살과 노을에 반짝이던 나루터 강물의 물비늘처럼 그저 눈부시도록 아름답고 숨 가쁘게만 여겨지던 삼 개월이었다. 용표는 그 추억의 강심에 떠 있는 나룻배 같은 존재였다.

"아직도 세상을 떠돌고 있는지, 살아 있기는 한지 모르겠다."

"용표, 제주도에서 자리 잡았어요."

"제주도?"

"바다가 보이는 호텔 지배인이 되었습니다. 제주도 여자와 결혼도 하고요."

나는 거짓말을 했다. 용표가 자그마한 호텔 지배인이 되었고, 제주도 여자와 결혼한 것은 사실이었다. 그러나 용표는 서너 해 전에 호텔을 떠났고, 아내를 남겨 둔 채 육지로 돌아왔다. 지난해 동창회에서 만난 용표는 수염을 휘날리며 유랑 중이었다.
　바다가 싫어서 떠났어야. 사람도 없고 나무도 없고, 그게 바
다냐, 사막이지. ……. 바다는 갇혀 있는 물이야. 앞뒤로 출렁
일 뿐 흐름이 없어. 강물처럼 흐르는 역동성이 느껴지질 않아.
누구는 탁 트인 바다, 시작도 끝도 보이지 않는 광활한 바다에
흠뻑 젖기도 하겠지만 나는 아니야. 나는 작고 좁아도 강이 좋
아. 강줄기의 시작과 끝이 보이고, 끊어질 듯 모퉁이를 돌아 나
오는 강의 곡선이 좋아. 발을 담그면 내 발목을 휘어 감는 물살
의 느낌이 좋아. ……. 부여 백마강 알지? 거기 황포 돛배 부리
기로 약정이 되었어. 지금 배를 부리는 늙은 뱃사공이 떠난 뒤
에. 그 늙은이가 죽을 때까지 기다리는 동안 강변 여기저기 기
웃거리는 중이다.
　내 귓속으로 은밀하게 황포 돛배를 띄워 둔 용표는 동창회 도
중에 일어섰다. 백마강으로 돌아오면 전화하겠다며. 그새 늙은
뱃사공이 죽지 않았는지 전화는 오지 않았다.
　"용표…… 그동안 소식 없었죠?"
　"무소식이 희소식이지."
　"고향에 정 붙일 데가 없어서 그럴 거예요. 아니면 독한 꿈
을 품었던가."
　"그 자식, 독한 꿈을 품은 건지 복수의 칼날을 깨물은 건지 모
를 일이다. 용표 그 자식, 생각하면 착한 놈이었는데."
　착한 놈. 지금 형님의 머릿속에 어떤 그림이 그려지고 있을

지 나는 얼른 헤아려 보았다. 하루가 멀다고 용표가 소주로 병나발을 불던 때의 일일 것이다. 형님의 말에 의하면 용표는 은희의 결혼 충격에서 미처 헤어나지 못한 채 금탄리 나루터에 들어왔다. 왼쪽 손목에 새끼손가락 크기의 칼자국을 보면서 용표는 술을 마시곤 했다. 내가 나루터 오두막에 나타나기 일 년 전부터 형님과 용표가 의기투합해서 막걸리와 소주를 마셨다고 했으나 그해 여름처럼 많은 소주를 마신 적이 없었다. 마신 게 아니라 들이부었다고 하는 게 옳았다.

먹을 거라곤 된장과 풋고추가 전부였던 우리들의 식단은 여름이 다 가도록 변할 줄을 몰랐다. 용표는 거의 날마다 반찬 그릇 대신 소주잔을 밥상에 올려놓았다. 그렇게 술로 허기를 채우던 용표가 갑자기 생기를 되찾고 소주병을 버린 것은 내가 오두막에 나타난 달포쯤 뒤부터였다. 그러나 그 변화는 오래 지속되지 못했다. 웬만큼 노질에 익숙해진 나에게 나룻배를 맡기고 용표의 외출이 잦아지던 어느 날이었다.

"두식이 형님. 파이프가 새요?"

"뭔 소리여?"

"이거 보세요, 형님."

"야, 야. 이 새끼가 왜 자지를 들이밀고 그래?"

"이것 좀 보시라고요. 질질 새고 있어요."

"이거, 임질인데. 어떻게 된 일이냐?"

"미스 문 알죠?"

"누구?"

"시내버스 차장."

"강에 나룻배 띄워 놓고 살 섞었다는 그 여자?"

"예. 달빛 여행을 무지 좋아했는데……."

"그 여자한테 옳은 거 확실해?"

"예, 형님. 다 잊고 함께 살림을 차렸으면 했는데 말입니다."

살고 싶지 않다며 용표는 다시 소주병을 들었다. 한번 들면 놓질 않았다. 오두막 입구의 소나무 둥치에 서서 오줌을 갈기면서까지 소주병을 끼고 살았다. 심지어는 나룻배에 소주병을 실어 놓고 아이들이 배를 내려서기가 무섭게 벌컥벌컥 들이켜기도 했다. 그뿐 아니었다. 달이 뜨면 강물을 역류해 나룻배를 끌고 올라가 나룻배를 띄워 놓은 채 하염없이 마시는 날도 적지 않았다. 서너 차례 나를 축사 형님 댁으로 쫓아냈던 미스 문은 용표가 다시 소주병을 집어 들면서부터 더 이상 오두막에 모습을 나타내지 않았다.

사랑하아고오 미워어어하느은 그으 모든 것으을 모옷 보온 처억 눈가아암으며 외에에면해도오오…….

처음부터 소리를 질러서는 도저히 어울릴 것 같지 않았던 노래였다. 짐승처럼 울부짖던 용표의 그 노래가 내 귀에 어느덧 익숙해지면서 소주병도 낯설지 않게 되었다. 꼬박 삼 개월을 함께 지내는 동안 막걸리를 먹는 틈틈이 나 역시 소주를 병째로 들이켰다. 내가 미스 문이 좋아했다는 달빛 여행을 시작한 것은 미스

문이 소주병으로 둔갑한 그즈음이었다.

"용표야. 이러다가 죽겠다."

"야, 인마. 이 정도 고생은 해야지 달빛 여행을 즐길 자격이 있는 거야."

"그래도, 강을 역류해서 노질을 하는 게 너무 힘들다."

"엄살은. 나는 달이 뜰 때마다 배 끌고 올라온다."

"그런데 어디까지 가는 거야?"

"매포역."

"매포역?"

오두막에서 된장과 고추로 저녁을 때우고 모기장을 칠 때였다. 용표가 불쑥 제안했다. 우리, 매포역으로 가자. 나는 은백양 숲길을 걸어서 매포역까지 산책하자는 줄 알았다. 나룻배를 끌고 가자는 뜻이었다.

"강물에 배를 띄우고 그냥 흘러가게 맡겨 두는 거야. 나룻배도, 나도. 내 과거와 현재와 미래까지도. 떠내려가는 나룻배에 드러누워 달빛을 감상하는 것. 절대 고독이 선물한 낭만이야. 나만이 누릴 수 있는 낭만이지. 민우야. 오늘 밤, 특별히 그 낭만을 너와 공유하겠다. 하하하."

저만치 매포역 불빛이 보였다. 스무 번쯤 노를 휘저으면 닿을 거리였다. 돌아보니 나루터는 보이지 않았다. 나루터 앞에서 서남쪽으로 방향을 바꾸는 강물도 캄캄했다. 얼추 한 시간은 배를 끌고 온 것 같았다.

"그런데 왜 하필 매포역이야?"

"매포역 강변에서 배를 띄워야 소주 한 병을 마실 수 있어. 바닥을 비울 때쯤에 정확히 나루터에 배가 도착하거든."

손바닥이 얼얼했다. 용표와 번갈아서 노질을 했지만 강물을 거슬러 올라오는 동안 팔뚝과 어깨의 근육이 터져 버릴 것처럼 압통이 느껴졌다. 두어 달의 노질로 박인 굳은살 덕분에 손바닥이 찢어지지 않은 것은 다행이었다.

이 캄캄한 강물을 한 시간 이상 역류해서 배를 띄우고 술을 마신다니. 어떻게 이런 발상을 했는지.

나는 노질에 흔들리는 척 용표를 훔쳐보았다. 용표는 입을 다문 채 멀리 나루터 쪽만 바라보고 있었다.

"용표야. 이거 정말, 환상이다."

"이제 이 낭만의 맛을 알겠냐?"

"요즘 같은 세상에 이런 낭만이 가능하다는 게 놀랍다."

"저 달빛이야 세상의 어디서든, 누구든 공평하게 누리겠지만 지금, 이 순간처럼 특별한 맛을 즐길 수 있는 사람은 우리뿐이지. 여자 잃고 절망과 고독의 늪에 빠져 허우적대는 등신 두 놈. 하하."

"소주 맛도 죽인다."

"소주 맛이 아니라 달빛 맛이지. 하하하."

강물의 흐름이 조금씩 느껴지기 시작했다. 상류 대청댐에서 방류를 시작한 모양이었다. 매포역 강변에서 배를 띄울 땐 미동도 하지 않던 나룻배였다. 닻을 내린 것처럼 거의 제자리걸음을 했다. 이 속도라면 밤을 새워야 나루터에 도착할 듯싶었다.

사랑하고 미워하는 그 모든 것을 못 본 척 눈감으며 외면해도……

페트병의 소주를 절반쯤 비우고, 용표가 노래 두 곡을 부르고 나서야 나룻배가 은백양 숲 근처에 닿았다. 흡사 은백양 나무들과 대화를 나누듯 나룻배는 한동안 제자리에서 머뭇거렸다.

"민우야. 내가 나를 두 번 죽이고, 세 번째 사는 이유. 나한테 물어봤지?"

"그래."

"강 때문이다."

"강?"

"여기, 이 강. 이 강이 나를 죽였다 살린 거지."

"……."

"강은 내게 가장 아름다운 추억이야. 한순간도 멈추지 않고 흐르는 맑은 강물과 황금빛 황혼, 겨울의 얼음 깨지는 소리까지 모두 아름다웠는데, 그렇게 살고 싶었는데……, 어느 날, 내 희망이 사라지고 하루아침에 비루하게 전락한 나를 발견한 거지. 이 강과는 너무 멀리 떨어져 있는 내가 참담했던 거야. 그래서 나를 지우려고 했고, 다시 살아나 강을 보면서 같은 생각을 반복했던 거지. 강을 떠나면 내가 바뀌지 않을까 싶어서 세상을 떠돌았는데 강이 또 나를 부른 거야. 그래서 돌아왔어. 그런데…… 나루터에 앉아 강을 보고 있자니 예전처럼 마음이 흔들려서……, 완전히 떠나기로 했다. 금탄리 다리가 생기면 나루터를 곧장 떠날 거야."

은백양 숲 강변에서 십여 분 남짓 떠내려간 뒤였다. 나루터 오두막이 어둠 속에서 희끗거렸다. 반가운 마음으로 일어나서 강물을 굽어보는데 느닷없이 나룻배가 휘청거렸다. 용표가 나룻배 난간을 거머쥔 채 강물에 토를 하고 있었다.

"아, 씨발. 강물을 더럽히면 안 되는데."

용표는 토와 함께 육두문자를 강물에 쏟아붓고는 벌렁 드러누워 짐승처럼 노래를 불렀다.

"어? 나루터 다 왔네."

"오늘의 달빛 여행 끝. 하하하."

용표의 말이 맞았다. 페트병의 소주가 바닥이 났을 때, 나룻배는 정확히 나루터에 닿았다. 나는 용표를 먼저 오두막으로 올려 보냈다. 토를 또 할 것처럼 고통스러워하는 모습이 아무래도 불안했다. 나루터 바위에 배를 묶고 바위에 걸터앉아 나룻배를 내려다보았다. 함께 강물을 따라 흘러온 달빛이 우리가 빠져나온 빈자리에 드러누워 용표의 목소리로 노래를 부르고 있었다.

사랑하고 미워하는 그 모든 것을 못 본 척 눈감으며 외면해도…….

"야, 뭔 생각을 하는데 그렇게 넋이 나간 사람이냐?"

"아, 예. 옛날의 착한 놈이 불쑥 떠올라서요."

"옛날얘기, 다 소용없다."

"예."

"너도 이젠 자식 키우니깐 알겠지만, 세상은 착한 심성만으로는 살 수가 없는 거다."

웬일인지 욕설이 사라지고 형님의 어조가 싸늘할 만큼 가라앉아 있었다. 어딘지 물기가 묻어 있는 것도 같았다. 어쩌면 지금쯤 형님도 나와 마찬가지로 십사, 오 년 전의 축사 시절을 추억하고 있는지 몰랐다. 금탄리 아이들처럼 셋이서 발가벗고 강물 속에 뛰어들어 첨벙대던 그 시절을.

막걸리 주전자가 세 개째 호마이카 상 위로 올라앉았다. 용표 얘기를 꺼낼수록 화끈화끈 취기가 올라오는 느낌이 들었다. 안면 살갗이 뻣뻣하게 굳어지는 것 같았다. 해가 장터 상가에 가렸는지 남성집 실내가 칙칙하게 어두워지고 있었다. 나는 분위기를 바꾸고 싶었다. 아니, 형님과 나 사이에 주고받을 만한 안부를 얼른 바닥내고 싶은 것처럼 마음이 조급해졌다.

"형님. 용우가 죽었어요."

"누구?"

"용표 사촌 동생 용우요. 나루터에 와서 그림 그리던 대학생."

"아, 기억난다. 몇 살인데 죽어?"

"서른여섯. 아직 미혼이고요."

"아니, 시퍼렇게 젊은 놈이 왜 그렇게 명이 짧아?"

"작년 겨울에 강물에 빠졌어요. 하동 섬진강에서."

"노상 객사여?"

"용표랑 둘이서 섬진강을 다녀왔는데, 용우가 떠오른 강변에 스케치북이 열 권 남짓 쌓여 있었어요. 강물만 잔뜩 그려 놓은……."

"강물만 그려? 똑같은 강물을 왜?"

"그 친구, 전국의 강을 찾아 떠돌면서 오로지 강만 그렸어요. 사람처럼 강물도 같은 듯하지만 모두 다른 생명체라면서요. 한 우물만 파더니 젊은 작가상을 타기도 했는데 너무 아까워요."

"미친 짓거리 하더니 결국 그 꼴이군."

미친 짓거리. 맞는 말이었다. 용우는, 아니 우리들은 모두 미쳐 있었다.

미대 신입생이던 용우는 나루터의 유일한 손님이었다. 국립대학 미대를 들어간 용우는 금탄리에서도 머리를 어깨까지 늘어뜨리고 다니는 기행으로 소문난 녀석이었다. 용우는 나루터에 온 날부터 꼬박 나흘 동안을 한 끼의 밥도 입에 대지 않았다. 입속을 오르내린 것은 오로지 소주뿐이었다. 용우가 하는 일은 나루터 바위에 앉아 강변 풍경을 스케치하는 게 전부였다. 스케치북이 세 권인가 찢겨 나갔을 무렵이었다. 내가 모처럼 원고지를 잡고 오두막에서 끙끙거리고 있을 때였다. 나룻배를 끌고 나갔던 용표와 형님이 오두막으로 헐레벌떡 뛰어들었다. 용우가 물에 빠졌다고 했다. 나루터 바위너설에 앉아 스케치를 하다가 그대로 강물에 쑤셔 박힌 것이었다. 형님이 나루터 바위 밑에서 용우를 끌어 올려 인공호흡을 했다. 축사 형님이 아니었다면 용우는 그때 이미 죽은 목숨이었다. 그날 밤, 용우의 단식은 끝이 났다. 무슨 의식을 치르듯 거나한 술판을 벌여 놓고.

미친놈들. 죄다 미친놈이여. 이 새끼들아.

소주와 막걸리가 한창 뒤엉키는 중이었다. 자리를 벌떡 박차고 형님이 솟구치는 것과 동시에 삿대질을 하며 바락바락 악을 썼다. 삿대질을 할 때마다 옷섶에서 소똥 냄새가 풀풀 떨어졌다. 마치 형님 얼굴의 마마 자국에 박혀 있던 마른 소똥 조각이 떨어지는 것만 같았다.

소설인가 지랄인가 끄적거린다고 졸업 포기한 새끼나 계집년 때문에 뱃사공으로 썩는 새끼나 술 처먹다 강물에 대가리 처박은 새끼나 모조리 미친놈이여. 어이구 청춘이 아깝다, 이 새끼들아. M16으로 싸그리…….

싸그리, 하면서 형님은 방아쇠를 당겼다. 두두두두두두. 그날 술판은 우리가 형님 총에 두 번 더 죽은 뒤에야 끝이 났고, 용표와 용우가 뻗었으며, 나루터 가득히 강물처럼 아침 햇살이 흘렀다.

"그런데 너, 전에 뭔가 쓴다고 끄적거리지 않았냐?"

형님이 술잔을 건네며 불쑥 물어 왔다. 십오 년 전, 미친놈을 바라보던 그 눈초리로.

"소설 쓴다고 했었죠."

"요즘도 끄적거리고?"

"예. 조금씩."

"열심히 사는구나. 선생에다 소설에다."

"……."

"하긴, 나루터에 묵을 때부터 너 하는 짓 보면 뭔가 독한 놈 냄새가 풍기긴 했어."

대학을 졸업하고 직장 생활을 하는 동안 독한 놈이라는 말을 이따금 들었다. 등록금에 쫓기면서도 결국 대학을 졸업했고, 첫 직장이 사립 고등학교임에도 불구하고 시골 면 소재지에서 삼 년 만에 광역시로 옮긴 것부터 세 권의 문학 동인지를 낸 것을 두고 하는 말일 것이었다. 비록 문단 말석에 이름을 올려놓고 십여 년이 지나도록 아직 창작집 한 권도 못 냈지만. 어찌 됐든 지난 십오 년, 강물처럼 흘러오고 떠나간 내 삶과는 상관없이 형님은 나를 독한 놈 취급을 하고 있었다.

"너, 술 마시면 어지간히 지껄였지. 축사 올 때마다 축사 앞에 있는 나무를 보면서 뭔가 지껄였던 기억이 난다."

"예. 달밤에 그 은백양 앞에서 폼 좀 잡았죠? 하하."

그랬다. 나는 그 은백양에 미쳐 날뛰곤 했다. 달빛을 받아 희퍼렇게 빛나던 은백양을 가슴에 끌어안은 채. 강물과 나루터와 축사의 풍경을 뒤섞어 무엇인가 부르짖다 보면 아슴아슴 숨이 막히던 날도 있었다. 여자를 잃었을 뿐인데 마치 세상을 다 잃은 것처럼 흔들리던 그 시절, 나루터가 용표의 비상구였듯 축사 앞

은백양은 나의 유일한 말벗이었다.

"야, 그만 나가자."

갑자기 형님이 술잔을 내려치고 일어섰다. 더 이상 남성집 실내의 칙칙한 분위기를 못 참겠다는 표정이었다. 형님의 얼굴은 선생 직장을 갖고서도 뭘 끄적거리느냐고 할 때부터 일그러지기 시작했었다. 이맛살을 찌푸릴 때마다 불에 그슬리는 오징어 다리의 흡반처럼 마마 자국이 타원형으로 뒤틀렸다.

"어디 좀 같이 들를 데가 있어."

남성집 맞은편의 신설집 양철 지붕이 검붉게 타고 있었다. 아버지가 부강장터를 떠돌기 시작할 무렵부터 드나들었던 순대국집의 지붕이다. 검붉은 녹물이 덕지덕지 내려앉아 금방이라도 폭삭 주저앉을 것만 같이 삭아 있는 양철 지붕. 골목 입구에 정승처럼 우뚝한 상가 옥상을 넘어온 햇살이 신설집 양철 지붕을 퍽퍽 두들기고 있었다. 어제 오후의 그 햇살이었다.

"내 차 여기 있다. 이걸 타고 가자."

"지금도 오토바이를 타시는가 보네요."

어제 형님 집 대문에 들어서면서 보았을 때, 나는 언뜻 놀랐다. 형님이 아직도 오토바이 핸들을 잡고 있다니.

"이게 편해. 기름값도 싸고. 손바닥만 한 동네에선 기동력 좋은 오토바이가 최고지."

형님이 시동을 걸고 올라타라는 손짓을 할 때까지 나는 멍하게 서 있기만 했다. 이월 말이라고 해도 아직은 날씨가 풀린 게 아니라서 바람이 찰 것이었다. 그보다도 더 불안한 것은 취기 때문이었다. 공복에 들이켠 막걸리가 배 속에서 출렁거린다면 몸 전체에 실핏줄처럼 퍼져 있는 취기가 나 몰라라, 뒷짐 질 까닭이 없었다.

"형님. 겨울에 오토바이 타면 무르팍 다 썩는다고 했는데, 괜찮으세요?"

"야, 가슴이 푹푹 썩어 가는 판에 그깟 무르팍이 대수냐!"

부질없는 질문이었고, 네 말뜻이 무엇인지 잘 알겠으니 염려 붙들어 매라는 대답이었다. 그러나 출발하기가 무섭게 핸들이 비틀거렸다. 장터 골목을 미처 빠져나가기도 전에 길바닥으로 나뒹굴 것만 같았다. 물론 그런 불안감이 기우에 지나지 않다는 것을 잘 알고 있었다. 어디 막걸리 몇 잔에 쓰러질 형님이던가.

"서너 달 지나면 나도 안정된 직장을 얻을 것 같다."

"예?"

"그 직장에 가는 거다, 시방."

객기를 부리듯 나는 아무것도 잡지 않은 채 뒷좌석에 앉아 있었다. 장터 골목을 벗어나면서 오토바이에 속도가 붙었다. 예상했던 일이었다. 선풍기의 강풍을 정면으로 맞는 것처럼 초봄의 바람이 안면을 쿡쿡 찔러 왔다. 이대로 십 분만 더 달리면 머리 끝까지 화끈거리던 취기 따위는 깨끗이 사라질 듯했다. 아니, 그 전에 먼저 몸 전체가 얼어붙을지도 몰랐다.

도대체 형님의 오토바이를 타 본 게 언제였던가. 어림잡아도 십 년을 훌쩍 넘겼다. 사 학년 여름방학 때, 나루터를 떠난 뒤 두 번인가 잠깐 축사를 다녀갔고, 졸업식 즈음에 일주일가량을 다시 나루터에서 묵을 때 타 보았다. 나루터가 봄부터 폐쇄되어서 그 송별 기념으로 마련된 자리였다. 그렇다면 십오 년 전쯤의 일이다. 강물처럼 흘러간 세월의 저편에 있는.

"야."

"예."

"그거 말이야. 네가 끄적거린다는 그거."

부강 시내를 막 빠져나갈 무렵이었다. 구멍가게에서 쌀막걸리 두 병을 사면서 형님이 뜬금없이 물어 왔다. 남성집을 나서기 직전에 끊어졌던 화제를 이어 갈 모양이었다. 코끝을 찌르던 초봄의 바람이 일제히 심장을 파고드는 것 같은 냉기가 느껴졌다.

"그게 요즘 같은 세상에 어디 쓸모가 있는 거냐?"

"……."

"아, 목숨 걸고 죽으라고 뛰어다녀도 셋 중에 둘이 나자빠지는 세상인데."

갑자기 목소리에 날이 서는가 싶더니 형님의 입가에 야릇한 미소가 새나왔다.

"너, 요즘 IMF 세상이라는 것 알지?"

"예."

"그러면 그것 때문에 사룟값이 뛰었고, 축산업자들 모조리 주저앉은 것도 알겠네?"

"예. 방송을 들어서⋯⋯."

사달의 전후를 가늠할 수 있었기에 형님의 말을 얼른 받았다. 늙은 농부가 차라리 내가 죽는 편이 낫다며 죽은 새끼 돼지 옆에서 울분을 토하던 뉴스를 본 게 엊그제였다.

"나야 일찌감치 축사를 포기하고 말았지만 이 동네 사람들은 소, 돼지 죄다 죽이고 제 살 파먹듯이 하루하루를 살아가는 형편이다. 그런데 뭘 끄적거린다고 시골을 쑤시고 다니는 꼴이 눈에 거슬려서 하는 소리다."

"⋯⋯."

"사람이고 돼지고 살아남는 게 중요한 세상 아니냐? 너, 니아버지가 장돌뱅이라고 했었지?"

한쪽 옆구리가 찌그러진 막걸리 주전자처럼 형님의 목소리에 각이 잡혔다. 막걸리병을 품에 끼고 뒷좌석에 올라타기가 무섭게 부우욱 땅바닥을 긁으며 오토바이가 튕겨 나갔다. 나는 엉겁결에 형님의 뒤통수에 대고 소리를 질렀다.

"몇 년 전에 짐 쌌습니다. 장터를 떠났다구요."

"그래? 그렇다면 너 혼자 집안 꾸려 나간다는 말 아니냐?"

"그런 셈이죠."

"그런데도 뭘 끄적거린다고 돌아다녀?"

"예?"

"학교 선생이라 먹고 살 만하다 이 얘기냐? 등 따숩고 배부른 개구리가 되었다구 올챙이 적 생각 못 하냐 이 말이다."

내 귀뺨을 후려치듯 형님이 버럭 고함을 질렀다. 곧장 형님의 자동소총이 불을 뿜을 것만 같았다. 아랫배가 뒤틀리면서 관자놀이가 지끈거렸다. 두어 잔 남짓 들이켠 막걸리가 배 속을 휘젓고 다니는 모양이었다. 형님, 나도 형님만큼 열심히 살았어요. 아버지의 시장 바닥에서 돼지 껍데기를 굽고, 책 외판원이며 예식장 청소부며 산업체 노동자들 검정고시 야학까지 하면서 입에 거품 물고 살았다고요. 그러나 그 말 한 도막도 꺼내지 못했다. 파도에 휩쓸리는 고무 튜브처럼 오토바이가 끝없이 출렁거려 도무지 입에 말을 담을 수가 없었다. 오죽하면 뭔가를 끄적거리겠어요. 글을 쓸 수밖에 없는 이유가 있으니 그렇지요. 그 말도 꿀꺽 삼켰다. 미친놈. 니가 그러면, 나는, 죽을 수밖에 없는 이유가 산더미 같은 나는 당장 죽으라는 얘기냐. 형님이 미친놈으로 나를 후려치며 꽝꽝 얼어붙은 길바닥에 내동댕이칠 게 분명했다.

"형님, 저도 주경야독하면서 살았어요."

오토바이에 가속이 붙으면서 대화가 뚝 끊긴 뒤, 나 혼자 마른 입술을 빨다가, 맞바람을 피해 간신히 베어 문 그 말을 형님이 들었는지는 모르겠다. 양쪽 귓불에 감각이 사라지는 중이었다. 오토바이 뒷바퀴에서 불꽃이 튈 만큼 급브레이크가 잡혔다. 아파트 신축 공사장 앞이었다.

"다 왔다."

"여긴?"

"이 아파트 경비반장으로 취직했다. 이 동네에서 제일 높은 고층 아파트여. 다음 달 입주 예정이지."

"그랬군요. 그래서……."

"어차피 직장을 옮길 거라서 럭키는 미리 사표를 쓴 것이구. 개새끼들."

"어, 그런데 형님. 저기, 저 팻말은……."

나는 축사 형님의 정면에 박힌 팻말을 가리켰다.

'당사의 사정으로 인하여 아파트 입주는 무기한 연장되었음을 입주자 여러분께 알립니다. 양해 있으시길 바랍니다.'

내장 공사와 조경이 마무리되지 않은, 십오 층짜리 아파트 두 동. 외벽만 엉성하게 페인트칠이 된 아파트는 유리창이 뻥뻥 뚫린 게 흡사 특수부대의 훈련을 위해 지어진 가건물 같은 몰골이었다. 아파트 정문을 막아선 채 칠판의 절반만 한 팻말이 깊숙이 박혀 있었다.

"이 아파트, 부도 맞았다."

"그러면 형님은?"

"나? 나도 부도 맞은 거지, 별수 있냐?"

"! ……."

"씨발놈들이 아파트 하나 지을 돈도 없이 공사를 시작하냐, 시작하길. 능력이 없으면 아예 말뚝을 박지나 말든지. 남의 돈 가지고 집 장사하려고 잔머리를 굴리니깐 IMF에 얻어터지지. 미친 새끼들."

"언제 재건축될지도 모르는 일이겠네요."

"개새끼들. M16으로 모조리 쏴 죽어야 된다니까."

이제야 알 것 같았다. 사는 게 정글에서 전투하는 것 한가지로 도대체 앞이 안 보인다던 형님의 말뜻을. 이제 그만 성질 좀 죽이고 살기를 바라던 남성댁의 희망은 아무래도 이루어지기 힘들 것 같았다. 한우 파동으로 짊어진 빚을 덜기 위해 어쩔 수 없이 철야 경비를 섰던 형님의 모습이 눈앞에 어른거렸다. 경비를 서는 밤마다 형님의 귓가를 두들겼을 총소리가 불현듯 환청처럼 들렸다.

오토바이에 걸터앉은 채 막걸리 두 병을 얼추 다 비우고 있었다. 취기인지 추위인지 무엇인가 머리끝까지 스멀스멀 기어올랐다. 장마로 불어난 나루터 앞의 시뻘건 강물과 용표의 짐승 같은 노랫소리와 형님의 일그러진 곰보 얼굴과 필사적으로 내달리는 오토바이 엔진 소리가 뒤범벅되어 머릿속을 빙빙 돌았다. 형님은 무어라 욕을 뱉으면서 팻말을 향해 오줌을 내갈겼다. 나는 할수만 있다면 형님의 오토바이를 빼앗아 전속력으로 아파트 공사장을 벗어나고 싶었다. 왠지 형님의 삶 가운데에 잘못 끼어든 것만 같이 마음이 무겁고 불안했다. 형님의 말대로 정글에서 매복하듯 살아가는 그 삶에 위안은커녕 공연히 상처만 덧내는 꼴이 벌어지는 것은 아닐까. 도대체 형님을 찾은 까닭이 무엇인가? 목젖을 때리며 토사물이 쳐 올라왔다.

생각할수록 그랬다. 십 년이 넘는 세월이 훌쩍 사라졌는데, 나는 왜 하필 과거 속의 사람을 찾아 나섰을까. 십오 년. 짧지 않은 세월이었다. 수천수만의 풍경들이 명멸했을 시간이다. 나루터 앞을 굽어 돌아 유장하게 흘러가는 강물 같은 세월이다. 그 세월의 강물에 누군가는 이제 막 발목을 담갔을 것이고, 누군가는 무사히 강을 건너 반대편 강변에 닿았을 것이다. 또 누군가는 강물의 깊이를 가늠하지 못해 그만 잠겨 버렸을지도 모른다. 그럼에도 나는 아직도 십오 년 전의 그 강변 나루터에 앉아 있다. 시간과 풍경이 정지한 낡은 흑백사진처럼 내 기억 속에 오롯한 용표의 노랫소리와 형님과 오토바이와 총소리. 살아오는 동안 세월의 강물에 수없이 자맥질을 거듭했음에도 나는 왜 지금까지 강변을 서성대고 있는 것인지.

세상의 무수한 삶과 죽음의 이유들이 저마다의 빛으로 모여 이루어진 점묘화. 그와 같은 강물이 나도 모르는 사이에 언제부턴가 몸 안에서 걷잡을 수 없이 출렁거리고 있었다.

"야. 너, 요즘도 나루터 드나들지?"

깜짝 놀랐다. 강물에서 겨우 벗어났을 무렵이었다. 신경안정제를 털어 넣은 것처럼 어질어질한 내 뒤통수를 형님이 후려쳤다.

"그걸 어떻게 아셨어요?"

"너, 나루터가 니 고향이라고 지껄였잖아. 나루터에서 다시 태어났다며 짐승처럼 울부짖으면서 말이야."

그랬던가? 나루터가 내 고향이라고? 나루터에서 다시 태어났다고? 기억이 흐릿하다. 그러나 셋이서 술잔을 부딪칠 때마다 했던 말은 또렷하다. 내 청춘의 끝이며 시작인 나루터를 위하여!

"살면서 좀 답답하면 잠깐씩 강변을 걷고 그래요. 벌써 오래전인데, 시도 때도 없이 나루터가 눈앞에서 어른거리기도 하고 그래서······."

"답답해서 강변을 기웃거린다고?"

형님이 마지막 남은 막걸리병 주둥이를 빨았다. 취기 탓인지 눈물이 고였는지 눈이 붉었다.

"인마. 나는 축사 근처만 가도 피가 거꾸로 솟는다."

어느 틈엔가 오토바이 시동이 걸려 있었다. 나는 가속 핸들을 당겨 공회전을 시켰다. 형님을 태우고 나루터를 향해 달리고 싶었다. 거기, 나루터 강변에 형님을 내려놓고 그대로 강 건너편까지 내달리고 싶었다. 강변에 마주 서서 두두두두두, 형님과 한바탕 교전을 벌여 누군가 먼저 죽는 사람이 이 강변을 영영 떠나기로 약속한다면······.

"너, 한 바퀴 둘러보려면 막차 놓칠 텐데 괜찮겠냐?"

나와 형님 누가 먼저였는지 몰랐다. 고막을 두드리던 M16 총소리가 사라질 무렵 나루터와 축사를 돌아보자고 말한 게. 부강 시내로 들어가는 경부선 교각 못미처 삼거리에서 오토바이는 좌회전을 했다. 매포로 빠지는 지방 국도였다. 이제 언덕 하나를 넘어서면 축사가 나타날 것이었다. 세 파수 전, 대보름 대목장에 나섰다가 폭설 때문에 시내버스에서 내려 걸어간 길이었다. 핸들을 잡은 형님의 오른쪽 손목이 두어 번 꺾이는가 싶더니 오토바이 앞바퀴가 번쩍 들리면서 언덕길을 튀어 올랐다. 언덕 저 아래쪽으로 럭키시멘트 타워가 보였다.

"야, 인마. 집에 늦게 가도 괜찮은 거야?"

"나루터 둘러보고 장터에 다시 가 봐야겠어요. 형수님도 뵙고 인사 좀 드렸으면 해서요. 저녁도 얻어먹고."

"그것도 괜찮지."

언덕에 오르기가 무섭게 오토바이는 은혜농원 내리막길을 쑤셔 박히듯 내달렸다. 하루에 서너 번씩 비둘기호나 쉬었다 떠나는 간이역이라서 그런지 매포역 앞을 지나는 지방 국도는 차량이 거의 눈에 띄지 않았다. 포장이 되었을 뿐이지 전형적인 시골길이었다.

산 중턱 양계장에서 듬성듬성 불빛이 보였다. 은혜농원 교회의 첨탑에도 불이 들어와 있었다. 그 불빛에 실려 온 것처럼 닭똥 냄새가 알싸하게 코를 찔렀다.

"잠깐 오줌 좀 싸고 가자."

은혜농원을 지나 나루터 쪽 강변으로 빠지는 샛길 입구에서 형님이 오토바이를 세웠다.

"너 기억하냐?"

"예?"

"떠나기 전날, 나루터에 왔던 여자. 프랑스 여자 말이야."

"아, 예."

"어찌 산다냐? 비행기는 탔어?"

"졸업하고 서울로 떠났다는 얘기만 들었어요. 그 뒤론……."

십오 년 전, 여름 끝이었다. 마지막 학기 수강 신청을 미루다 나루터를 떠나기 이틀 전이었다. 바늘 같은 햇살이 내리쬐던 오후였다. 나영이 나루터에 불쑥 나타났다. 부족한 등록금을 채우지 못해 대학을 탈출할 만큼 남루하고 쓸쓸했던 그때, 나루터 오두막에 나영이 찾아온 것이다. 혼자서 두 시간에 한 대씩 운행되는 시내버스를 타고, 매포역에서 내려 일 킬로미터 남짓한 은백양 숲길을 걸어서. 여름방학이 시작되면서 딱 한 번인가 나루터의 위치를 말해 주었을 뿐이었다. 나영을 나루터에서 만날 줄은 상상도 못 했다.

오빠 곁을 떠나기로 했어. 미안해. 내가 결정한 일이니까 부모님은 원망하지 마.

결별 소식을 들고 온 나영은 막차를 포기하고 그날 밤 오두막에서 묵었다. 나는 용표의 동의를 얻어 매포역까지 나룻배를 끌고 올라갔다. 나영에게 달빛 여행을 선물하고 싶었다. 달은 절반쯤 잘려 나갔으나 그런대로 강물에 달빛의 물비늘이 튈 정도는 되었다. 강물에 나룻배를 띄우고 페트병 소주를 반병쯤 비울 즈음에 오두막으로 돌아왔다. 술병 바닥을 못 본 것은 나영 때문이었다. 강물에 떠내려오는 나룻배에 서서 내가 술병을 들고 휘청거릴 때마다 나룻배가 뒤집힐 듯이 출렁거렸다. 오빠, 그만 마셔. 이러다 강물에 빠져 죽겠다. 나영이 울었고, 나는 술병을 강물에 던졌다.

노질에 지치고 술에 취인 내가 먼저 오두막 마룻바닥에 드러

눕자 나영이 옷을 벗었다. 오두막 쪽창으로 들어오는 바람을 타고 옷 벗는 소리가 오두막을 다 빠져나갈 때까지 나는 나영을 바라만 보았다. 늘 내가 옷을 벗겨 준 나영이었다. 나영이 자신의 옷을 직접 벗은 것도, 내 옷을 벗겨 준 것도 그날 밤이 처음이자 마지막이었다. 나는 용표가 애지중지하던 모기장이 찢어지는 줄도 모른 채 나영을 안았다. 군복을 벗고 복학한 뒤 나영의 하숙집을 일 년 넘게 드나들면서도 그토록 격렬했던 적이 없었다. 그것은 결코 취기 탓만은 아니었다. 내 몸속에 똬리를 틀고 숨어 있던 어떤 울분과 열등감과 궁핍 따위들을 몸 밖으로 쏟아 버릴 듯이 나는 밤새 나영의 몸속으로 파고들었다.

나루터 오는 길, 전에 오빠랑 병원 가면서 지나간 길이어서 어렵지 않게 찾았어. 숲길을 혼자 걷는 게 조금 두렵긴 했지만.

나루터를 떠날 때 나영에게 물었다. 어떻게 알고 찾아왔어. 나영은 짧게 말했다. 오빠랑 다녀갔잖아. 그랬다. 나영 혼자 더듬더듬 찾아온 이 길, 함께 지나친 적이 있었다. 사 학년 개강 직전, 나영의 하숙집에서 지내던 어느 날이었다. 뜻하지 않게 나영이 임신을 했고, 부모님 모르게 둘이서 매포역을 지나 인근 지방 병원을 다녀왔다. 나영의 앉은뱅이책상에 쭈그려 앉아 소설을 쓰던 새벽, 일곱 번째 죽을 것처럼 킥킥 숨을 몰아쉬다가 그만 실수를 한 탓이었다.

저쪽 은백양 숲 보이지? 그 너머에 나루터가 있어. 여자 때문에 죽을 뻔했던 중학교 동창이 살고 있는데 나도 여름방학 땐 거기서 지낼 생각이야.

매포역 앞을 지나며 가리켰던 그 길을 거슬러 나영은 떠났다. 홀로 두렵게 걸어왔을 은백양 숲길을 따라서. 그리고 끝이었다.

나영과 오두막에서 하룻밤을 지내는 동안 용표는 송별회를 위해 형님 축사에서 흑염소를 잡았다. 용표와 형님이 나영에 대해서 안 것은 그날이 처음이었다. 금강 변에 있는 국립대학 불문과 교수의 딸. 부모님의 반대로 결국 돌아선 캠퍼스 커플. 졸업과 동시에 프랑스 어학연수를 떠나기로 했다는 말을 전하자 형님이 프랑스 여자로 명명한 내 첫사랑.

나영이 나루터를 떠난 다음 대낮부터 한밤중까지 송별회가 이어졌다. 셋이서 나루터와 축사를 오가며, 나룻배와 오토바이를 번갈아 오르내리며 노래를 부르고 술을 마셨다. 중간중간 프랑스 여자가 끼어들어 위태롭기도 했으나 흥을 깨트리진 않았다.

야, 인마. 송충이는 솔잎을 먹어야 사는 거여.

용표야. 내가 못난 건 알지만 그래도…….

지금이 조선 시대도 아니고, 니가 무슨 춘향이라도 되냐? 프랑스 여자 만나서 신분 상승을 하겠다고 덤비냐, 덤비길? 그년은 처음부터 이몽룡이가 아니었어.

형님, 그 여자 욕하진 마세요.

너 이 자식아. 첫 단추를 잘못 끼운 거여, 인마. 첫 단추를 잘못 끼우면 인생이 어떻게 되는지 알아? 나처럼 평생 정글에서 헤매는 거여. 지 몸에 칼을 휘두른 놈이나 물에 빠져 뒤지려고

한 놈이나 못 올라갈 나무에 매달려 버둥거리는 놈이나 첫 단추를 잘못 끼운 거라고! 미친놈들.

그만해. 그래도 한때는 내 희망이었다고, 씨팔.

그날은 내가 기억하는 한 가장 취했던 밤이었다. 나는 술과 안주를 들이켠 만큼 밤새 토사물을 쏟았다. 나영 때문이었다. 아니 어쩌면 아버지 탓인지도 몰랐다. 딱 한 번 나영과 함께 아버지의 장터를 둘러본 뒤부터 헤어질 때까지 나영이 단 한마디도 입에 담지 않았던 장돌뱅이 아버지.

누나 둘에 동생 둘, 그런데 집도 없다며? 아버지는 장터를 떠돌고.

나영의 어머니 입에서 딱 한 번 튀어나왔을 때, 내가 화들짝 놀랐던 그 아버지의 정체가 밝혀진 것도 그날 밤이었다. 용표와 형님, 우리 셋이 석 달 가까이 남성집에 들러 막걸리를 마시는 동안 아버지는 내 입 밖으로 한 번도 등장하지 않았다. 남성집 모퉁이를 돌아 생선 골목을 나서면 거기 가마니 한 장을 깔고 앉은 톱 장수. 나는 그 오 척 단구의 늙은 장돌뱅이가 아버지였다는 말을 하면서 눈물 젖은 웃음을 날렸다. 미친놈을 겨냥한 형님의 자동소총이 정글 같은 축사의 어둠을 난사하던 그 밤 내내.

"그날 말이야, 너 프랑스 여자하고 자던 날 송별회 한다고 염소 잡았잖아?"

"그랬죠. 형님 아이들 등록금 밑천이었는데 말입니다."

"그거 말야, 사실은 축사 앞에 있는 나무에 매달고 두들겨 잡았다.”

“예?”

“달만 뜨면 니가 끌어안고 뒹굴던 그 나무에 매달았다고. 매달고선 용표하고 몽둥이질을 했지.”

“아니, 왜 하필 은백양에서?”

“니 꼬락서니가 한심해서 그랬다.”

“…….”

“염소 두들겨 잡은 다음, 그 나무에 피를 뿌리고 용표가 빌었어.”

“무얼…….”

“너 나중에 추가 등록해서 졸업했다고 그랬지?”

“예. 졸업 후에 상환하는 근로장학금을 받고서…….”

“그래. 대책 없이 가난한 너라도 제발 정신 차리고 살라며 용표가 은백양 나무에 싹싹 빌었다고.”

“예?”

“그 덕분인가 보다.”

“뭐가요?”

“야, 인마. 니가 무사히 대학을 졸업했고 선생도 되었잖아. 그리고 또 뭔가 끄적거린다며?”

“…….”

형님이 오토바이 핸들을 두어 번 당기자 곧장 강변 샛길이다. 축사는 이제 일, 이 분 거리다.

"용표, 그 자식 보고 싶다."

"저도요."

비포장이라서 그런지 형님의 어깨가 흐느끼듯 덜덜 떨린다. 그 어깨 너머 멀리 강물이 보인다. 한창 노을에 젖는 중이다. 십오 년 전 모습 그대로다. 사람의 그림자라고는 찾아볼 수 없는 적막한 강변의 풍경도 마찬가지다. 고추밭 근처에서 다 죽어 가는 남녀 허수아비가 이월의 강바람에 휩쓸리고 있다.

용표는 지금 어느 강변을 떠돌고 있을까. 첫 단추를 잘못 끼운 자신을 태운 채 백마강 나루터를 오르내리는 중일까. 어쩌면 축사 형님과 용우, 미스 문과 오나영, 그리고 우리 모두와 같은 내력을 품고 사는 수많은 사람들의 빛으로 이루어진 점묘화를 용표도 굽어보고 있는지도 모르겠다.

길모퉁이를 돌자 축사가 나타났다. 비썩 마른 나뭇가지를 어수선하게 펼쳐 든 채 은회색의 덩치 큰 나무 한 그루가 텅 빈 축사를 가로막고 있다. 그 나무와 정면충돌을 할 것처럼 형님이 오토바이를 부우욱, 들이댔다.

"형님."

"응?"

은백양 나무 밑에 오토바이를 세우고 강변 쪽으로 돌아서는 형을 불러 세웠다.

"혹시, 형님도 저처럼 나루터를 다녀오곤 하는지요?"

"나루터를?"

"예."

"사실……, 솔직히 말해서…….."

"…….."

"저기, 저 강 아니었으면 벌써 죽었을 거다."

"예?"

"축사 문 닫고 떠난 뒤로 축사는 잊을 만한데 이상하게 강물이 눈앞에서 얼쩡거려 살 수가 없더라. 그래서…….."

강바람이 분명할 바람 한 뭉텅이가 목덜미를 후려치곤 은백양 나무를 타고 올랐다. 허리가 휘어지는 몇몇 나뭇가지의 신음이 형님 어깨 위로 우수수 떨어져 내렸다.

"복장이 터질 것 같으면 오토바이를 몰고 강에 오곤 한다. 강물 앞에 서서 한바탕 M16을 갈겨 대는 거지."

"…….."

"아군을 쏴 죽이고도 정글에서 살아남은 놈, 축산업자 피 빨아먹는 놈, 쥐꼬리만 한 월급으로 사람 목숨 틀어쥔 놈. 그 미친 놈들을 모조리 강물에 쑤셔 박아 놓고 단박에 탄창을 비우는 거야. 그러면…….."

"…….."

"그러면 속이 좀 후련해져서 한동안은 견딜 만하게 돼."

콰콰콰콰.

등 뒤에서 경부선 하행 열차가 둔탁한 쇳소리를 내며 매포역

쪽으로 사라진다. 열차의 굉음을 닮은 형님의 말이 강물 속 물결처럼 잔잔해질 무렵, 나루터 어디쯤에선가 용표의 노랫소리가 들린다. 사랑하고 미워하는 그 모든 것을……. 강물에 떠내려가는 나룻배에 누워 달빛을 끌어안고 짐승처럼 울부짖던 노랫소리.

"형님. 나루터에 잠깐 다녀올게요."

나는 적갈색 황혼이 깔린 강을 향해 걷기 시작했다. 내 뒤를 급하게 따라붙는 형님의 발소리가 들렸다. 나와 축사 형님을 기다린 것처럼 용표의 노랫소리가 점점 더 커지고 있었다.

을녀

＊

사는 것과 보이는 것은 다르죠?

카톡 문자를 읽었다. 사진 아래 붙은 문장이다. 새벽 여섯 시 반. 잠결 탓인가. 사진과 글이 한눈에 들어오지 않는다. 기지개를 켜고 다시 보았다. 이십여 년 겨울 기행을 다녀왔음에도 지금까지 한 번도 본 적이 없는 설경이다. 흡사 지구촌의 비경 한 점을 퍼 온 것처럼 눈이 부시다. 폭설에 덮인 숲의 한복판, 길 끝에 작은 동물 한 마리가 보인다. 걸어온 길을 뒤돌아보는 듯 서 있는 동물의 형상은 언뜻 숲과 길의 소실점 같다. 살아가는 동안 걷는 모든 길은 하나로 모인다. 그 생각을 하면서 그녀는 문자를 찍었을까. 문장을 다시 읽었다. 정확히 대칭으로 나뉜 설경과는 달리 문장은 표현이 모호하다.

사진으로 보는 풍경과 실제 살면서 보는 풍경은 다르답니다.

나는 문장을 고쳐 읽으며 답신을 떠올렸다. 그런데 문 시인님. 무엇이, 어떻게 다른지요? 문자는 찍지 않았다. 창밖 발코니 화분으로부터 6,000km 저편에 있는 알래스카. 쉽게 가늠이 되지 않는 그 시공간만으로도 충분히 다를 만한 사유가 될 것 같았다.

잘 지내시죠?

짧게 답신을 찍고 다시 기지개를 켰다. 어젯밤 자정 무렵까지 분재 카페에 글을 올렸다. 무리인 줄 알면서 마지막 연재를 끝냈다. 오늘 육 선생님을 만나면 게시판 글을 보여 드려야 한다. 참분재인, 분재. 같은 제목으로 다섯 번째 연재한 글이다.

한 열흘쯤 깁스를 하고 지낸 것처럼 손목과 어깨가 뻐근하다.

이곳은 지독한 눈 가뭄이랍니다.

잠깐 손목 스트레칭을 한 뒤 문장 하나를 더 찍었다. 이월 중순인데 아직 제대로 된 눈을 못 보았다. 딱 한 번, 일월 말쯤, 발자국이 찍힐 만큼 내린 게 전부였다. 호남지방 일월 적설량 0cm, 광주 첫눈, 이월 삼 일. 지난주 기상청 보도가 귀에 생생하다. 그래서 떠올린 문장이다. 마치 동문서답을 예상했던 것처럼 그녀는 침묵했다.

책은 아직 도착하지 않았죠?

세 번째 답신으로 나는 얼른 책을 꺼냈다. 십 년 만에 낸 시집이므로 그녀의 침묵을 깨뜨릴 수 있다는 꿍꿍이였다.

네. 한참 빙하를 건너고 있을 듯하군요.

예상대로였다. 그녀는 곧장 입을 열었고, 깡총깡총 뛰는 토끼 이모티콘을 날렸다.

사진 속 동물은?

무스.

무스?

열일곱 시간의 시차가 있다고 했다. 그렇다면 알래스카는 오후 한 시 무렵이다. 점심 숟가락질을 하는지 그녀가 또 침묵했다. 나는 무스? 화면을 끌어내려 지난주 카톡을 읽었다.

추위에 건강하신지요? 새 책이 나와서 보냈는데 반송되어 왔군요.

책? 어떤 책을?

시집입니다. 두 번째 시집을 냈어요. 십 년 만에.

어머나, 축하드립니다.

감사합니다. 집을 또 옮기셨나 봐요.

반송된 책에 적힌 것은 세 번째 수정한 집 주소였다. 가거도에서 그녀를 처음 만난 게 오 년 전쯤이었다. 겨울이었다. 늘 그래 왔듯 나는 혼자였고, 그녀도 혼자였다. 홀로 먼 길을 걸으며 손에 쥔 것을 풀어놓아도 사람의 말은 지울 수가 없어요. 그 말을 끝으로 1박 2일 동안 서로 다른 길을 걸었다. 그녀는 처음 주소를 적어 준 해남 집을 떠나 명상 수련과 집필을 위해 조용한 곳으로 옮겨 다녔기에 컴퓨터에 저장해 둔 주소가 세 번씩이나 바뀌었다.

여기는 춥고, 어둡고, 적막한 알래스카입니다.

이번엔 어디로? 문자를 찍는데 답신이 왔다. 알래스카? 반갑고 놀라웠다.

아! 미국에 계시군요.

네.

그런데…… 알래스카?

삼 년째 고립무원.

그랬군요. 전혀 몰랐습니다. 반송된 책은 어찌할까요?

그랬군요와 반송된 사이에 전혀 몰랐습니다를 삽입하는데 전화가 왔다. 한용주. 다섯 번째 벨이 울릴 때까지 발신자 이름을 내려다보고만 있었다. 꼭두새벽부터 전화한 까닭이라면? 약속 확인이 분명했다. 셋째 딸과 만나기로 한 게 오늘이다.

잊지 않았지? 오늘 저녁 일곱 시야.

응. 알고 있어.

예상대로다. 사촌 형제지만 일 년에 한두 번의 통화가 전부다. 절실한 필요, 불가피한 사정 아니면 통화한 기억이 없다.

형, 내가 꼭 만나야 하는 거야?

민우야. 그분, 절실해.

절실해, 끝에서 형이 숨을 몰아쉬는 소리가 들렸다. 나는 숨소리가 잦아들 때까지 기다렸다.

그런데 그 절실함을 내가 어떻게?

너라면 충분히 가능해.

무슨 능력으로?

내가 능력이 있어서 통장을 털었겠니?

사는 것과 보이는 것은 다르죠? 알래스카 시인의 카톡이 떠올랐다. 형, 그 사람의 절실함을 들으면 내가 어떻게 달라진다는 거야? 나는 마른침과 함께 반문을 삼켰다.

용주 형. 나, 오늘 유구 다녀와야 하고, 바쁜데.

유구는 왜?

육 선생님을 뵙기로 했거든.

누구?

전에 말했었지. 분재하는 어르신. 유구에서 늦을지도 몰라.

일찍 다녀오면 되지.

늘 그래 왔던 것처럼 용주 형이 먼저 전화를 끊었다. 할 말을 다 했다는 뜻이다. 셋째 딸을 처음 만난 게 일월 말, 두 주일 전이었다. 내리는 시늉만 하고 눈이 사라진 뒤였다. 형과 함께였다. 하루 전에 발간되어 뜨끈뜨끈한 시집을 형에게 전해 주려던 자리였다. 형은 동행이 있다는 말을 하지 않았다.

처음 뵙습니다. 유나현입니다.

네, 반갑습니다.

천태산 지장암 알지? 내가 즐겨 찾는. 오래전 지장암에서 만난 아주머니의 셋째 따님이셔. 십 년 만의 시집인데, 우리 둘로는 쓸쓸할 것 같아서 초대했어.

그 말만 믿었다. 초면이었고, 줄곧 말없이 건네주는 축하의 술잔이 어쨌든 고마웠다. 형의 지인이므로 짧게 주고받은 인사말처럼 나오는 짧은 인연으로 끝날 줄 알았다. 그러나 아니었다. 그날 해물전골을 먹고 헤어진 뒤, 셋째 딸 이야기로 형과 통화를 한 게 대여섯 차례, 주고받은 문자가 얼추 십여 차례였다. 그때마다 해물전골 찌개 끓는 소리가 들렸다. 그 장황한 통화와 문자 끝에 오늘 두 번째 얼굴을 맞대는 날이다. 형을 빼고 나 혼자서.

반송된 책은 어찌할까요?

통화를 마치고 나는 알래스카 시인에게 보낸 카톡을 다시 열었다. 아직 답신이 없었다. 나는 문장을 복사해서 다시 보냈다.

책은 어찌할까요?

점심 식사를 마쳤는지 알래스카 시인이 곧장 답신을 보내왔다.

배송비가 비싸지만 받아 보고 싶은 마음에 주소 보낼게요.

…… 6298 Fairweather Dr Anchorage AK. USA

*

선생님. 열두 시까지 댁으로 가겠습니다.

그러시게.

오늘 점심은 제가 사는 겁니다. 안 그러면 가지 않겠습니다.

허허, 알았네.

육 선생님과 통화를 끝내고 달력을 보았다. 공주 유구를 다녀
온 게 언제였나. 신정 연휴에 육 선생님을 뵙고 음력 정월 대보름
을 건너뛰었으니까 대략 달포 만이다. 구정 때 인사를 못 드렸지
만 격월로 찾아뵙겠다던 약속은 지키는 셈이다. 오늘 새벽, 카페
연재 글을 마쳤으니 그 약속도 지켰다. '참분재인, 분재'를 제목
으로 붙여 지난해 이즈음에 시작한 연재였다.

선생님 삶을 분재 카페에 실어 볼까 해요. 내 얘기를 뭐 하러
해. 사람들이 좀 귀담아들을 게 있어서요. 세상이 다 분재 선생
들인데, 내가 뭐 잘하는 게 있다고 내 말을 귀담아들어. 사십여
년 분재인으로 살아온 삶과 그 세월 동안 선생님께서 이루어 낸
나무 사진을 소개하는 내용입니다.

그렇게 겨울에 시작된 연재가 겨울에 끝을 보았다. 연재 배경
과 목적을 포함해서 다섯 차례의 글을 올렸다. 오늘 선생님과 대

화 끝엔 마지막 연재 글을 보여 드려야 한다.

차를 몰고 집 밖으로 나섰다. 글 때문에 무거웠던 몸이 조금은 가볍게 느껴졌다. 당진고속도로를 타면 유구까지 한 시간이면 넉넉하다. 길은 트였지만 하늘은 흐리다. 미세먼지 탓이다. 일주일 내내 미세먼지 재난 문자가 반복되고 있다. 그뿐 아니다. 겨우내 이상 고온 현상이 지속되는 중이다. 삼한사온이 사라지면서 등장한 삼한사미, 칠한칠미라는 말도 옛말이 되었다. 지구온난화의 재앙이라고들 입을 모았다.

인간이 저지른 재앙을 인간이 그대로 돌려받는 거여. 그래서 애꿎은 나무들이 숨 막힐 지경이 되었어.

이월 초였다. 전화로 구정 인사를 드렸을 때, 선생님은 몇 번씩 혀를 찼다. 겨울답지 않은 날씨로 보름은 일찍 맹아가 싹 트기 시작했다며. 그러면 큰일이었다.

이러다 느닷없이 꽃샘추위가 닥치면 잎눈이고 꽃눈이고 다 떨어지고 말 텐데 큰일이네. 한순간도 나무로부터 눈을 멀리 둘 수가 없어. 하늘도 살펴야 하고, 나무도 살펴야 하고.

선생님은 통화를 마치고 거실에 앉아 창밖의 나무를 보고 계실 게 분명했다. 마치 나무의 말에 귀를 기울이는 것처럼 미동도 하지 않은 채. 나를 앞혀 두고도 한참씩 나무만 바라보던 선생님이다. 나무가 걸어온 길을 헤아리듯, 나무의 생을 들여다보듯.

나무를 바라보는 선생님의 눈은 특별했다. 눈꺼풀의 기능을 상실한 것처럼 평소엔 절반쯤 감긴 듯하면서 힘이 없었지만 나무 앞에서만큼은 달랐다. 나무를 바라볼 때면 닫혔던 눈꺼풀이 활짝 열렸다. 그렇다고 눈빛이 예리하거나 번득이는 것은 아니었다. 부드럽고 그윽했다. 그 눈을 처음 발견한 것은 십 년쯤 전이었다. 공주 무령왕릉 근처에서 백제문화제를 할 때였다. 사람들 발목까지 단풍의 물결이 출렁거리는 시월이었다. 행사장에서 공주의 선배 사진가가 공산성 사진을 전시 중이었다. 사진을 감상한 뒤 문화제 현장을 한 바퀴 둘러보았다. 행사장 한쪽에 분재·야생화 전시장이 보였다. 그즈음, 나는 마침 집에서 야생화 십여 종을 키우던 터였다. 스트레스로 속병을 얻은 뒤부터 마음을 다스리는 데 좋다는 지인의 권유 때문이었다. 그런데 백제문화제에 야생화라니. 반가운 마음으로 잠깐 둘러보자는 생각으로 전시장에 들어섰다. 기대했던 야생화는 보이지 않고 장독이나 골동품 따위에 올려놓은 기괴한 나무들만 즐비했다. 그중 한 나무 주변에 사람들이 모여 있었다. 초로의 남자가 사람들을 향해 무엇인가 나직나직 설명을 붙였다. 육 선생님이었다. 육십 대 중반쯤으로 보이는, 깡마른 체구에 그다지 윤곽이 드러나지 않는 얼굴. 점퍼 차림인 육 선생님의 첫인상은 필부필부라는 사자성어에 딱 들어맞는, 평범한 시골 농부 그대로였다. 그런데 딱 한 가지, 눈빛이 예사롭지 않았다.

저는 삼십 년 정도 나무를 키웠는데, 판매는 하지 않습니다. 순수하게 취미 분재만을 합니다. 나무가 좋아서, 나무를 아끼고 즐길 뿐입니다.

친자식보다 더 오래 키운 나무를 선생님은 한참씩 번갈아 보았다. 그때마다 흡사 삼십여 년의 세월이 담긴 우물처럼 눈빛이 깊었다. 그리고 그 세월 동안 정화된 듯 눈동자가 맑았다.

그래, 이 사람이다. 나는 속으로 환호했다. 어깨에 멘 카메라 배낭의 밑바닥을 몇 번씩 어루만졌다. 한 직종으로, 한 생애 이상을 몰두한 장인을 필름에 담자. 명예나 부와 같은 세속적 욕망에서 벗어나 삶을 행복하게 가꾸기 위해 일생 동안 자신의 길을 걷는 사람. 따뜻하고 아름다운 영혼의 소유자…….

선생님의 눈빛에 끌려 〈명장名匠〉 다큐 사진을 결정한 뒤, 그러나 정작 나는 선생님을 촬영하지 않았다. 분재를 모르면서 선생님의 생애를 필름에 담을 수는 없는 노릇이다. 그런 생각으로 나는 그저 선생님의 말씀에만 귀를 기울였다. 거실에 마주 앉아 창밖의 분재 작품들을 감상하며.

저기, 앞산 보이지? 거기 진달래가 피면 나는 지금도 가슴이 두근거려.

거실 창밖 맞은편 산을 가리키며 선생님은 두근거리는 가슴으로 말씀을 꺼내곤 했다. 진달래꽃 사이로 뛰어놀던 그 어린 날의 눈빛으로.

저기, 소사나무 가지 틈으로 지나가는 바람이 보이지? 보통 분재를 하는 사람들이 기존의 틀에 갇혀 빈 가지를 억지로 만들고 잔가지를 꽉 채우는데, 그건 옳은 게 아니야. 앞산의 나무들을 봐. 그렇지 않잖아. 그건 인간의 욕심이지. 욕심을 비우고 바람이 드나들 공간을 주어야 나무도 살고 바람도 살아. 분재는 자연을 축소한 예술 작품인데, 자연다워야 그 가치가 사는 거지.

선생님의 말씀은 한결같았다. 따뜻하고, 잔잔하고, 맑았다. 봄바람 같기도 하고 깊은 골짜기의 냇물 소리 같기도 한 선생님의 말씀을 가슴에 품는 사이에 봄여름가을겨울이 열 번 가까이 지났다. 그새 나도 세상에 흔한 말처럼 짝퉁 분재인이라는 꼬리표를 달았다.

선생님. 을녀 말입니다.

을녀가 왜?

당진고속도로 교통사고를 피해 마곡사 분기점에서 우회하느라 한 시간 가까이 늦어진 점심이었다. 추어탕을 주문하고 나는 곧장 을녀를 꺼냈다.

잎눈이 움직이기 시작했는데, 괜찮을까요?

벌써?

예.

삼월 초순에나 잎눈이 나와야 하는데. 베란다 창문은 열어 줬나?

예. 밤낮으로 열어 두는데도 그렇습니다.

정말 날씨가 큰일이로구만. 여럿 죽일 날씨여.

늦겨울에 때아닌 살인적인 무더위 때문이었다. 한 달이나 이르게 잎눈이 터진 것은. 추어탕이 나올 때까지 선생님은 겨울 무더위가 운명을 좌우할 나무들의 목록을 꾸렸다. 탕이 식탁에 오른 뒤, 몇 그루의 나무를 어루만지던 선생님이 먹는 둥 마는 둥 하던 숟가락질을 멈췄다. 숟가락을 추어탕 뚝배기에 꽂아 둔 채 한참 동안 창밖만 보았다. 절반 넘게 남은 탕이 그대로 식고 있었다. 새해 첫 식사였고, 게다가 때늦은 점심이었다. 내 생각이 짧았다. 식사를 마치고 을녀를 꺼냈어야 했다.

밥은 이제 됐고, 을녀 말인데.

예, 을녀요.

날씨 때문에 시련을 겪을 거네. 세심하게 돌봐 주지 않으면 그대로 떠나는 거여.

영락없이 중국집 나무젓가락 굵기에 그 높이만 한 꽃나무 한 그루. 금방이라도 꺾일 듯 휘청거리는 나무 끝에 자두 같은 새빨간 열매를 꽂아 둔 기형의 몸매. 을녀의 첫인상이었다. 반갑고 설렌 마음으로 을녀와 처음 마주 앉은 게 지난해 칠월 말이었다. 무성하게 숲을 이루었을 여름 나무가 궁금해 유구에 들른 날이었다. 선생님은 분재의 숲속에서 가냘픈 열매 나무 한 점을 들고 와 내 품에 덥석 안겼다.

사내들 네댓 명이 달라붙었는데도 외면하던 나무네. 그러다 이 선생 품에 덥석 안긴 것이고. 임자를 만난 것이지.

보름 남짓 꽃잎이 붉게 타오르는 동안 곁을 기웃거리던 사내들 여럿이 제풀에 지쳐 떠났다고 했다. 삼사십 년 품고 살아온 선생님의 분재 작품을 분양받고 싶어서 먼 길을 방문한 분재인들이었다. 분재를 분양하지 않는 선생님을 세간에 고집 센 늙은 이라고 소개하던, 분재의 정도正道에서 한두 걸음씩 떨어진 사람들이었다.

그 사람들, 나무를 나무로 보지 않고 돈으로 보거나 허장성세를 위한 수단으로 삼는 사람들이야.

선생님, 아직도 꽃과 열매 좋아하는 사람을 분재 초보 취급하는 것 같아요. 소나무나 주목처럼 명품 분재도 못 되고, 돈도 안 돼서 그런지요.

그런 말 하는 사람들, 자기가 꽃이고 열매인 줄도 모르는 사람들이지. 자신이 사는 이유도 모르는 사람들이야. 영혼 없는 사람들이지.

고집 센 늙은이답게 선생님은 그들에게 부처님 미소만 듬뿍 선물하고 돌려보냈다. 을녀의 열매가 붉게 익은 뒤, 내가 선생님 댁을 방문한 것은 운명과도 같았다.

이 나무, 한여름에 열매를 맺어서가 아니라 귀한 나무네.

아, 예.

이것, 생명이 며칠 안 남았어.

아, 그렇게 짧아요?

생명이 일주일 남짓인데, 이틀 반 지났으니 이제 사나흘 정도 남았어.

너무 안타깝습니다. 일 년을 기다려 겨우 맺은 결실인데.

오래 꽃 피고, 오래 열매를 유지하는 것, 사람들이 다 그런

나무를 품고 싶어 하지?

예. 대개는 그런 걸로 알고 있습니다.

그게 다 좋은 게 아니야. 한순간을 살아도 빛나는 것, 그게 진정한 아름다움이지. 을녀가 귀한 존재라는 까닭이 거기 있는 거라네.

딱 사흘이었다. 을녀를 집으로 모셔 온 뒤, 선생님의 말씀대로 사흘 만에 열매는 떨어졌다. 꽃이 지고 열매마저 사라진 을녀는 초라하고 볼품없었다. 순백의 목련 꽃잎이 바닥에 떨어진 모습보다 더 참혹했다. 찰나와 같은 절정에 견주어 추락한 삶은 터무니없이 길었다.

여름과 가을을 지나 늦겨울까지 을녀는 그저 허리부터 목까지 구부정한 나뭇가지일 뿐이었다. 을녀는 그 초라하고 궁색한 모습으로 죽은 듯이 월동을 하는 중이었다. 베란다의 야생화와 소품 분재 화분들 틈에서 미운 오리 새끼처럼 홀로, 죽은 듯이. 그러던 것이 꿈틀, 기지개를 켜고 겨울잠에서 깨어난 것이다. 이상 고온 탓이었다. 그 기척에 놀라 나는 어제 선생님께 급하게 전화를 했다. 새해 인사도 하지 않고 넘어가던 내가, 꽃나무 한 그루 때문에.

선생님. 내일 열두 시까지 댁으로 가겠습니다.

*

오로지 돈 때문이었다. 용주 형이 셋째 딸을 나에게 소개한 것은. 돈이 아니면 애초부터 인연이 닿을 여자가 아니었다.

민우야, 한 번만 도와드려라.

용주 형의 돌발적인 행동과 내 상상을 뒤섞어 몇 번을 뒹굴려 보아도 결과는 같았다. 어김없이 돈의 형상이었고, 돈 냄새가 났다. 내 예상이 맞았다.

육백만 원만 도와드려라.

육백만 원? 내가 무슨 돈이 있다고?

육백만 원을 꺼내 놓고 형은 내 눈을 피했다. 이게 무슨 황당한 소리야. 이런 눈빛을 이미 짐작하고 있었다는 듯이.

나는 아내 모르게 팝아트 학원 경비를 빼서 도와드렸다.

그건 형 사정이지.

오죽했으면 그랬겠니.

형 말대로, 형과 그 사람의 관계가 오죽했으면 그랬겠어. 나는 그 말을 꿀꺽 삼켰다. 맞불을 지필 까닭이 없었다. 불가능한 일, 하지 않으면 그만이었다.

형, 내 주머니 텅 빈 걸 알면서 그래.

민우 너, 작년 봄에 강경여인숙 다녀오면서 그랬지.

뭘?

여인숙 촬영 그만두겠다고. 작업도 힘들고, 아내와 갈등도 있고 해서.

그랬다. 형의 기억은 정확했다. 둘이서 강경여인숙을 다녀오면서였다. 카메라에서 필름을 꺼내고 배낭 깊숙이 쑤셔 넣은 것은. 작년 봄, 강경여인숙 직업여성들과 사진 촬영으로 한바탕 몸싸움이 벌어진 뒤였다.

철거 다큐 사진에 이어 선택한 여인숙 다큐. 알래스카의 문시인 말을 빌리자면 여인숙은 육지라는 이름의 바다에 떠 있는 고립무원의 섬이다. 그리고 여인숙 불빛은 자본과 문명의 어둠 속에서 반짝이는 등대다. 나는 그 어둡고 쓸쓸한 섬과 등댓불에 매료되어 수십 번 섬에 정박했다. 그러나 이젠 아니다. 닻을 거둘 때다. 집 안에서 요가 명상 수련과 강의에 올인하는 아내. 집 밖의 철거 현장과 여인숙으로 떠돌아다니는, 역마와 같은 나의 유랑으로 빚어진 소통의 부재. 한 지붕 아래에서 사람의 말을 주고받지 않고 언제까지 견딜 수 있겠는가. 단절된 소통의 회복이 필요하다. 문명과 자본과 속도의 세태를 역주행하는 돈키호테 같은 여인숙 다큐를 포기하자. 아내가 원하는 명상 기행 사진 에세이 작업을 하는 게 옳다. 그것이 유일한 소통의 통로다. '지금 이 순간, 홀로 길을 떠나는 모든 나그네들에게 이 책을 바친다'. 사진 에세이 머리글도 완성해 두었다. 책을 내기로 아내와 약속한 지 오륙 년이 지났다. 지지부진하게 시간만 날리던 작업을 끝내자. 그러면 나는 카메라 셔터를 누를 수 있고, 아내는 자신의 욕망을 이룰 수 있을 것이다.

그렇게 작정했다. 다시는 여인숙 근처에도 가지 않겠다고 입술을 깨물었다. 용주 형과 제주도 4·3 추모 70주년 기념식을 다녀온 뒤, 형에게 약속한 대로 나는 카메라 셔터를 누르지 않았다.

더 늦기 전에 묵은 작품들 털고 가라. 오래 묵힌다고 시에서 사리가 나오는 것도 아니고.

4·3 추모 시화전에서 선후배 시인들 몇몇이 코를 쑤신 게 결정타였다. 첫 시집을 내고 십여 년. 개점휴업 중인 시 창작 활동을 두 번째 시집으로 재개하라는 충고를 3박 4일간 들었다. 술잔으로 뒤통수를 얻어터져 가면서. 나는 집으로 돌아와서 곧장 낡고 궁핍한 시에 쌓인 먼지를 털었다. 그리고 초여름부터 겨울까지 끙끙거린 끝에 두 번째 시집을 묶어 냈다. 한 달 전의 일이다. 여인숙 다큐 사진은 생각할 겨를도 없었다.

민우야, 미안한 말인데…….

무슨?

전에 아내 모르게 여인숙 촬영 경비 모아 둔 것 있다고 했었잖아.

그런데?

거기서 조금 잘라 내 봐.

형, 이번에 시집 내느라 다 털었어. 그걸로 모자라서 아내한테까지 손 내밀었고.

민우야, 그분 상처가 깊은 분이야. 내가 도와드린다고 약속을 했는데, 나 때문에 다시 상처를 받으면…….

엉겁결에 셋째 딸을 처음 만나 첫 시집을 건네준 뒤, 두 주일 동안 형의 통화와 문자는 집요하게 이어졌다. 형의 요구에 백기 투항하듯 결국 돈을 빌려주기로 결정한 다음이었다. 형은 하루

세끼 밥 먹듯 상처를 강조했다. 내가 그녀를 만나면 무슨 상처를 준다는 것인지. 어떻게 해야 상처를 주지 않는다는 것인지. 약속 날짜를 잡고 전전반측하면서 생각을 반복해도 상처가 문제가 아니라 결국 돈이었다. 셋째 딸에게 필요한 돈을 마련해 주면 해결될 일이었다. 그런데 내가 육백만 원을 마련할 수 있는가. 그것도 아내 모르게? 불가능한 일이었다. 육백만 원은 이십 년 넘은 낡은 아파트 담보대출로 가능한 육천만 원보다 큰 액수였다. 급여 통장을 아내가 쥐고 있는 한 내게서 백만 원 단위의 뭉칫돈이 만들어지는 일은 여든 살에 이가 나는 일이나 마찬가지였다. 가까스로 이백만 원을 만든 것도 기적이었다.

십만 원만 더 쳐주시지요.

둘 합쳐서 백구십 이상은 어렵겠습니다. 불경기 때문에 중고 시세가 완전 바닥이라는 것, 잘 아시잖아요.

남대문시장 중고 카메라 상회를 들른 게 어제였다. 셋째 딸을 만나기로 약속한 하루 전, 논술학원 휴강을 틈타 어렵게 낸 휴가였다. 표준렌즈와 접사렌즈만 남겨 두고 200mm 망원렌즈와 24mm 광각렌즈를 처분했다. 지난해 제주도를 다녀온 뒤 일 년 동안 저만치 두고 보던 렌즈를 남의 손에 넘겨 버린 것이다. 한때 품고 싶어 몸살을 앓던 렌즈였다. 그토록 절실했던 여인숙 다큐 사진 작업에서 멀어지는가 싶더니 급기야 아끼던 촬영 장비를 처분하다니. 하루가 지나도록 현실감이 없었다.

남대문시장 뒷골목 식당에서 갈치조림을 먹으며 나는 수없이 마음의 셔터를 눌렀다. 사라진 렌즈를 번갈아 끼우고, 회한의 흑백필름을 감고 풀면서.

골목, 골목 끝없이 출렁이는 사람의 파랑. 숭고한 생의 석탑처럼 쌓인 금빛 갈치조림 양은 냄비들. 그것은 내 사진의 전부인 것처럼 오랜 세월 품었던 세계다. 비좁고, 시끄럽고, 온갖 음식 냄새의 도가니 같은 골목 풍경. 휴먼 다큐만을 고집하는 내 사진의 가치와 목적이 오롯이 담겨 있는 아름답고 따스한 풍경이었다. 빈손으로 그것을 바라보는 어느 순간, 갈치조림 냄비에 나도 모르게 떨어지는 눈물을 숟가락으로 부들부들 떨면서 먹었다.

*

주말이다. 셋째 딸과 꼬리곰탕을 먹고 헤어진 뒤 내내 기다렸던 주말이다. 일출 전이었지만 박명을 훌쩍 넘긴 이른 아침. 서둘러 이화령을 다녀와야 한다.

어젯밤 일기예보가 반가웠다. 이틀 남짓 꽃샘추위가 이어진다고 했다. 이월 말인데, 강설 소식도 곁들여졌다. 얼마 만의 눈 소식인가. 기상청 발표는 영동 지방에 5cm 안팎의 눈이 예상된다고 했다. 그 정도면 이화령 골짜기에도 눈이 쌓일 것이다. 어제, 오늘 꽃샘추위 덕분에 행여 분지제가 얼었다면, 수면 위로 발자국이 찍힐 만큼 눈이 깔려 있을 게 분명했다. 서너 해 전 겨울에 분지제를 다녀갈 때도 그랬다. 명상 사진 에세이를 쓰는 중이었다. 나는 꽝꽝 얼어붙은 분지제 한복판에서 사진 찍을 생각은 하지 않은 채 한참을 서 있었다. 골짜기 좌우의 산 능선이 소실점처럼 합쳐진 설경이라니. 야생동물의 발자국처럼 눈 덮인 호수에 찍힌 사람의 발자국이라니. 그 풍경이 아직 그대로 살아 있을 듯했다.

먼저 분지제 눈을 밟고 마을을 둘러보자. 일정이 여유가 있어서 사북을 둘러볼 수 있다면 좋으련만.

봄 학기 개강한 뒤부터 물 마실 틈도 없이 일과가 바빴다. 주말 외엔 시간을 내는 게 불가능했다. 정시모집이 끝나고 여유가 있다 싶어서 중간중간 잘라먹은 휴가 때문에 평일엔 학원을 벗어날 수가 없었다. 카메라 배낭을 꾸려 본 기억이 가물가물하다. 비록 눈 가뭄 탓이긴 했지만 겨울 끝이 보이도록 명상 사진 에세이 촬영을 못 했다. 카메라 셔터가 시뻘겋게 녹슬어 있을 것처럼 불안하다. 움직여야 한다. 나는 걸어야 숨을 쉰다. 숨 쉴 시간과 공간이 필요하다. 주말은 내게 산소마스크 같은 존재다. 그 산소마스크를 수십, 수백 번 쓰고 벗었지만 여전히 부족하다. 오늘 이화령으로 떠나면서 비로소 그 산소마스크를 다시 쓴다.

괴산이 고향이어요. 연풍면 이화령.

이틀 전이었다. 곰탕집에서 셋째 딸을 만난 것은. 이월 중순에 역전 다방에서 돈 봉투를 건네준 뒤 세 번째 만남이었다. 식사가 끝날 무렵이었다. 그녀가 불쑥 이화령을 꺼냈다.

이화령 골짜기의 분지제 옆 마을이 고향이어요.

바쁜 일과 중에 어렵게 평일에 날을 잡았다. 저녁 식사를 꼭 대접하고 싶다는 셋째 딸의 요청을 계속 거절할 수가 없었다. 민우야. 그 사람, 절실해. 한 번만 도와드려라. 용주 형의 간청대로 렌즈를 팔아 돈을 건넸지만, 기껏 이백만 원을 빌려주면서 차용증까지 쓴 일로 내내 마음이 불편했다. 그래서 몇 번씩 거절했던 저녁이었다. 그녀가 곰탕을 먹자고 해서 역전 근처 곰탕집에서 만났다. 그 많은 카페와 식당을 두고 하필 다방이라니. 곰탕집이라니. 그것도 뒷골목에 여인숙이 쫙 깔린 역전 통이라니. 곰탕을 먹는 내내 그 생각을 하는데 식탁 위로 이화령이 올라앉았다.

분지제라면, 이화령 맞은편 골짜기의 저수지 아닌가요?

네. 맞아요. 그곳을 알고 계시는군요.

예. 전에 다녀온 적이 있습니다.

분지제 지나면 마을 둘이 있는데, 첫 번째 마을이어요. 거기서 초등학교 졸업할 때까지 살았어요.

맨 처음 이화령을 꺼낸 것은 셋째 딸이 아니었다. 나였다. 그녀의 시집 때문이었다. 곰탕 뚝배기 바닥이 드러날 무렵이었다.

이것…….

그녀가 얇은 책 한 권을 식탁 위로 천천히 들이밀었다. 표지의 빛이 절반은 날아간 시집이었다.

시집이군요.

네.

유나현……. 아, 시집을 내셨군요.

네.

그런데…… 제4시집이라면?

맞아요. 네 번째 시집이어요. 이사를 자주 하다 보니 분실한 건지, 박스 어디에 담겨 있는지 나머지는 찾을 수가 없어서 이것만 들고 왔어요.

나는 두 번 놀랐다. 셋째 딸이 시를 썼다는 것과 네 권의 시집을 냈다는 사실에, 어안이 벙벙했다. 무슨 말을 꺼내야 할지 난감했다. 마흔 후반의 여자. 남편과 사별하고 가계가 어려워 국가 장학금으로 가까스로 대학에 입학한 외아들과 사는 생활보호대상자. 이것이 내가 아는 셋째 딸의 전부였다. 용주 형이 셋째 딸에 대해 내게 들려준 이야기도 더 이상은 없었다. 굳이 찾는다면 때때로 고찰과 암자를 드나드는 보살이라는 정도. 그런데 시집을 네 권씩이나 발간했다니.

제가 곰탕을 좋아한다고 했죠?

예. 저도 좋아합니다만.

실은 제가 곰탕집을 했어요. 성남시에서. 그때 서울을 오가며 네 권의 시집을 냈어요.

아, 그랬군요.

십 년쯤 전에 식당을 접고 이곳으로 내려올 때까지 바쁘게 살았어요. 평일에 식당 문을 닫을 만큼 문학 활동도 정신없이 했고요.

돈 봉투를 가지고 두 번째 만났을 때, 그때 보았던 셋째 딸의 캐릭터가 재현되고 있었다. 이 실장님이 시를 쓰시니까 갑자기 떠오르는 게 있어요. 실은 저도 고등학교 때 문예부로 활동하면서 방방 뜨던 문학소녀였어요. 그 끼를 살려 결혼하고도 문학소녀인 척하면서 살았지요. 호호호. 아무 거리낌 없이 차용증에 날인을 한 다음이었다. 셋째 딸이 말끝에 느닷없이 웃었다. 나는 깜짝 놀랐다. 용주 형과 함께 처음 만났을 때의 모습이 아니었다. 내외를 하듯 시선을 피하며 낮고 가느다란 목소리로 떠듬떠듬 문장을 이어 갔던 그녀가 돌연 무겁고 거친 목소리로 만연체를 단숨에 쏟았다. 게다가 비속어까지 사용하면서. 그 모습을 다시 보이고 있었다. 나는 자세를 고쳐 앉았다.

저는 겨우 두 권을 냈는데, 부끄럽습니다.

부끄럽기는요. 얼마나 썼는가가 아니라 무엇을 담았는가, 그게 중요하겠죠.

진심으로 한 말이었다. 비슷한 기간에 네 권의 시집을 낸 사람에 견주면 이것은 단순히 과작의 문제가 아니었다. 시인의 정신, 시에 대한 나태와 무책임의 문제였다.

그런데……. 문득 궁금해졌다. 대체 무엇이 그녀의 다섯 번째 시집을 가로막았을까. 남편의 죽음? 곰탕집? 그녀를 만나는 동안 그녀에 대해 아무것도 묻지 않기로 했으므로 나는 묻지 않았다. 물어볼 틈이 없었다. 그녀가 잠시 닫았던 입을 열었다.

시를 쓰면서 대중가요 작사도 했어요. 요즘도 노래방에 가면 제 작품이 두어 편 불려지고 있고요.

그런 일이 있었다니 놀랍기만 합니다.

그 시절은 활짝 핀 꽃처럼 아름다운 시절이었어요.

예. 모습이 그려집니다.

셋째 딸의 젊은 날이, 문학이, 그 붉은 꽃잎들이 눈앞에서 휘날렸다. 사월마다 대청호 동쪽 호숫가에서 흠뻑 젖던 벚꽃의 꽃비. 그 꽃비를 여기서 만나다니.

그렇게 살았는데…….

전율을 느끼듯 꽃비에 젖은 몸을 털어 낼 때였다. 그녀가 젖은 목소리를 흘렸다. 예기치 못한 일이었다.

한때는 그렇게 살았는데…… 이젠 다 잊고…….

살았는데……에서 셋째 딸은 고개를 꺾었다. 다 잊고…….
말끝을 흐리면서 그녀의 어깨가 가늘게 떨렸다. 이백만 원이 담긴 봉투 앞에서 차용증에 서명을 할 때 무엇인가를 삼킨 듯 흔들리던 그 모습이었다.

남편이 떠난 뒤 식당도 사라지면서 저는 시를 버렸답니다. 시와 관련된 모든 것을 지웠어요.

…….

당장 먹고사는 일이 문제였거든요. 시든 작사든 저에겐 사치였어요.

사치를 끝으로 그녀의 침묵이 다시 이어졌다. 계산대 앞에 서 있던 곰탕집 주인이 우리를 번갈아 바라볼 만큼 침묵이 길고 무거웠다. 나는 지금 당장 할 수 있는 일이란 이것밖에 없다는 것처럼 그녀의 사치에 대해 골똘해졌다. 그녀의 다섯 번째 시집을 가로막았을 사치. 그것은 누구든지 오랜 세월 동안 자신이 살아가는 분명한 이유였던 것이 어느 순간 자신의 삶을 무너뜨리는 욕망이 될 수 있다는 물증 같았다. 불가피하게 물증을 제시하고 기진한 듯 그녀는 침묵했다. 어쩌면 내가, 우리가 습관처럼 지나쳐 버리는 사치 이상의 무엇인가가 그녀의 침묵 속에 침잠해 있을지도 모른다. 잠깐 동안 그런 상상을 하다가 나는 작정한 것처럼 입을 열었다.

오래전에 시를 쓴답시고 여기저기 세상 구경을 다녔습니다. 서른아홉에 첫 시집을 내기 전까지였을 겁니다. 그러던 어느 날 이건 사치다, 돈과 청춘을 낭비하는 사치. 그런 생각으로 그만두었습니다.

그랬군요.

세상 안 가 본 곳이 없습니다. 길이 있는 곳이면 어디든 걸었습니다.

…….

전라남도 강진, 해남 땅끝부터 강원도 정선, 사북, 구절리까지. 동두천, 평택, 오산 미군기지 주변과 거문도, 소청도, 안마도, 가거도. 봉화, 이화령, 청송, 인제, 무주, 지리산까지 걸어보았습니다. 집 밖으로 무작정 떠돌았습니다.

많이 힘들었겠어요. 이 실장님이나 가족 모두.

네. 갈등이 좀 있긴 했습니다만…….

그때의 경험으로 앞으로의 인생이 깊고 넓어질 듯해요. 이미 그렇게도 보이고요.

혹시 계간 문예지 C를 아시는지요?

동문서답인 줄 뻔히 알면서 나는 하고 싶은 말을 꺼냈다.

네, 알고 있어요.

오래전에 떠돌면서 썼던 시가 두 편 실린 적이 있답니다. 한 편은 변산반도 모항에서, 한 편은 이화령에서 쓴 시였어요.

아, 네.

메이저 잡지에도 실리고, 한때는 저도 잘나가던 시절이 있었는데 말입니다. 하하. 분위기를 바꾸고, 가능하다면 잠깐이라도 웃자고 한 말이었다. 오늘 저녁 식사가 그녀의 상처를 깊게 만들까 싶어서. 아슬아슬하게 봉합된 삶의 흉터들이 툭툭 터질까 염려되어서. 그러나 그녀는 웃지 않았다. 지금, 당신의 사치와 나의 사치를 견주는 게 적절하다고 여기시는지요? 그런 반문을 입속에 숨겨 둔 때문일까. 그녀는 조금 전보다 천천히 눈을 들고, 꼭 그렇게 해야만 되는 것처럼 내 눈을 마주 본 채, 무겁게 입을 열었다.

이 실장님.

예.

오래전에 걸어 보셨다는 이화령, 시도 쓰시고…….

예. 충북 괴산의 이화령.

제 고향이어요.

아! 그랬군요.

이화령으로 알려진 연풍면 분지제 옆 마을……. 거기서 초등학교 졸업할 때까지 살았어요.

*

고속도로 휴게소를 들르지 않고 두 시간 가까이 차를 몰아본 적이 있던가. 기억에 없었다. 그러고 보면 단숨에 목적지까지 질주할 만큼 절실한 일이 없었다. 오십이 년을 살아오는 동안 그랬다. 섬과 오지 같은 장거리 주행은 한 시간 남짓 운전 뒤엔 반드시 차를 세웠다. 차와 나, 둘 다 체력 낭비를 줄일 겸, 여유도 가질 겸.

오늘 아침 집을 떠나 이화령까지 논스톱으로 달려온 길을 항공촬영하면 자동차가 일필휘지로 쓴 거대한 상형문자일 것이다.

객쩍은 생각을 털면서 분지제 입구에 차를 댔다. 아홉 시 오분. 분지제는 얼지 않았다. 눈도 쌓이지 않았다. 분지제 주변 골짜기에 살짝 날리다 만 듯한 잔설이 조금 남아 있을 뿐. 멀리 문경새재로 넘어가는 이화령 옛길 중턱엔 그나마 희끗희끗한 눈 무덤이 남아 있긴 했다. 이상 고온 현상으로 이 깊은 골짜기마저 겨울이 시르죽은 모양이었다.

분지제 너머 두 마을을 돌아보고 시계를 들여다보니 열한 시였다. 아직 점심이 일렀다. 그만둘까 하다가 카메라를 꺼내 분지제의 소실점을 찍고, 구절양장 같은 이화령 옛길을 타고 올라 백두대간 이화령 휴게소에 서서 이화령 골짜기를 내려다본 뒤 다시 연풍면 마을로 내려온 게 오후 한 시였다. 허기가 느껴졌다. 간단히 점심을 먹으면 사북을 다녀올 시간이 가능할 것 같았다.

오늘 저녁, 시간이 되는지요?

차를 세우고 식당을 찾는 중이었다. 카톡이 왔다. 셋째 딸이었다. 무슨 일이시죠? 그 문장을 지우고 다시 썼다.

멀리 나와 있답니다.

촬영 가셨는가 봅니다.

아니, 그냥 빈손으로 바람 좀 쐬려고요.

나는 또 이화령을 썼다가 지웠다. 카톡이 길어질 것 같았다.

죄송하지만, 오늘 뵐 수 있는지요?

글쎄, 사북을 다녀와야 하는데, 다음에 뵈면 안 될까요?

저녁 식사는 하지 않고 잠깐만이라도……. 제가 내일부터 멀리 떠나거든요.

죄송합니다. 먼 길이라 차가 막힐지도 모르고.

휴대폰을 닫고 마을을 두 바퀴씩이나 돌고서야 된장찌개를 먹었다. 맵지 않은 음식을 찾기가 힘들었다. 위장병 때문에 집을 나서면 늘 그랬다. 맵고 짜고 뜨거운 밥상을 피해 다니기에 바빴다. 오늘도 그랬다. 맛이 있든 없든 먹을 수 있는 밥과 반찬이면 그만이었다. 어머니의 손맛 따위는 호사였다. 그런대로 적당한 식당을 찾았고, 어떻게 밥을 삼켰는지 모르게 밥상을 비우고 일어섰다. 시간을 아껴 쓸 필요가 있었다. 아니, 시간보다도 셋째 딸의 카톡이 자꾸 목구멍에 걸렸다.

내일 떠나면 일 년쯤 뒤에나 돌아올 것 같아요.

나는 된장찌개에 밥을 말아 꾸역꾸역 밀어 넣었다. 이제 사북만 돌아보면 오늘 여정은 끝이다. 그러께 가을에 가졌던 세 번째 휴먼 다큐 사진전《어머니뎐傳》의 주인공 한 분을 만나기로 했다. 옛 동원탄좌 어머니 광부다. 거동이 불편한 어머니의 안부가 궁금해 찾아뵈려는 중이었다. 사북까지 편도 한 시간 반. 머무는 시간을 포함해 왕복 대여섯 시간을 잡으면 사북을 돌아본다. 조금 먼 여정이지만 지금 길을 떠나면 된다. 나는 식당 맞은편 주차장으로 종종걸음을 쳤다.

하늘은 대체로 맑았지만 바람은 아침처럼 맵찼다. 분지제 골짜기에선 맛도 멋도 없던 바람이 골짜기 밖에선 제법 꽃샘바람 시늉을 냈다. 진작부터 이럴 것이지. 이른 봄에 꽃샘바람이라니. 어쨌든 먼 길을 떠나왔으니 꽃샘바람이라도 좋고, 눈보라면 더욱 좋고……. 나는 즐겁게 투덜대며 중부내륙고속도로 방향으로 차를 몰았다. 식도가 막힌 것처럼 가슴이 답답하게 느껴져 입안에 털어 넣은 두 개의 껌을 세탁기의 빨래처럼 입안에서 투덜투덜 휘돌렸다.

을녀 말인데, 상태가 어떤가.

유구 육 선생님의 전화를 받은 것은 연풍IC를 막 들어설 무렵이었다. 블루투스 카폰 음량을 높이다 하마터면 빨래를 삼킬 뻔했다.

우후죽순처럼 잎눈이 올라와서 시원하게 통풍시켜 주고 있습니다.

내일까지 꽃샘추위라는데 바람 맞으면 절단 나는 거 알지?

아, 창문을 활짝 열어 두었는데요.

무슨 말씀인가. 당장 창문 닫고 바람을 피하도록 하게.

여름에 육 선생님과 함께 열매를 감상하기로 약속을 한 터였다. 큰일이었다. 돌아갈 때까지 집에 창문을 닫아 줄 사람이 없었다. 중부내륙고속도로를 십여 분 달린 끝에 괴산IC를 빠져나왔다. 괴산 방향 국도를 가로질러 중부고속도로를 타는 게 집으로 가는 지름길이었다. 속이 답답해 잠깐 쉬어 갈 생각으로 매표소 갓길에 차를 세웠다.

오늘 사북 일정은 취소했습니다. 돌아가는 중입니다. 저녁에 시간을 낼 수 있겠습니다.

셋째 딸에게 카톡을 보낸 뒤 답신을 기다렸다. 십여 분이 지나도록 답신이 오지 않았다. 식도에서 무엇인가 역류할 것 같아서 껌을 뱉고 심호흡을 했다.

을녀 아니라도 대부분 나무들은 직풍을 맞으면 동해를 입는다는 것, 아직도 모르겠나.

셋째 딸의 답신을 기다리다 소식이 없어서 육 선생님 폰 번호를 찍었다. 을녀가 내내 불안했다.

나무들은 영하로 떨어지고 화분이 얼어도 죽질 않아. 봄에 잎눈, 꽃눈이 움직일 때, 그때 꽃샘바람에 치이면 절명하는 거야.

예. 제가 깜빡했습니다.

나는 통화를 끝내고도 시동을 걸지 않았다. 차창을 반쯤 열어 둔 채 심호흡을 반복했다. 이화령을 떠날 때부터 응급실 풍경이 오버랩되었다. 달포쯤 전, 자정을 넘기고 119 구급차를 탄 적이 있었다. 초저녁에 먹은 삶은 고구마가 문제였다. 역류성식도염을 앓기 시작한 게 십오륙 년 전의 일이었다. 그동안 식도 질환으로 내과 치료를 받아 왔지만 먹은 음식이 역류하거나 구토 증세를 종종 겪어 왔다. 그러던 중에 응급실 신세를 질 만큼 삼킨 고구마를 토했다. 자정을 넘길 때까지 열 번 가까이 쏟았을 것이다. 내장 속이 완전히 비워진 다음에 탈진 증세로 결국 119를 불렀다. 그런데 그날과 비슷한 조짐이 보였다. 육 선생님과 통화를 하는 내내 구토 증세가 느껴졌다. 차 밖으로 내려서 위산으로 뒤범벅된 음식물을 두어 차례 뱉어 냈다.

초등학교 땐 몸이 약해 바람만 불어도 휘청거렸다니까요. 언니랑 냇물에 빨래하러 갔다가 바람에 날아가서 물에 빠진 적도 있어요.

나는 차창을 열어 둔 채 구토 증세를 잊으려고 즐거운 상상을 했다. 파안대소했던 일들을 찾아 기억 속을 헤집었다. 전설하나가 손에 잡혔다.

몸 튼튼한 조 선생은 행복하겠어. 나는 십 년 동안 1kg 찌는게 목푠데 아직 꿈을 못 이루었어.

개강하던 날, 늦은 저녁을 먹은 뒤였다. 대입 논술반 특강을맡은 조 선생과 한참을 웃었다. 소설 쓰는 후배였다. 멸치처럼 마른 내 체형과 인공 연못의 거대한 잉어 같은 후배의 체형을 두고 합석한 직원들이 한바탕 설전이 벌였다. 살 빼는 방법과 살찌는 비결에 대해. 비만과 마른 체형의 장단점에 대해. 그러다 조 선생의 초등학교 추억이 바람처럼 날아들었다. 누구랄 것 없이 허리를 뒤틀며 웃었다. 70kg을 넘나드는 그가 어릴 때 바람에 날아가 물에 빠졌다니.

삼 년째 고립무원……. 나에게 고독의 전보 같은 문자를 날린 문 시인. 두 주일이 지나도록 소식이 없다. 국제 특송으로 보낸 시집이 알래스카에 닿기가 무섭게 얼어붙은 것인지. 누군가 시집의 고드름을 부러뜨린 것은 아닌지.

고맙게도 구토의 불안감을 잠시 잊게 해 준 것은 전설도 전보도 아니었다. 꽃샘추위였다. 제대로 독이 오른 것처럼 바람이 매웠다. 맵찬 바람 덕분에 불안감이 사라지는가 싶었다. 그러다 문득 을녀가 눈앞에 어른거렸다. 을녀 앞에 텅 빈 창문이 보였다. 아니, 그것은 을녀의 창문이 아니라 셋째 딸의 창문이었다. 걱정이었다. 그녀의 월세방 창문이 열려 있는 것은 아닌지. 겨우내 열어 둔 채 견디는 것은 아닌지. 지난달 말에 처음 만났을 때부터 이틀 전 세 번째 만나는 날까지 그녀의 옷은 방한복이 아니었다. 내복을 입지 않은 것처럼 통이 헐렁헐렁한 면바지에 조깅을 끝내고 그대로 입고 나온 듯한 후드 티. 구제 쇼핑몰이나 빈티지 샵에서 구입한 듯한 낡고 얇은 스카프. 그녀의 옷차림은, 그녀는…… 도무지 겨울이 아니었다. 가을이거나 봄이었다. 그녀의 몸은 내 아파트 베란다처럼 창문이 활짝 열려 있었다. 그렇다면 십중팔구 그녀의 집도 마찬가지일 것이다. 어쩌면 지금쯤 직풍을 맞고 동해를 입기 시작한 을녀처럼 그녀 역시…….

느닷없이 목구멍이 매슥거렸다. 사라졌던 구토 증세가 재발하는 것 같았다. 나는 차 시동을 걸고 가속페달을 밟았다. 매표소를 벗어나기가 무섭게 할 수 있는 한 최대로 가속을 붙였다.

*

민우, 너, 그분한테 차용증 쓰게 했다면서.

응.

꼭 그렇게 해야만 했니?

어쩔 수 없었어.

그래도 그렇지. 내가 보증한다는 사람인데.

용주 형의 보증. 그리고 형이 보증한 사람. 둘 다 신뢰할 수 없었다. 나는 수치스럽게 여겨져 묻어 둔 말을 꺼냈다.

형. 그거, 렌즈 팔아서 만든 돈이야.

렌즈를? 언제?

차용증 쓰기 전날에 남대문시장 다녀왔어.

렌즈를 팔면, 사진은 어떻게 하고?

그러니까 말이야, 형. 이제 내 상황이 이해돼? 학원 쪽방에서 혼자 살고 있는 형 못지않게 나도 힘들어. 형은 그래도 하고 싶은 팝아트 강의라도 하지만 나는 셔터도 누르지 못한 채 견디는 중이라고.

용주 형과 대화를 하는 내내 입에서 구토의 여진이 느껴졌다. 자칫 잘못하다간 역전 다방에 한바탕 소동이 벌어질지도 몰랐다. 구토의 지진을 피해 손님들이 역 광장으로 뜀박질이라도 하는 날엔 낭패였다. 아르바이트 학생에게 부탁해서 따뜻한 물을 한 모금 마셨다.

따지고 보면 괴산 시내 약국에서 마신 소화제도 소용없었다. 배 속에 든 것을 쏟아 내고 나서야 속이 편해졌다. 고속도로 휴게소 화장실을 두 번 왕복하면서 넘기고, 세수하고, 용주 형의 전화를 받은 게 오후 네 시 반 어름이었다. 일곱 시에 그분 만나기로 했다면서. 그 전에 나 좀 보자. 무슨 급한 볼일이 있는 것처럼 형의 목소리가 높았다. 집에 들러 베란다 창문을 닫고 옷을 갈아입은 뒤 허겁지겁 역전 다방에 도착한 게 일곱 시 십 분 전이었다. 형은 삼십 분 전부터 다방에 앉아 있었다고 했다.

그런데 형, 그분에게 어디까지 말한 거야?

뭘?

나에 대해서.

별것 아니야. 너 다큐 사진 작업하다 그만두었다는 것 말고는.

그게 별것 아닌 얘기야?

그분 상처가 깊어질까 염려해서 몇 마디 했을 뿐이다.

상처라니? 내가 그분에게 상처라도 준다는 것처럼 들리네.

내 목소리가 너무 크다 싶었다. 다방 손님들이 일제히 나를 돌아보았다. 무슨 상처? 마치 내게서 상처라도 입을 것처럼 다들 눈꼬리를 치켜떴다.

형, 자꾸 상처, 상처, 하는데…….

내 입안에 구겨 넣었던 상처를 용주 형의 코앞에 뱉어 내면서 침 덩어리가 탁자 위로 튀었다. 내 상처라도 발견한 것처럼 형이 흠칫 놀랐다.

도대체 그 상처가 우리하고 무슨 관련이 있다는 거야?

너, 그분 시집 받았지?

응.

그분, 시에 목숨 걸었던 사람이야. 작사가로도 성공하려고 동분서주했었고. 그러다가 상처를 입고 모든 걸 잃어버린 거라고.

그런데?

그 상처, 우리가 만든 거야. 따지고 보면 우리 책임이라고.

그게 무슨 소리야? 남편과 사별하고 다 그만둔 것이라는데. 식당이고 문학이고 말이야. 그게 왜 우리 책임이라는 거야?

아, 그분이 얘기를 감춘 모양이구나.

무슨 얘기를?

남편과 사별한 건 맞아. 아들이 놀이방 다닐 때니까 십오륙 년 전쯤에 직장암으로 떠난 건 맞는데…….

맞는데, 뭐?

홀로 견디는 중에 힘든 일을 겪었어.

힘든 일?

문학, 음악 등등, 사람들 틈에서.

요즘 떠들썩한 것, 권력을 가진 자들의 횡포, 미투, 그런 거?

그걸 포함해서 여러 가지를. 말하자면 우리처럼 예술가 행세를 하는 사람들로부터 상처를 당한 거야.

…….

민우 너는 아직 모르고 있는 것 같은데, 그분, 소리꾼을 꿈꾸던 분이야.

소리꾼을 꿈꾸었다고?

그래. 문학보다 먼저 시작한 소리 공부였어. 상처 때문에 포기하고 말았지만.

하, 알면 알수록 놀랍고 아픈 분이네.

그분이 어떻게 살아왔는지, 언젠가 이야기를 다 전해 들으면 알겠지만, 어쨌든 민우야. 오늘 만나면 차용증은 돌려받았으면 좋겠다.

생각해 볼게.

오실 때 됐지? 나 먼저 일어난다.

형은 합석하는 게 아니야?

시청 예술진흥팀과 모임이 있어. 시내 설치미술 지원 사업 때문에.

*

흡사 연극 무대의 한 장면처럼 다방 출입문 오른쪽 방향으로 형이 사라지는 것과 동시에 셋째 딸이 왼쪽에서 들어섰다. 그렇다면 분명히 형의 뒷모습을 보았을 것이다. 그럼에도 그녀는 짐짓 못 본 것처럼 내 옆자리로 곧장 다가섰다. 그 모습 역시 연극의 한 장면 같았다. 주어진 배역을 빈틈없이 수행하는 연기자처럼 한편 자연스러우면서 또 한편으론 어설프게 여겨지는 행동들. 형과 셋째 딸은 중견 연기자였다. 나도 그랬다.

오셨군요. 내일 먼 길 떠나려면 바쁘실 텐데, 시간을 내셨습니다.

나는 내 앞에 앉은 셋째 딸에게 준비된 대사 한 토막을 툭, 던졌다. 7, 80년대 드라마에서나 볼 수 있는 역전 통 다방. 시대에 걸맞지 않은 배경에 어울리도록 거무튀튀한 등산 재킷을 입은 채 나는 신파조의 목소리를 흉내 냈다. 최대한 감정을 쏟아부은 어조로. 이제 그녀의 입에서도 대본에 쓰인 만연체 한 문장이 흘러나올 것이다. 낮고, 거칠고, 굵은 톤으로.

시, 잘 읽었어요.

전혀 예상 밖이었다. 그녀의 첫 대사는 단문이었다. 나는 애드리브를 쳤다.

아, 보셨군요. 저도 시집 고맙게 잘 읽었습니다.

거짓말이었다. 나는 셋째 딸이 건네준 시집을 제대로 열어보지 않았다. 표제 작품을 포함해 두어 편만 정독하고 나머지는 휘리릭 넘기다 말았다. 시의 내용들이 관념적인 데다 상투적 표현들이 지나치게 많아서 깊이가 얕아 보였다. 풍요롭던 시절에 쓴 탓인지 삶의 내력을 담는 그릇이 아직 제대로 빚어지지 않았구나. 삶도 시도 절박하지 않구나. 그런 생각으로 시집을 덮었다.

한 편, 한 편이 소중하게 여겨져 끝까지 정독했어요.

기행과 사진에 밀려 십여 년을 흘려보낸 뒤 억지로 쓸어 모아 묶어 낸 시집이었다. 그것을 끝까지 정독했다니.

을녀, 보잘것없는 나무라고 업신여기지 마세요. 짧게 살다 떠나지만 귀한 생명이어요.

돌연 육 선생님의 목소리가 들렸다. 그녀가 육 선생님으로 빙의되어 자신의 시집을 허투루 읽은 나를 질책하는 것 같았다.

이 실장님. 오늘 꼭 만나자고 했던 이유…….

셋째 딸이 목소리를 낮추면서 물컵을 들었다. 나는 허리가 불편한 것처럼 자세를 고쳐 앉았다.

다시 글을 쓰기로 했답니다.

아, 그러셨군요.

내일 남도의 암자로 떠나요. 그래서 그 전에 뵈려고…….

예.

일 년 정도 일을 쉬기로 했어요. 그동안 아들의 생활비가 필요했고, 한용주 님을 만나 부탁한 것이었어요.

많이 도와드리지 못해 죄송합니다.

당장 살아남는 게 우선인데 글은 사치라는 생각으로 포기한 것은 맞아요. 그러나 살아온 이상으로 살아갈 날이 많은데, 이

대로 사는 거야말로 저를 그냥 죽이는 일이라는 생각이 들었어
요. 그렇게 죽는 게 너무…….

말을 끊고 그녀가 눈을 감았다. 내가 다 식은 물을 한 모금
마실 때까지 그녀는 눈을 감고 있었다. 감은 눈 속으로 무엇인
가 떠올리고 있는 것이 분명했다. 실체는 없지만 확연한 그 무
엇. 잊을 수도 없고 지울 수도 없는 그 무엇. 나는 식은 물컵을
감싸 쥐었다.

이 실장님도 글을 쓰니까 아시겠지만, 글 쓰는 것이야말로
저에게 가치 있는 일이고, 생존의 이유라는 판단으로 결정했어
요. 당장은 춥고 밥은 굶겠지만.

검붉은 실내의 조명 탓인가. 눈을 뜨고, 또박또박 만연체를
구사한 셋째 딸의 흰자위가 실핏줄이 터진 것처럼 붉었다.

제가 그동안 길을 잃고 너무 먼 길을 배회했던 것 같아요.
살아야 하는 이유를 잊을 만큼. 잃었던 길을 다시 찾아 걷고 싶
어요.

말끝에 그녀는 지긋이 눈을 내리뜨면서 유자차를 마셨다. 잃
었던 길을 찾아 걷는 것, 그게 저에게 살아갈 기회를 주는 것이
라고 생각해요. 나는 그녀의 말을 곱씹었다. 겨우내 열려 있던
그녀의 창문이 조용히 닫히는 소리가 들렸다. 짧은 순간, 다방
실내의 소음이 사라지면서 알래스카의 설경 한 점이 오버랩되었
다. 삼 년째 고립무원인 그녀는 잃어버린 길을 찾아 걷는 중일
까. 용주 형은, 나는, 지금 어느 길을 걷고 있을까.

이 실장님.

심연까지 가라앉은 듯한 셋째 딸의 목소리가 돌연 가벼워졌다. 바닥을 치고 허공으로 날아오르는 눈송이처럼 무게가 느껴지지 않았다.

혹시, 호수여인숙 신 양과 지금도 안부를 나누고 계신지요?

호수여인숙 신 양이라니? 나는 뜨끔했다. 호수여인숙은 강원도 정선의 여인숙에 머물며 썼던 시다. 여인숙 다큐 촬영으로 다녀가던 날, 호수여인숙에서 만난 직업여성이 신 양이었다. 이 아저씨가 미쳤나? 신 양에게 미친놈 취급을 당한 뒤 일 년 만에 촬영을 했고, 신 양 모르게 시 한 편을 품고 돌아왔다. 신 양과 안부를 끊은 지 세 번의 겨울이 지나는 중이었다.

안부 나눈 지 꽤 되었습니다.

그러셨군요.

그러잖아도 다음 주말쯤 정선을 다녀올 생각이랍니다.

나는 거짓말을 했다. 정선이 아니라 사북을 다녀올 계획이다. 어머니 광부를 만나야 한다. 시간이 되면 명상 기행 사진 에세이 촬영도 하겠지만 정선은 예정에 없다. 신 양을 다시 만날 까닭이 없다. 여인숙 다큐 작업을 그만두기로 하지 않았는가.

이 실장님. 혹시 차에 카메라 배낭이 있는지요.

예?

난데없는 질문이었다. 카메라에 놀라 사북과 어머니가 홀연히 사라졌다. 왜 갑자기 카메라를? 셋째 딸을 네 번째 만나고 있었지만 도무지 속내를 읽을 수가 없었다. 만날 때마다 무엇인가 당황스러운 일이 벌어지곤 했다. 네 권의 시집 발간부터 대중가요 작사, 그리고 아직 나에겐 밝히지 않은 소리꾼까지. 언제부턴가 그녀가 꾸며 놓은 미로에 내가 잘못 들어선 느낌이 들었다.

카메라 배낭은 항상 차에 두고 있습니다만, 무슨 일로?

여인숙 사진 촬영을 그만둘 생각이신지요.

이건 또 무슨 소린가. 여인숙 사진이라니. 점점 미로가 깊어지고 있었다.

용주 형이 말했나 보군요.

조금…… 전해 들었어요.

여인숙까지 말했다면, 형이 아예 제 신상을 다 털었던 모양입니다.

아니어요. 꽃을 좋아하신다는 말씀까지만 들었습니다.

그 형, 왜 그런 말을 꺼냈는지 모르겠네.

한용주 님 탓이 아니라 제 탓입니다. 제가 질문을 좀 많이 했거든요.

혹시, 형이 다른 얘기는 하지 않았는지요?

십 년 이상 작업했는데, 여인숙 촬영을 포기한 게 너무 아쉽다는 말씀을 했어요. 이 실장님, 그런데 그렇게 하시는 게…….

죄송하지만 다른 얘기는?

나는 셋째 딸의 말꼬리를 낚아챘다. 조금 전부터 그녀의 질문에 끌려다니는 것 같았다. 이대로 답변만 하다가는 엄두도 못

낼 일을 겪을지 몰랐다. 내가 대화의 흐름을 잡아 가는 게 좋을 듯했다.

죽을 고비를 넘겨 가면서 철거 다큐를 찍고 사진전까지 했는데, 여인숙 작업을 그만둔 게 안타깝다고 하셨어요. 피기도 전에 떨어진 꽃이라면서.

떨어진 꽃이라고요?

셋째 딸은 독심술을 익힌 사람 같았다. 조금 전, 내가 꽃을 좋아한다는 그녀의 말꼬리를 물고 내 머릿속으로 한 무더기 꽃을 피우려던 중이었다. 지난해 꽃샘추위로 피기도 전에 떨어진 꽃이었다.

아내와의 갈등도 있고, 여인숙 사람들 사귀는 일도 어렵고, 작업에 어려움을 많이 겪었다는 말씀도 들었어요.

잠깐만요. 사실은…….

나는 목젖에 힘을 주었다. 이쯤 되면 감출 일이 아니었다.

여인숙 다큐 사진은 형이 먼저 시작한 일입니다.

그랬나요? 그런 말씀은 안 하셨는데.

저를 사진으로 이끌고 여인숙까지 드나들게 한 사람이 바로 용주 형입니다. 지금은 팝아트 학원 강사로 활동하지만 한때는 대학에서 사진 강의도 했어요. 제 사진과는 격이 달랐지요.

사진 공부하다가 그만두었다는 얘기는 들었지만 여인숙은 천만뜻밖이군요.

따지고 보면 용주 형이야말로 한창 피다가 하루아침에 떨어진 꽃이지요.

……

부질없는 욕망이라며 스스로 떨어뜨린 셈이긴 하지만.

……

셋째 딸이 조용히 고개를 꺾었다. 나는 아차 싶었다. 꽃 이야기가 필요 이상으로 나간 것 같았다. 오죽했으면 형 스스로 꽃잎을 떨어뜨렸겠는가. 그녀 역시 오죽했으면. 나는 그녀 몰래 아랫입술을 깨물었다.

이 실장님.

예.

사실…… 오늘 제가 뵙자고 한 것은…….

예.

다른 게 아니라, 제가 신 양이 되어 드릴까 해서 그랬습니다.

신 양이라니. 여인숙보다 더 느닷없는 말이었다. 당황스럽다 못해 민망하기까지 했다.

인터넷에서 이 실장님 블로그를 봤어요.

가볍고 낭랑했던 셋째 딸의 목소리가 신 양이 등장한 뒤부터 굵고 낮은 톤으로 바뀌었다. 나는 긴장했다. 이어질 말이 궁금했다.

거기, 정선 호수여인숙 사진 속의 신 양 뒷모습을 보았는데, 아무래도 신 양에 대해 사진을 다 찍지 못한 것 같아서 제가 대신…….

신 양에 대한 사진? 그 말은 신 양에 대해 내가 찍으려 했던 사진을 다 알고 있다는 뜻이다. 그런데 그걸 어떻게? 신 양과 같은 매춘 직업여성과 포주, 달방 사람들에 대한 인물 사진. 여인숙 다큐 사진의 마지막 작업이다. 그 작업이 어려워 결국 촬영을 포기했던 터였다.

혹시 해서 말씀드리면, 이렇게 하는 거, 차용증 때문이 아니어요. 물론 한용주 님의 뜻도 아니고요.

…….

제가 다시 글을 쓰기로 한 것처럼 제 스스로 판단하고 결정한 일이어요.

나는 고개를 꺾은 채 아무 대답도 하지 않았다. 이 상황을 어떻게 받아들여야 하는 걸까. 내가 드나든 수많은 여인숙 간판과 실내 풍경들이 4차원의 그래픽 영상처럼 머릿속을 휘젓고 다녔다.

여인숙 다큐 사진. 애초부터 돈과 시간과 사회적 편견으로부터 자유롭지 못한 작업인 줄 알면서 시작한 일이었다. 예상했던 대로 몸이 망가지고 주머니가 바닥났다. 게다가 아내와의 갈등이 곁들여지면서 회의가 끊이질 않았다. 신 양과 호수여인숙을 포함해 여인숙을 생존의 공간으로 여기며 살아가는 사람들. 모두가 외면하는 그들의 삶에 대한 기록이 무슨 의미가 있는가. 내 생에 어떤 가치가 있는가.

나를 비롯해 한때 생의 절정을 향해 꽃을 피웠을 여인숙 사람들. 지금 한창 절정에서 추락하고 있을 그 꽃들이 미세먼지에 가려진 하늘의 별처럼 희미하게 빛나는 여인숙이라는 우주. 그동안 나는 내 추락한 꽃의 부활을 꿈꾸며 그 우주의 한 모퉁이에서 미아처럼 떠돌았던 것은 아닐까. 그리고 그 우주의 또 다른 한 모퉁이에서 셋째 딸도 자신의 꽃을 피우려다…….

이 실장님. 강원도 정선이라면 여인숙이 작아서…….
목소리의 허리를 꺾은 것처럼 셋째 딸이 낮고 무겁게 입을 열었다. 무엇인가 감춰 둔 것을 꺼내려는 듯했다.
십오 촉짜리 꼬마전구를 켜서 방이 캄캄할 테고, 공중화장실을 쓸 것이고, 신 양은 물티슈를 썼겠죠?
물티슈? 아니, 이건 또 무슨 말인가. 물티슈를 알고 있다니.
호수여인숙 201호실에서 신 양을 만난 게 늦가을이었다. 실내가 유난히 어둡고 추웠다. 실루엣만 어렴풋하게 드러나는 뒷모습만 전시하는 것으로 약속하고 촬영을 마친 뒤였다. 신 양이 느닷없이 물티슈를 꺼냈다. 사진가 아저씨. 세 번씩이나 촬영도 못 하고 돈만 날렸는데, 오늘은 그럴 수가 없겠죠? 벗어요. 그 말끝에 신 양이 물티슈로 내 것을 닦아 주었다. 그것은 공용화장실을 사용하는, 낡고 좁고 추운 여인숙에서 통용되는 간편한 샤워 방식이었다. 그런데 그 물티슈를 알고 있다니? 나는 고개를 들고 셋째 딸을 정면으로 보았다.
그걸 어떻게 아시는지요?

혹시 낮과 밤, 여자가 바뀌지는 않는지요?

예?

정말이지 속을 들여다볼 수 없는 사람이었다. 정선 폐광의 막장처럼 캄캄했다. 여인숙 직업여성은 나이 들수록, 낡은 여인숙일수록 낮과 밤에 사람이 바뀐다. 같은 여인숙에선 손님을 한 사람이 독식하지 않는 게 여인숙이라는 직장의 불문율이었다. 먹고사는 일이 그만큼 어렵다는 뜻이었다. 정년퇴직이라는 개념 없이 몸만 가능하다면 오십 대, 육십 대까지 2교대 형식으로 수입을 나누었다. 그런데 그 교대 근무 방식을 셋째 딸이 알고 있는 것이다. 나는 어렴풋이 그 까닭을 짐작할 만했다.

놀라셨죠?

예. 많이 놀라고 있습니다.

실은…… 잠깐 출입한 적이 있어요.

그렇게 짐작했습니다.

남편도 문학도 식당도 다 떠난 뒤 많이 힘들 때였어요. 인력 시장 경기가 좋지 않아 일을 못 하고, 애는 크고 해서 아는 후배에게 소개받고.

예.

더는 말씀드리지 않겠어요. 그냥 받아들여 주세요. 너무 많은 생각은 하지 마시고.

…….

신 양도 저와 비슷한 연배 같던데, 사진의 리얼리티도 떨어지지 않을 거예요. 제가 또, 한 연기 하거든요. 후훗.

먼저 일어나 다방 출입문을 나서며 셋째 딸이 웃었다. 네 번째 만날 때까지 웃는 모습은 처음이었다. 그런데…… 여인숙에 들어가 직업여성 역할을 하겠다면서 웃다니. 웃음의 이면이 궁금했지만 도무지 알 수 없었다. 어렴풋하게 실체가 드러나는 듯하던 그녀가 호수여인숙 201호실처럼 캄캄해졌다. 주차장에서 카메라 배낭을 꺼내 오는 동안 그 어둠이 줄곧 두렵게 느껴졌다.

따지고 보면 사실 나도 웃긴 했다. 처음 신 양 역할을 하겠다고 셋째 딸이 제안했을 때였다. 불가능한 일이기에, 어처구니가 없어서 그녀 몰래 웃음을 흘렸다. 그러다 문득 촬영 장면을 후다닥 떠올리는 나를 향해 조소를 날렸다. 여인숙에서 흔히 볼 수 있는 장면 몇 컷만 찍으면 됩니다. 지폐를 주고받는 장면 한 컷. 콘돔을 불어서 바람이 새는가 확인하는 장면 한 컷. 일에 지친 퀭한 눈빛만을 클로즈업해서 한 컷. 그리고…….

날이 좀 풀린 듯해요.

웃음 때문인지 셋째 딸의 목소리가 조금 가벼워졌다. 골목이 깊어지면서 있는 듯 없는 듯 꽃샘바람이 느껴졌다.

이래야 이 골목에 어울리겠죠?

무겁고 가벼운 걸음을 번갈아 떼 놓는 어느 순간이었다. 그녀가 내 팔짱을 꼈다. 너무 많은 생각 하지 마시고 그냥 받아들여 주세요. 나는 조금 전 그녀가 요구한 대로 뿌리치지 않았다.

샛골목으로 굽어 돌자 여인숙 네온사인이 보였다. 수도여인숙. 내가 오랜 세월 수없이 정박했던 육지의 섬이다. 손바닥만한 등대가 어둠 속에서 빛나고 있었다. 내게 무슨 할 말이라도 있는 것처럼 그녀가 잠시 걸음을 멈추었다. 나는 그녀 몰래 심호흡을 했다.

일 년 동안 시집 기대하고 있겠습니다.

숨을 고르면서, 하마터면 잊을 뻔했다는 것처럼 꺼낸 말이었다. 섬에 정박하기 전 긴장도 풀 겸.

시집 때문에 떠나는 게 아니어요.

그러면?

장편소설을 쓰려고 해요.

예?

여기, 보여 드릴 사진이 있어요.

셋째 딸이 휴대폰 앨범 속에서 사진을 꺼냈다. 흰 테이블보 위에 펼쳐 놓은 책 가운데 작은 흑장미 한 송이가 놓여 있었다. 언뜻 알래스카의 설정 같았다. 대칭으로 펼쳐진 숲길 끝에서 뒤를 돌아보는 동물 한 마리. 나는 사진을 확대했다. 제12회 신인공모 소설 부문 당선, 유나현. 이 작품은 소리꾼을 꿈꾸던 여자가 남자에게 상처를 받은 뒤 새로운 꿈을 찾아 세상을 떠돈다는 이야기로서 작가의 자전적 소설…….

아, 소설을…… 쓰셨군요.

네. 오래전의 일입니다. 2009년이니까 십 년 전쯤.

그래서 내일 암자로 떠나기로 하셨군요.

네. 글이 마무리될 때까지 머물 생각이어요. 일 년 정도, 아니면 그 이상.

멀고 험한 길이 될 것 같습니다.

셋째 딸의 암자를 떠올리는데 불쑥 알래스카의 시인이 나타났다 사라졌다. 삼 년째 고립무원…….

중년의 삶을 쓸 생각이어요.

예.

소통의 부재와 욕망의 좌절로 상처받은 사람, 따뜻한 영혼을 찾아 세상을 떠도는 중년 남녀.

…….

적절한 인물도 찾았고, 중심 사건도 대충 그려 두었어요.

셋째 딸이 내 팔을 당겨 잡고 섬을 향해 움직였다. 어둠을 한 바퀴 휘돌아 온 등댓불이 뒤뚱거리는 얼굴을 훑고 지나갔다. 그녀가 섬에 닻을 내릴 때까지 나는 불빛의 파랑에 말없이 흔들리고만 있었다.

왕릉, 인간의 조건

장군, 창녀, 조폭, 무당, 목사, 정신병원, 국수 공장, 딜러, 사채업자, 요가 마스터, 디지털 자산 거래소…… 우리나라 직업 사전에 수록된 직업의 종류가 얼마나 되는지 아세요? 일만 삼천 육백 개가 넘습니다. 저는 그들을 상대로 일만 명의 대화록을 만들려고 해요. 현재 삼천이백 명 정도 되었는데, 그 대화록을 바탕으로 세계에 백 개의 사무실을 낸 컴퓨터 회사를 차릴 겁니다.

　　나는 이어폰을 빼고 침대에 누웠다. 목덜미가 지끈거린다. 현 부장의 말을 세 번째 반복해서 들었지만 도무지 현실감이 없다.

　　절대 비밀을 지킨다는 전제로 말씀드립니다. 유리 겔러 아시죠? 이스라엘 마술사. 초능력자인데 마술사로 잘못 알려진 사람이죠. 그런데 그 유리 겔러 같은 사람들 모임이 우리나라에 존재합니다. 자신도 모르게 초능력을 지니고 태어난 사람들이지요. 저도 그 멤버 중의 한 사람입니다.

　　오늘만 세 번을 들었던 현 부장의 말을 이젠 거의 외울 정도가 되었다. 현 부장을 소설로 쓰기로 약속하고 창작실에 들어와 하루에 두세 번씩 들었다. 시월 마지막 주말이다. 창작실에 들어온 지 두 주일이 지나가는 중이다. 그것은 한 달 입주 마감일이 보름 남짓 남았다는 뜻이다. 직장과 집에서 구걸하듯이 얻은 한 달간의 휴가인데 이만저만한 고민이 아니다. 단편이라지만 초고는커녕 겨우 인물 설정을 마치고 한 발짝도 나아가지 못했다. 남은 보름 동안, 초고는 반드시 끝내야 한다. 현 부장이 도와만 준다면 일주일로도 가능한 일이다.

나는 방풍 재킷을 걸치고 방을 나왔다. 어느덧 해거름이다. 불이 꺼진 창작실 거실은 빈집처럼 고요하다. 출입문을 조심조심 밀고 나서자 맞은편 골짜기 숲으로부터 땅거미가 깔리고 있다. 더 늦기 전에 산책을 다녀와야 한다. 늦으면 다른 입주 작가들에게 민폐다. 나 혼자 식탁에서 숟가락 소리를 냈다간 무슨 사달이 벌어질지 모른다.

창작실에 들어와 하루도 외면하지 않은 가을 들판이다. 고즈넉이 창작실을 품고 앉은 뒷산부터 맞은편 야산 사이의 들판 가득 금빛의 강물이 흐르고 있다. 직선거리로 불과 이삼백 미터 남짓한 공간 가득, 숨이 멎은 듯 고요하면서도 이따금 격랑처럼 굽이치는 벼의 관현악. 나는 눈과 귀를 묶어 둔 채 강물과 관현악에 매일같이 침잠했다. 마치 이 가을의 은유를 찾아 일생 동안 지속해 온 유랑의 종지부를 찍는 것처럼. 진지하게, 고독하게 홀로 들길을 걸으며 나는 주술처럼 지껄였다.

오백 리 저 밖의 세속에서 찌든 생의 하루가 이 남도의 외딴 숲속에서 정화될 수 있다면…….

그러나 당장은 창작실 사람들과 저녁 밥상에 마주 앉는 게 급선무다. 아쉽지만 산책길을 반으로 잘라 내야 할 것 같다. 나는 강물의 중간쯤에서 역류했다.

"저녁 먹고 대화 좀 나눕시다. 부탁드립니다."

나는 세 사람을 향해 말했다. 세 사람 가운데 누구랄 것 없이

다 들으라는 식으로 목소리를 높였다.

"막걸리 한잔합시다. 제가 읍내에 가서 사 올 테니까."

"술도 못 마시면서 그런 소릴 해."

"상우 형. 속이 뒤집혔어도 서너 잔은 거뜬해요."

결국 내가 폭발하고 말았다. 저녁 밥상을 물리면 말을 꺼내리라 아침부터 작정한 일이다. 감옥이 따로 없다. 아무리 창작실이라도 그렇지, 사람이 이렇게 지낼 수는 없다. 더구나 넷이 아닌가. 밥상에 마주 앉은 네 사람이 숟가락을 놓기가 무섭게 각자 방문을 닫고 들어가다니.

"음식 남기면 벌금 5천 원. 이것도 하지 맙시다. 음식물 쓰레기 줄인다는 뜻이야 좋지만 밥그릇에 숟가락을 꽂을 때마다……. 하여튼 저녁엔 사람처럼 얘기 좀 합시다."

"저야, 무조건 찬성입니다."

"지훈 아우님, 그렇잖아? 우리가 글만 쓰고 살 수는 없는 거잖아. 가을인데, 한 번쯤 가을 맛도 보아야지, 안 그래?"

"맞습니다. 내일 단풍 구경 가요."

오늘 설거지 당번인 최지훈이 빈 그릇을 개수통에 담그면서 기다렸다는 듯이 대꾸했다. 목소리가 거의 그릇 깨지는 소리다. 그것은 이 특별한 공간에서 얼핏 낯설고 시끄러워 귀에 거슬렸지만 실은 창작실에서 보름 만에 처음 듣는 사람의 소리인 셈이다.

"민우는 시 몇 편 쓴 모양이구만. 나는 아직도 끙끙대고 있는데."

"쓰긴 뭘요. 저도 죽을 지경이어요."

상우 형이 펴지지 않는 등이 불편했는지 어깨와 허리를 흔들었다. 공연히 내 몸이 불편하게 느껴져 나는 기지개를 켰다. 오십구 년을 살아오는 동안 제대로 기지개를 켜고 등을 펼쳐 본 적 없는 상우 형. 나는 가슴과 등이 왕릉처럼 불쑥 솟은 상우 형을 안았다. 이따금 문학 행사장에서 만나면 상우 형이 나를 덥석 끌어안은 것처럼. 어려서 겪은 사고로 평생 가슴과 척추 장애를 안고 사는 형. 형의 앞가슴이 내 명치를 눌러 통증이 느껴진다.

"민우 형. 시 때문에 죽을 지경이면 상우 형은 벌써 저세상 사람이겠네. 하하."

"시 때문에 죽겠다는 게 아니라……."

최지훈의 말에 토를 달면서 하마터면 소설 얘기를 꺼낼 뻔했다. 내가 소설을 쓰기 위해 창작실에 입주한 것은 촌장을 포함해 아무도 모르는 일이다. 십여 년 전에 소설집 한 권을 냈지만 나는 시인이다. 시를 쓰면서 소설을 멀리했고, 세 권의 시집을 냈다. 마침 꼭 소설을 써야 할 필연이 생겼기에 창작실에 입주했지만 입주 신청서엔 네 번째 시집 원고를 탈고하는 게 목적이라고 썼다.

"아, 어쨌든 말임다. 다들 인간답게 살자고 글을 쓰는데……."

최지훈이 고무장갑을 끼며 느닷없이 인간을 들이밀었다. 조금 전보다 말끝이 더 짧고 빨라졌다.

"인간답게 살자는 욕망으로 글을 쓰는데 말입다. 정작 인간의 말은 한마디도 나누지 않고 있습다. 이거야말로 모순의 극치 아님까. 안 그래, 민우 형?"

"글쎄, 말하자면 그렇지만…….."

"형, 저번 겨울에 원주 창작실 다녀오는 척하면서 섬에서 한 달 살았다고 했지. 집 밖으로만 떠돈다고 형수와 싸움까지 하면서."

"…….."

"형, 왜 그렇게 사는 거예요. 나도 창작실을 반년째 옮겨 다니는 중인데, 우리가 왜 그렇게 사는 거냐 이 말입니다. 이유는, 인간답게 살기 위한 게 아니겠습니까?"

목소리의 톤이 변했다. 조금 전 그릇 깨지는 소리가 아니다. 낮고 진지하며 설득적인 어조다. 스타카토를 붙인 욕망이란 단어에선 인간의 욕망 이론 전문 강사의 냄새가 물씬 풍겼다. 욕망 이론과 인지행동치료 서적을 출간한 비정규직 강사. 지금까지 자동차 핸들을 잡아 본 적 없는, 아직도 폴더폰을 사용하는 느림과 비움의 지킴이. 최지훈은 자신이 소개한 것처럼 캐릭터가 분명한 인물이다. 인간이 거주하지만 텅 빈 듯한, 이 수묵화 같은 공간의 금기와 불문율에 파열음을 내자는 데 적극 동조하고 나선 행동대원. 그는 그랬다. 사랑과 욕망에 관한 산문집으로 대박을 꿈꾸며 백일 가까이 창작실에 전세를 든 서울 촌놈. 욕망에 사로잡힌 현대인의 전형적 인물. 그게 최지훈이었다.

"형님들. 날도 쌀쌀한데 우리 하룻밤만이라도 뜨거워집시다. 인간답게!"

세 사람이 엉거주춤 식탁에 앉은 채 최지훈의 입만 바라보고 있을 때, 빈 식탁 위로 다시 인간답게가 털썩, 올라앉았다. 그 인간답게라는 말이 거슬렸던 때문일까. 상우 형이 뜨악한 눈으로 최지훈을 올려다보는 찰나였다.

"저는 먼저 들어갑니다."

제주도 작가가 자리에서 일어나며 목을 꺾었다. 내가 창작실에 입주한 뒤 보름째 같은 문장, 같은 톤, 같은 동작이다.

"아, 예."

"저기, 오늘은……."

말을 마치기도 전에 방문이 닫혔다. 함께 술 한잔 나누자는 말은 꺼내 보지도 못한 채. 제주 4·3을 담은 장편소설을 쓰는 중이라 했다. 신형준, 마흔아홉. 저와 갑장인데, 서른 막판에 소설로 등단하면서 직장도 그만두었대요. 사흘 전, 입주 작가들 모르게 둘이서 무등산에 올라 막걸리를 마실 때, 최지훈이 제주도 작가에 대해 잠깐 들려주었다. 강원도 창작실에서 석 달을 지내다 곧장 이곳에 입주한 전업 작간데요, 단편 창작집 두 권, 장편 한 권을 냈더라고요. 촌장님께 얼핏 전해 들었는데 제주도가 고향이지만 4·3 피해자 가족은 아닌 모양이어요. 신형준. 처음 듣는 이름, 처음 보는 작가였다. 그의 소설을 읽은 기억도 없었다. 나보다 네 살 연하였지만 나보다 십 년은 연상으로 보이는 첫인상으로 미루어 삶과 문학 모두가 묵직하게 유추될 뿐 그에 대해 아는 게 없었다.

"신 작가님. 오늘은 좀 소란해도 이해해 주세요. 자정은 넘기지 않겠습다."

최지훈이 설거지 그릇을 손에 거머쥔 채 방문 쪽으로 악을 썼다. 영락없이 개수통에서 그릇 부딪치는 소리였다. 예······. 신의 대답인 듯한, 창작실 촌장의 강아지 울음인 듯한 낱말 하나가 어두컴컴한 거실을 홀로 떠돌다 흔적 없이 사라졌다. 상우 형이 기지개를 켜며 굽은 등을 곧추세웠다. 지난밤, 또 밤샘 작업을 한 모양이다. 밥솥에 남겨 둔 형의 아침밥이 그대로 남아 있는 게 오늘만이 아니다.

"잠깐 화장실 좀 다녀올게."

공용 화장실은 거실 밖에 있었다. 거실 출입문 앞에서 한순간 휘청거린 상우 형이 밖으로 나간 다음, 둘은 침묵했다. 최지훈은 설거지 그릇을 정리하며, 나는 의자에 앉아 벽시계를 바라보는 그대로. 일곱 시 반. 상강 하루 전이다. 초저녁부터 무서리가 내린 듯 실내가 쌀쌀하다. 내일 아침밥 당번이 곤두박질친 기온에 부들부들 몸을 떨며 전기밥솥 뚜껑을 열 게 분명하다.

뜰에서 별을 헤아리는 중인가. 형이 화장실 볼일을 보고도 십여 분쯤 지났을 것이다. 설거지를 마친 최지훈이 폴더폰을 들고 두 번째 방문을 여닫는 동안에도 출입문이 열리지 않는다.

중견작가임에도 연간 원고료 수입이 오백만 원도 채 못 되는 상우 형. 우리나라 상당수의 전업 작가가 그런 것처럼 형의 일상은 남루하다. 형은 생계형 어부나 생계형 농부 별칭이 붙은 전업 작가도 못 된다. 굳이 분류하자면 형은 순수 생계형 작가다. 몸이 불편해 특별한 직업을 갖지 못한 탓이다. 오늘 밤처럼 몸이 휘청거리도록 집필에 필사적인 이유도 거기 있다. 형은 삼 년 전에 냈던 자전적 성장소설의 속편을 탈고 중이다. 전업답게 일체의 생계유지를 위한 활동은 중단한 채, 오로지 창작실에 파묻혀 원고지와 언어의 늪에 빠져 지낸다. 시인 백석의 말대로 외롭고, 높고, 쓸쓸하게.

꼽추는 단명해. 가슴뼈가 폐를 눌러서 호흡이 곤란하기 때문에. 내 나이에 살아 있는 꼽추는 아마 우리나라에 나뿐일 겨. 그래서…… 분에 넘치게 살고 있다는 생각으로 언제든 떠날 준비가 되어 있어.

내가 창작실에 입주하던 날, 입주 환영 술자리에서 형은 담담하게 말했다. 손에 쥔 모든 것을 풀어놓고 오체투지 순례에 나선 명상가처럼. 이십 년 넘게 문단에서 함께 활동하는 동안 한 번도 듣지 못한 말이었다. 형도 늙어 가는구나. 마치 하루살이처럼, 죽음을 예감하면서 하루하루 글을 쓰고 있구나. 나는 독백을 쏟아부은 술잔을 거푸 들이켰다. 그새 보름이 지났고, 더 이상 술잔은 돌지 않았다. 내년 봄 발간 예정일에 맞추기 위해 형은 필사적이었다.

따지고 들자면 형이 죽을 듯이 속편에 매달리는 것은 호평을 받은 전편의 영향이 결정타였다. 그것은 형도 주변 사람도 부인할 수 없는 사실이었다. 애초 연작 형태를 상정하고 쓴 것은 아니지만 결국 전, 후편 연작으로 방향이 잡힌 성장소설. 창작실 입주 후, 형이 잠깐 보여 준 줄거리만으로도 나는 눈이 따가웠다. 전편이 몸과 마음에 지울 수 없는 흉터가 생긴 소년기의 아픔과 꿈을 다루었다면 속편은 성년 이후, 인간답게 살고자 하는 한 사람의 꿈과 현실을 담았다. 이 땅에서 전업 작가 장애인으로 산다는 게 얼마나 힘든 일인지를 극사실주의 흑백사진처럼 섬세하게 보여 주고 있었다. 사실 속편은 삶이 결코 호락호락하지 않다는, 전혀 새롭지 않은 이야기로 전개되지만 그럼에도, 당연히, 삶은 살아갈 만한 가치가 있다고 형은 역설한다. 그 역설 또한 낯선 게 아니었음에도 나는 형의 역설에 뺨을 맞은 것처럼 걷잡을 수 없이 슬퍼졌다. 나를 화수분 같은 슬픔의 우물에 빠뜨린 그 실존 인물, 상우 형을 하루도 거르지 않고 마주 보고 앉아서 나는 속으로 반문했다. 그 역설이란, 어쩌면 형이 마치 자신의 무덤처럼 대칭으로 품고 있는 왕릉의 부장품이 아닐까…….

창작실에 적응하는 동안 나는 끼니때마다, 주도면밀하게, 왕릉과 마주 앉은 식탁을 가급적 빨리 벗어났다. 그러곤 내 방문을 걸어 잠그고 수없이 자문자답했다. 비록 칼잠으로 아슬아슬하게 견디는 삶이지만 형을 존재하게 만드는 왕릉. 그 왕릉을 나도 품고 사는 것은 아닐까.

"상우 형, 아직 안 들어왔어?"

최지훈이 폴더폰을 목에 매단 채 방문을 열기가 무섭게 다시 닫았다. 내 대답은 들을 필요도 없다는 것처럼. 거실 출입문은 여전히 닫혀 있다. 불이 꺼져 있는 출입문부터 식탁 앞까지 창작 실 실내는 깊이를 알 수 없는 고요와 어둠의 호수다.

밖에 나가 보아야 하는 걸까. 별일이야 없겠지만.

생각해 보니 이제야 알 것 같다. 형이 식탁에 앉아 밥을 먹으면서 말을 아낀 까닭을. 마치 생존에 필요한 최소한의 낱말만으로 연명하는 것처럼 침묵한 까닭을. 처음엔 글 때문인 줄 알았다. 머릿속에 벽돌처럼 차곡차곡 쟁여 놓은 등장인물과 사건이 뒤엉키지 않게 하려고 함구령을 내렸구나, 했다. 그게 아니었다. 형은 말을 꺼낼 힘이 없었던 것이다. 그나마 남은 힘은 글발이 치솟는 어느 땐가를 위해 비축하려는 계산이었다. 나는 그렇게 믿었다. 전업도 아니고 무명이지만, 나도 한때 소설의 뿔을 잡고 내장이 터지도록 육박전을 벌인 일이 있었으므로. 내가 가뭄에 콩 나듯 겪는 일을 형은 세끼 밥을 먹는 것처럼 치르는 중일 것이다. 그렇다면⋯⋯, 오십구 세의 생을 짓누르는 수십 톤의 글의 무게로부터 벗어나 형을 하룻밤만이라도 숙면에 들게 할 필요가 있었다. 술이 필요했다. 형이 청년 시절부터 즐겨 온 막걸리가 필요했다. 마침 출입문이 열리고 있었다.

"상우 형, 후다닥 읍내 다녀⋯⋯ 괜찮아요, 형?"

형이 출입문을 열고 들어서며 휘청거렸다.

"나⋯⋯ 들어가서⋯⋯ 자야 될 것 같아."

형은 눈과 다리가 풀려 있었다. 출입문으로 달려가 형을 끌어안았다. 도굴 중에 파손된 왕릉의 화강암 모서리에 찍힌 것처럼 가슴에 통증이 느껴졌다. 방문을 여는 사이, 형의 손이 내 손에서 미끄러져 나가면서 몸이 또 한 번 휘청거렸다. 형의 손바닥 전체가 젖어 있었다.

그랬구나. 뜰에 서서 별을 바라보고 들어온 게 아니었다. 이슬에 젖은 잔디에 손을 짚은 채 형은 앉아 있었던 게다. 깜박 잠들었다 깼는지도 모를 일이고.

"나, 많이 힘들어, 민우야."

침대에 걸터앉은 형의 목소리가 떨렸다. 떨림의 끝에서 아주 가늘고 짧게 서리 밟는 소리가 들렸다.

"상우 형 들어왔네."

최지훈이 여전히 폴더폰을 목에 매단 채 방문을 열고 나왔다. 방 안에서 인기척을 들었던 모양이다.

"미안해. 술은 다음에……."

"그래요, 형. 다음에 합시다."

이미 다 알고 있다는 듯이 최지훈은 형의 몸과 말을 동시에 받아 침대에 뉘었다.

"두 사람한테 미안하고…… 고마워."

"아닙니다. 상우 형. 오늘만 날입니까? 푹 주무시고, 여유 있을 때 마셔요. 인간답게!"

오후 네 시 이십오 분. 정확히 오 분 뒤에 현 부장이 카페 문을 열고 들어설 것이다. 지난 삼 년 동안, 약속을 취소하기는커녕 단 한 번도 시간을 어긴 적이 없는 현 부장이었다. 이 선생님 계신 곳이 담양이라고 했죠? 제가 거창에 있으니까 중간쯤에서 만나요. 그렇게 약속을 잡은 게 남원이었다.

현 부장님. 막히는 게 있어서 그러는데, 시간 좀 내주실 수 있는지요. 창작실 어둠 속에서 제주도 작가의 방문이 두어 차례 열렸다 닫히는 소리를 엿들으며, 미명까지 뒹굴다가, 내가 문자를 보냈다. 한낮이 되어서야 답신이 왔다. 거창에서 작업하고 있습니다. 나는 벌떡 일어나 문자를 찍었다. 거창이라면 한 시간 거리인데, 제가 찾아가도 될까요? 현 부장이 곧장 답신을 보냈다. 하루 뒤에 작업이 종료됩니다. 그때 뵐게요.

상우 형과 술을 마시려 했던 날부터 이틀이 지났지만 다섯 문장도 쓰지 못했다. 대체 현 부장을 어디서부터 써야 하는지. 유리 겔러의 초능력인지, 정체불명의 대화록인지, 그것도 아니면 몽골 카페의 글인지. 아내 모르게 무급 휴가 신청서를 쓰고 가까스로 얻어 낸 삼십 일의 휴가였다. 그 절반의 시간이 흔적도 없이 사라졌다. 원인 규명이 필요했다. 전업이 아닌 탓에 늘 시간과 공간에 쫓겨 뒤늦게 달아오르던 내 작업 방식을 탓하자니 잠시 위안이 되기도 했다. 그러나 한편 생각하면, 그게 오히려 부끄럽게 여겨졌다. 처음부터 그런 형편을 모르고 소설에 덤벼든 것이 아니기 때문이다. 소설이 결코 만만치 않다는 것을 나는 일찌감치 깨우쳤다. 십오륙 년 전이었다. 두 번째 시집을 낸 뒤 직장 근처에 원룸을 얻어 오 년 남짓 소설을 썼다. 단편 스무 편을 쓰고 첫 창작집을 묶으려다 병원에 실려 갔다. 속이 망가졌고, 김치 한 조각을 먹는 데 삼 년이 필요했다. 소설 덕분에 평생 속병을 품고 사는 것이 훈장처럼 여겨져 잠시 행복한 시절도 있었다. 그러나 그 훈장을 어루만질 때마다 나는 소설의 무게와 비전업의 한계를 절감한다. 굳이 아내의 말을 떠올리지 않아도.

한 우물만 파도 모자랄 판인데, 시도 승부를 못 내면서 소설이 대체 뭐예요? 인생 낭비하지 마세요, 제발. 당신 인생은 논술학원 강사만으로도 충분해요. 알겠어요?

나 자신에게 고백하자면, 아내의 말대로 이틀간 인생을 낭비한 까닭은 다른 데 있었다. 그것은 상우 형의 왕릉에 대한 상념과는 애초부터 상관없는 일이었다. 최지훈과 마신 막걸리가 문제였다.

그날 밤, 상우 형이 쓰러질 듯이 방으로 들어가고 둘이 멍하니 앉아 있을 때, 강준이 왔다. 막걸리 세 병을 들고 밤길을 걸어서. 강준은 들판 건너 남쪽 산모퉁이 마을에 혼자 산다. 한때 트럭을 운전했으나 희곡 공모전에 당선된 뒤 트럭을 버린 생계형 전업 작가다. 시나리오로 인생 승부하기로 했어요. 마흔셋인데, 시나리오에 목숨을 건 강준 때문에 창작실 입주 첫날부터 나는 막걸리에 취했다. 그날 밤도 그랬다. 가으내 끙끙거려도 글발이 서질 않아요. 시도 때도 없이 팍팍 서 있는 상우 형에게 기를 얻어 볼까 하고 왔는데……. 마치 최지훈에게 발기부전 상담을 하는 고객처럼 가지런히 손을 모은 채 의자에 앉아 있던 강준은 막걸리 뚜껑을 열기도 전에 일어섰다. 형 잠들었어요. 한 이틀은 지나야 깰 겁니다. 내가 뱉은 두 번째 문장 끝에 마침표가 찍히기도 전이다. 못내 아쉬운 듯 식탁에 올려 둔 막걸리를 힐끔 돌아보고 강준이 떠난 뒤, 최지훈 방에서 세 병을 다 비운 게 새벽 두 시 어름이었다. 최지훈의 폴더폰에서 뛰쳐나온 일산 여교수와 광주 여자와 마라톤녀와 방송국 PD와 뒤엉켜 인간답게 들이켠 덕분에 취기가 깊었다. 그 해독을 핑계 삼아 하루는 들판의 금빛 강물에 둥둥 떠다녔다. 마라톤 풀코스를 뛰는 여잔데요, 한번 터지면 방이 바다가 돼요. 막걸리 대접에 철철 넘치던 마라톤녀 때문에 또 하루는 마라톤을 뛰듯 걸음이 바빴다. 두통이 심해서 바람이나 쐰다며 최지훈이 시내버스를 타고 느릿느릿 읍내를 왕복하는 동안, 나 혼자서 고추잠자리처럼 부지런히 가을을 쫓아다녔다. 그 느림과 빠름의 어중간에서 시간의 살점이 뭉텅뭉텅 잘려 나갔다. 돼지 꼬리처럼 짧은 이틀이었다.

"거창 월성계곡 근처 숲에서 네트워크 공사를 했는데……, 숲속에 그런 초호화 펜션이 있다니, 놀랍더라구요. 하룻밤에 백오십만 원. 믿어지세요? 둘러보니까 상상도 못 할 시설들이 숲속에 들어 있는데……."

현 부장 얼굴에서 피로의 덩어리가 뚝뚝 떨어져 내렸다. 밤샘 작업을 한 것 같았다. 홍차를 마시며, 대화를 끊어질 듯 이어

가는 동안 몇 번씩 한숨을 몰아쉬었다. 일사천리로 만연체 문장을 이어 가던 예의 그 달변이 아니었다.

"그 사장의 그릇이 대단하더라고요. 공사 전에 작업 의뢰비를 선지급했는데, 계약금의 두 배가 넘어서……."

그래서 휴식 없이 일박으로 작업을 했고, 하룻밤 추가 작업을 하기로 했다는 말을 하면서 현 부장은 가쁜 숨을 몰아쉬었다. 글의 앞뒤가 꽉 막힌 것을 뚫어 달라는 말을 건네기가 쉽지 않았다. 현 부장이 홍차를 리필한 뒤, 호흡을 가다듬고 카페 실내를 한 바퀴 둘러볼 때까지 나는 잠자코 듣고만 있었다.

"이 선생님. 작업은 잘 되는지요?"

"아, 예. 그럭저럭."

현 부장이 내게 말할 기회를 주는 것처럼 물었다. 다급하게 만나자고 한 사람이 입을 다물고 있으니 무슨 까닭이 있을 것이다. 그렇게 판단한 모양이었다. 특별한 능력을 소유한 사람이므로, 나 같은 사람을 삼천이백여 명이나 만났을 테니까, 마른 멸치 같은 내 속쯤이야 훤히 꿰뚫고 있을 것이다. 삼 년 전부터 오늘까지…….

"이 선생님. 전에 말씀드린 것, 몽골 카페에 올린 제 글, 읽어 보셨는지요?"

"아직…… 분량이 많아서 두 편만 읽었습니다."

"직장에 무급 휴가를 내고 쓴 글입니다. 면도도 하지 않고, 밥도 거르면서. 가족들한테서 미친놈 소리를 들어가면서 꼬박 반년을 연재했어요. 죽는 줄 알았습니다."

"글이 마무리되면 꼭 읽어 보려고요."

몽골 카페 글을 읽지 않았다는 말 때문이었다. 현 부장이 숨을 몰아쉰 것은. 실망감이 역력했다. 입 밖으로 막 튀어나오던 무슨 말인가를 구겨 넣으며 현 부장은 깊고 질긴 숨을 차탁 위로 쏟았다. 마치 거창 공사의 후유증을 한꺼번에 토해 내기라도 하듯. 나는 빈 찻잔을 입술에 붙인 채 침묵했다.

현 부장 글을 두 편만 읽고 그만둔 이유가 있었다. 들여쓰기와 단락 나누기가 되지 않은, 맞춤법도 지켜지지 않은 글 뭉치. 문장 대부분이 단숨에 쓴 것처럼 어지럽고 거칠었다. 더 중요한 것은 글의 성격이었다. 저에 대해 쓰기 전에 꼭 읽어 보시면 좋겠습니다. 일만 명의 대화록이 완성되면 곧장 쓰려고 작성한 장편소설 초고거든요. 현 부장의 말을 듣고 기대 반 설렘 반으로 열어 본 카페였다. 그런데 아무리 초고 형태라 해도 그것은 소설이라기보다는 단순한 기록물에 불과했다.

"저를 쓰다가 막히신 것 같은데요, 카페 글을 꼭 읽어 보세요. 그 안에 다 들어 있습니다. 제가 만난 사람들과 몽골 사건까지 모두. 초능력자 모임 빼고 다……."

리필 한 잔을 더 마신 현 부장의 목소리가 차분하게 가라앉았다. 피로가 어느 정도 풀린 것 같았다. 그런데 우연히 기회가 주어졌다. 내가 현 부장을 만나기로 작정한 사유를 털어놓을 만한.

"현 부장님. 그 초능력자 모임 말입니다."

"예."

"솔직히 말할게요. 저 지금, 창작실에서 보름 가까이 시간만 죽이고 있습니다. 도무지 글이 나가질 않아요. 현 부장님의 초능력과 대화록을 구체화시킬 수가 없어서……."

"…….."

"주요 인물의 캐릭터를 살릴 만한 구체적인 사건이 필요한데요, 그래서 말입니다. 초능력 모임과 컴퓨터 수리 의뢰인에 대한 정보를 좀 더 주실 수 없을까요? 아직 다 들려주지 않은 몽골 강제 추방 이야기를 포함해서 비하인드 스토리가 있을 것 같은데요."

내 말이 조금 장황하게 나간 듯싶었다. 아주 짧은 순간, 현 부장의 미간에 호랑이 주름이 잡혔다 사라졌다.

"저는 그 정도면 충분할 줄 알았습니다. 그 정도면 단편 분량으로 넘치겠다며 녹음을 마친 게 이 선생님이셨거든요."

두 문장을 단숨에 뱉은 뒤, 현 부장은 화장실을 다녀오겠다며 자리에서 일어섰다. 그런데…… 내가 그런 말을 했던가. 구체적 상황이나 사건이 잡히지 않았는데, 그 모든 것의 인과관계가 드러나지 않았는데, 작가의 상상만으로 창작이 가능하다는 뜻을 비쳤던가. 남원에 오는 동안 다듬어 놓은 것처럼 명료하고 단호한 두 문장을 뱉은 현 부장. 혹시…… 현 부장이 지금 다른 생각을 하는 게 아닐까.

제가 낸 소설집입니다. 읽어 보신 뒤 맡길 만하면 연락 주세요.

현 부장의 소설은 애초 그렇게 시작된 일이었다. 삼 년 전이었다. 내 컴퓨터를 두 번째 수리하면서 자투리 시간에 대화가 오고 갔다. 컴퓨터 수리 기사치곤 화법과 해박한 지식이 예사롭지 않게 여겨지면서 내 질문이 집요하게 늘어나던 어느 날이었다. 현 부장에게 오래전에 발간한 소설집을 건넸다. 거기 수록된 단편소설을 읽은 현 부장이 전화를 걸어 온 것은 그로부터 한 계절 뒤였다. 계절이 바뀌도록 연락이 끊긴 것은 내 창작력을 반신반의한 탓이 분명했다. 기껏 한 권의 소설집을 냈을 뿐인 지방의 무명작가. 선뜻 자신을 맡기기엔 무리였을 것이다. 나는 그렇게 판단했다. 나와 내 소설을 신뢰할 수 없다는, 염산처럼 강렬한 불신의 냄새가 현 부장이 떠난 자리에서 풍겼다.

"잠깐만요, 이 선생님. 오늘은 녹음하지 마세요."

"아, 예."

"일에 치였더니 좀 피곤해요. 아직 작업이 남아 있어서 신경 쓰는 일을 최소화해야만 제 생체리듬이 깨지지 않는답니다."

세면을 하고 돌아온 현 부장의 목소리가 수세미처럼 푸석거렸다. 마른 목소리가 부서지지 않게 하려는 듯이 조심조심, 감정을 억누르며 현 부장은 입을 열었다.

"……, 저의 경우는, 말로 설명할 수 없는 아주 특이한 일이 종종 벌어집니다. 가령 이런 것이지요. 어떤 사람과 특별한 인연이 맺어지려는 순간이면 폭우가 쏟아집니다. 십여 년 전, 제가 IT 강사로 좀 바쁠 때였어요. L백화점 강의 때 안내 전단지를 사만 장씩이나 돌렸는데 폭우가 쏟아져 객석에는 세 사람만 앉고 텅 비었어요. 얼마 후 G백화점 강의 때도 똑같은 일이 벌어졌어요. 객석에 네 사람만 앉아 있었는데, 그중 한 사람이 L백화점 강의 때 왔던 분이었어요. 그 사람과는 지금도 연락을 하고 있는데……. 기억하시죠? 지난달하고 오늘 이 선생님 만나러 올 때 소나기가 내리다 그친 거. 두 번씩이나 같은 일이 반복되는 이것, 우연이라고 볼 수 없는 거죠."

아, 그러고 보니 오늘 오후에 소나기가 내렸다. 남원 카페에 도착해 막 주차를 할 때였다. 시월에 웬 소나기? 대수롭지 않게 여기며 카페에 들어섰다.

"전에 국가인재개발기구라는 데서 잠깐 근무한 적이 있는데요……. 이 선생님, 국천이란 말 들어보셨는지요? 국가 천재들을 줄여서 부르는 말입니다. 저와 같이 국천 멤버들도 모두 사람인데요, 그들은 무당, 도사, 초능력자, 돌연변이, 외계인 등등, 여러 가지 이름으로 불리면서 보통 사람들보다 특별하다는 이유로 사회에서 배타적인 취급을 당하며 살아갑니다. 자신도 모르게 타고난 능력 때문에 자신의 의지와 상관없이 불이익을 감수하면서 말입니다. 제가 학교를 탈출해서 소설책을 끼고 부산 자갈치시장을 떠돌던 고등학교 때였어요. 아버지가 저와 어머니를 버렸어요. 군 제대하고 구걸하듯 컴퓨터 학원을 드나들면서 절망의 나날을 보냈지요. 그때 저를 살려 준 게 아내입니다. 그런데 제가 목숨을 걸었던 조직에서 나오고, 국천 멤버들과 어울리는 사이에 아내가 떠났습니다. 전에 알던 저와 지금의 제가 다르다면서."

직원에게 따뜻한 물 한 컵을 부탁해 세 번 나눠 마시며 현 부장은 숨을 골랐다. 일박으로 공사를 하고 쉴 틈도 없었을 것이다. 나는 공연히 미안해져서 창밖으로 고개를 돌렸다.

"몽골 카페 얘기 들려드릴게요. 이 선생님께서 아직 안 읽으셨을 텐데……. 아내가 떠난 뒤였습니다. 아내의 힘으로 확장했던 IT 강의실이 빚더미에 압사당한 것부터 사람이 살아가면서 하나둘씩 겪어야 할 고비들이 마흔 직전, 불과 몇 년 사이에 저에게 벌어졌어요. 저의 생모를 내친, 평생 마음의 갈등이라 생각했던 아버지와 작은어머님이 사고로 돌아가신 것도 그때였어요. 생모의 장례식도 그즈음에 치러졌는데 섬 출장 중에 소식이 닿지 않아 못 가 보고……. 그러저러한 고통을 잊으려 몽골 여행을 떠났다가 몽골 여자에게 위장 결혼 사기를 당하고, 강제 출국을 당했어요. 이런 아픔을 풀어내려고 컴퓨터 자판을 두드리며 육 개월을 보낸 거였지요. 그 뒤에 컴퓨터 A/S 사무실을 다시 내었고, 의뢰인들을 기록하기 시작했는데……."

이야기가 몽골에서 의뢰인으로 넘어오고 있었다. 일만 명의 대화록. 마침내 내가 기다리던 화제였다. 나는 시선을 돌려 현 부장을 마주 보았다.

"제가 주로 방문 수리를 하잖아요. 자택이나 사무실로 방문

해서 작업을 하다 보면 별일이 다 벌어져요. 세상엔 컴퓨터의 기본도 모르는 사람이 숱합니다. 최고급 컴퓨터를 사 놓고도 말입니다. 하드드라이브를 포맷시킬 때, 컴퓨터에 저장된 한글 파일과 사진들을 백업하거나 분류해서 정리해 달라는 주문이 상당해요. 그런 작업을 하면서 의뢰인들과 대화를 나누게 되고, 중간중간 자료를 훔쳐보기도 합니다. 물론 자랑삼아 보여 주는 경우도 있어요. 그런데 그 속에……, 정말 상상할 수 없는 정보, 상상도 못 한 세계가 다 들어 있습니다. 이 선생님, 한번 생각해 보세요. 서로 다른 직업을 가진 삼천이백 명의 생각과 살아가는 모습이 컴퓨터에 담겨 있다면, 그게 얼마나 방대한 자료가 될 수 있겠습니까. 트랜스젠더부터 종북 좌빨을 질겅질겅 씹는 예비역 장군이며 짝퉁 수타면 주방장……. 사진의 컬러밸런스를 잡아 달라며 컴퓨터 두 대의 카메라 앞에서 옷을 훌러덩 벗는 성인 채팅방 여자. 멀쩡한 컴퓨터 수리를 의뢰해 놓고 쉬고 가라며 감 그릇을 내놓는 중년 여인……. 이 선생님. 조폭 사무실에서 서너 시간 작업을 하는 내내 용과 호랑이와 도끼와 사시미 칼에 둘러싸여 있다고 생각해 보세요. 엄동설한에도 땀이 납니다.”

카페 밖 하늘이 잔뜩 흐리다. 장대 같은 소나기가 쏟아질 것 같다. 가을 저녁 해가 여느 때보다 반 뼘은 짧은 모양이다. 시내의 멀고 가까운 곳에서 불빛들이 하나둘 살아나고 있다. 일곱 시 십 분 전. 이쯤 되면 창작실 골짜기는 이미 한밤중이다. 내일 아침 최지훈과 무등산을 오르기로 했는데, 날씨가 걱정이다. 하늘을 힐끔 올려다본 현 부장이 월성계곡으로 급히 떠나는 바람에 저녁도 먹지 못했다. 남원을 빠져나가기 전, 어디서든 먹는 시늉이라도 해야 한다. 창작실 저녁 식탁은 이미 파장일 것이다. 가는 길에 읍내 마트에서 막걸리나 두어 병 사 갈까. 상우 형 몸이 걱정이긴 하지만.

이 선생님, 꼭 단편으로 써 주세요. 세상에서 믿을 수 없는 것, 국천 얘기는 빼고 오로지 제 개인사만 다루는 것으로 약속해 주세요.

몽골 여자를 소개해 준 한국인 가이드는 끝내 감추고 현 부장은 떠났다. 단편과 개인사를 두 번씩이나 강조하면서. 나는 차 시동을 꺼 둔 채 현 부장의 미래를 상상해 보았다. 녹음 파일을 수없이 반복해 들을수록 현실로부터 멀어지는 그의 미래. 그 미래를 품고 있을 가슴…….

문득 상우 형이 떠올랐다. 상우 형의 왕릉, 그 왕릉이 현 부장의 가슴에 오버랩되었다.

일만 명의 대화록이 완성되면 세계에 백 개의 사무실을 낸 컴퓨터 회사를 차릴 겁니다.

이 거대한 욕망을 품은 그의 가슴도 왕릉이 아닐까. 왕릉이라면, 그것은 피라미드일 것이다. 깊이를 알 수 없는, 해석조차 불가사의한 피라미드. 나는 언젠가 상우 형의 왕릉을 도굴하고 싶었던 것처럼 현 부장의 피라미드를 파헤치고 싶은 충동이 느

껴졌다. 삼천이백여 명의 대화록을 비롯해 그 속에 숨겨진 부장
품들이 못내 궁금했다.

나중에 크면 내 얘기를 꼭 연속극으로 만들어. 이 자식아, 알
아들었어? 대답해!

장터에서 술에 취해 돌아오면 아버지는 열 살짜리 아들의 등
에 쇠톱을 휘둘렀다. 강제징용에서 구사일생으로 돌아와 평생 장
터를 떠돈 톱 장수 아버지. 시장 바닥에 가마니 한 장을 깔고 앉
아 쇠톱을 벼리면서 다섯 식구를 먹여 살린 아버지의 왕릉은 가
마니였다. 그리고 연속극에 세뇌당해서 중학교 때부터 세계 문학
전집을 독파한 내 등에 아직까지 남아 있는 쇠톱의 통증은 부장품
이다. 내 마음의 금고 깊숙이 보관 중인 유물이다. 현 부장의 피
라미드 속에도 이처럼 빛나는 유물이 숨겨져 있을 게 분명하다.

일주일이 멀다 하고 집 밖으로 떠도는 거, 이젠 이상할 것도
없어요. 아예 집 밖에서 살아요. 집은 여인숙처럼 드나들고. 어
쩌면 그렇게 피가 시뻘건지.

아내가 말한 시뻘건 피. 그것이 역마라는 것은 나보다 아내
가 더 잘 안다. 신라 금관 같은, 고려 상감청자 같은 유물의 가치
를 나보다 아내가 제대로 판단하지 못할 뿐. 내게 단편소설의 숙
제를 안겨 준 현 부장의 국천. 그것 역시 나의 역마 같은 유물일
것이다. 위대한 유산임에도 그 존재가 드러나지 않는.

무등산은 단풍이었다. 나무도 사람도 단풍 일색이었다. 남도

의 시월 말, 단풍이 조금 이를 줄 알았다. 기우였다. 절정은 아니지만 일 년 내 단풍을 기다린 사람들은 충분히 만족할 만했다.

일요일 늦은 아침이었다. 새벽까지 꿈쩍도 하지 않던 구름이 하나둘 걷히면서 군데군데 맑은 하늘이 보였다. 주차장 주변 도로에 차량과 사람이 들어차긴 했지만 밀릴 정도는 아니었다. 천왕봉을 소실점으로 적당한 소음과 적당한 무질서, 적당한 단풍의 직선이 끝없이 이어졌다. 그리고 그 모든 것의 조화를 관장하듯 바람이 불었다.

그 바람 때문이었다. 최지훈의 걸음이 가벼운 것은. 내 눈에 꽉 들어찬 단풍 탓이 아니었다. 민우 형. 내가 바람 좋아하는 거 알지? 증심사 주차장에 차를 대고 중머리재를 지나 중봉에서 쉬는 동안 끊임없이 바람이 불었다. 쌀쌀하지만 부드럽고 가벼운 바람이었다. 정말, 기분 좋은 바람이야, 형. 중봉 표지석 앞에서 기념 촬영을 하는 동안에도 최지훈의 입에서는 바람이 날아다녔다. 형, 바람을 사랑하면 바람을 볼 수 있어. 바람은 인간이 사랑하는 만큼 자신을 보여 준다는 거, 몰랐지? 몰랐다. 실은 나도 바람을 좋아하는 것, 너도 몰랐지? 그 말을 입에 문 채 나는 바람을 둘러보았다. 능선 저 멀리 서석대나 장불재부터 능선 아래 어디로 눈을 주어도 바람이 보였다.

무등산의 가을은…… 바람도 단풍이 드는구나.

나는 가슴 가득히 숨을 들이쉬었다. 폐를 지나 뼛속 구석구석까지 상큼하고 기분 좋은 바람이 스몄다. 이처럼 마음껏 숨을 들이쉰 게 얼마 만인가. 창작실에 입주한 뒤 처음 맛보는 여유와 행복이었다. 최지훈의 인간답게 산다는 게 바로 이런 것일까. 그 인간답게 때문에 무등산의 단풍이 이토록 아름다운 것일까. 아니, 어쩌면 현 부장 덕분인지 모른다. 어제 현 부장이 남원을 다녀간 뒤, 비로소 소설의 가닥이 잡혔다. 구성 방향도 얼추 정해졌고 중심인물의 성격은 확고해졌다. 이제 쓰기만 하면 된다. 시간문제였다. 하루쯤 몸을 추스르고 시작하자. 남은 일주일이면 충분하다. 남원에서 돌아와 기대와 흥분을 꾹꾹 다져 눌러 배낭을 쌌다. 상우 형이 조금 회복되어 다행이긴 하지만……. 상우형의 칼잠을 잠깐 떠올리다 잠이 들었나 싶었는데 새벽이었다.

"형, 나 먼저 능선 바람 좀 껴안고 있을게."

첫차를 타야 한다며 나를 깨우던 그 목소리였다. 최지훈이 폴더폰을 꺼내 들고 중봉을 내려서고 있었다. 해발 915m. 이 높이에서 폴더폰이 터지나? 나는 스마트폰을 꺼내 수신 상태를 확인했다. 카톡과 문자가 찍혀 있었다. 무음 모드인 탓에 열어 보진 못했지만 송수신에 장애는 없는 것 같았다. 문자를 읽을까 하다가 그만두고 진동 모드로 바꾼 뒤 폰을 바지 주머니에 넣었다.

중봉. 나는 표지석을 한 번 더 돌아보고 돌계단 아래로 내려섰다. 최지훈이 보이지 않았다. 능선 굽이 하나를 더 돌자 등산로를 비낀 바위 위에서 혼자 막걸리를 마시고 있었다. 혼자서? 무슨 일인가 싶어 물어보려는데 진동이 느껴졌다. 폰을 열어 볼까 하다가 그만두었다. 현 부장은 어제 만났고, 아내와는 아침에 카톡을 주고받았으니 급한 일은 없었다.

"좀 아껴 마시자. 두 병뿐이야."

"바람이 목말라하는 것 같아서 나눠 마시느라고. 하하."

지나가던 바람이 최지훈의 머리 위에 슬그머니 내려앉고 있었다. 그 바람을 어루만지듯 최지훈이 머리를 쓸어 올렸다. 루브르박물관의 유리 피라미드 조형물처럼 속이 보일 듯하면서도 보이지 않는 이 사람. 가슴속엔 무엇이 담겨 있을까. 바람일까, 마라톤녀 같은 여자들일까.

"형."

내 독백을 바람에게서 전해 들은 것처럼 최지훈이 나를 불렀다. 나는 움찔했다.

형. 응? 이번 산문집 내고 나도 소설을 써 볼까 해. 그거 좋지. 아우는 언제든 준비된 사람이잖아. 형은 장돌뱅이 아버지의 역마를 물려받아서 글을 쓴다고 했잖아. 세상을 떠도는 것도 그렇고. 숙명이라고 여기고 있어. 처음엔 아버지를 원망했지만 결국 아버지께 감사한 일이 되고 말았으니까. 형, 나는 아내보다 가까이 끌어안고 사는 사랑과 욕망에 관해서 쓰고 싶어. 내가 만난 여자를 중심으로.

나는 다음에 이어질 말을 대충 짐작할 수 있었다. 무등산에 오르는 동안 폴더폰을 여닫을 때마다 일산에서, 광주에서, 밀양에서 바람처럼 날아왔을 문자들. 그 주인공들과의 일화가 나올 게 분명했다.

형, 그런데 말이야. 응? 이런 캐릭터도 괜찮을까. 어떤? 산에서 처음 만난 남자가 막차를 놓쳤다고 그 남자를 하룻밤 책임지는 대학 여교수라든가, 저번에 말한 마라톤녀처럼 하룻밤에 막걸리병 두 개 분량을 쏟는 여자라든가. 그건 좀……, 보편성의 문제가 있을 것 같애. 그렇지, 형. 흥미는 끌겠지만 너무 튀는 캐릭터지? 특정 사건, 특정 인물을 모티브로 하더라도 지나치게 특별한 것은 좀……, 현실감도 떨어지고. 그러게 말이야. 그런데 이상하게 내가 만나는 여자들은 대부분 보통 사람들이 아니거든. 요즘 같은 세상에 차도 없이 걸어 다닌다고, 폴더폰을 쓴다고 나에게 왜 그렇게 관심을 갖는지. 모성 본능인지, 아니면 측은지심인지 모르겠어. 일종의 욕망 같은 게 아닐까. 배려와 호의라는 옷으로 감춘 성적 욕망. 그래, 욕망 맞아. 만나는 사람마다 풍선처럼 탱탱하게 부푼 욕망들을 지니고 살더라고. 그 욕망의 풍선을 건드리기만 하면 저절로 터지고, 쏟고, 뛰고, 우는 거야. 그런데, 지훈 아우. 관점의 문제도 있을 것 같아. 주체가 누구냐에 따라 이야기를 풀어내는 방식이 달라지겠지. 그런가? 여자의 관점에서 보면 아우가 은폐의 옷을 입은 사람일 수도 있으니까. 반문명적인 척, 아날로그를 고수하는 척 은밀하게 문명을 즐기는 사람. 남다른 삶의 방식을 도구로 삼아 성적 욕망에 집착하는 인물. 형, 듣고 보니 가능한 얘기다. 그렇다면 형, 시점을 삼인칭으로 해서 쓰면 되지 않을까? 물론 가능하겠지만……. 어쨌든 형, 주체가 누구든 나는 그게 가장 인간다운 모습이라고 생각해. 활어회 같은 생생한 욕망과 사랑. 그걸 직설로 풀어내고 싶거든. 그런데 말이야, 형. 그것을 삼류 포르노, 삼류 환타지라고 비웃을 것 같아서 말이야. 글쎄, 그건…… 어떻게 담아내는가, 어떤 메시지를 던지느냐에 따라 다르겠지만 대개는…….

나는 말끝을 흐리고 잠시 침묵했다. 나도 고려장 하듯 묻어 두고 사는 특별한 실화가 있어. 그 말을 입안에 막 담는 중이었다.

"어쨌든 보편성, 그게 문제야."

최지훈이 엉덩이를 털고 일어섰다.

바람이 길을 잃었는지 능선의 앞뒤가 고요했다. 서너 걸음 앞서 걷던 최지훈이 폴더폰을 열고 있었다. 능선 한 굽이를 돌자 바람과 사람의 단풍이 울긋불긋 빛났다. 허벅지에서 진동이 느껴졌다. 서석대 정상까지만 열지 말자. 나는 스틱 손잡이를 고쳐 잡았다. 죄송합니다. 단풍보다 붉은 여자 둘이 내 어깨를 치며 옆으로 비껴갔다.

이름만 대면 중학생도 알 만한 서울의 사립대학을 나온 최지훈. 사랑과 욕망 이론으로 중무장한 자유인. 나는 최지훈으로부터 저만치 서 있을 아내에겐 무관심했지만 그 아내의 거리보다 더 멀리 떠나 있는 남편에겐 마치 질투를 하듯 관심을 기울였다. 상우 형과 제주도 작가 몰래 폴더폰의 문자와 사진을 통해 그의 여자들을 공유하면서 나는 불현듯 낙오라는 단어를 떠올렸다. 차도 없고 스마트폰을 다룰 줄 모르는 아날로그적 인간. 이 친구에게 문명의 이기에 심취한 듯 살아가는 나는 오히려 무엇인가 뒤떨어져 있구나. 그러다 문득 생각했다. 속도와 경쟁의 전쟁터에서 사람이 이렇게도 살아갈 수 있다면, 이 사람도 가슴속 어딘가 상우 형의 왕릉 같은 그 무엇이 존재하겠구나. 자신의 삶을 견고하게 지탱하면서 자신의 존재를 역설하는 부장품들이 켜켜이 쌓여 있을 왕릉. 루브르박물관의 유리 조형물이 눈앞으로 스쳐 갔다. 그 순간이었다. 깊이와 형태가 다른 수많은 왕릉들이 유리 조형물의 꼬리를 물고 끝없이 이어졌다. 폴더폰 속 여자들의 왕릉이었다.

"형, 조금 서두르자. 배고프다."

최지훈이 등을 돌려 나를 부르는데 허벅지가 떨렸다.

"잠깐만."

나는 걸음을 멈추고 휴대폰을 꺼냈다. 문자 넷과 카톡 둘이 찍혀 있었다. 아무래도 열어 보아야 할 것 같았다. 문자를 먼저 읽었다.

집으로 전화 주세요.

네 개의 문자가 같은 내용이었다. 아내의 문자였다. 전화를 할까 하다가 첫 번째 카톡을 터치했다. 카톡 하나가 화면에 넘칠 만큼 길었다.

저, 기억하세요? 미성이에요. 누군지 모르시죠? 전수경. 기억나세요? 개명했어요. 제가 서른두 살이니까, 꼭 십 년 만이죠? 그동안 궁금하셨죠? 죽었나, 살았나. 저 아주 잘 살았답니다. 정신병원에서 안전하게. 참, 세 번째 시집을 냈더라구요.

십 년 만에. 죽은 줄 알았는데, 축하드려요.

나는 카톡에서 눈을 뗐다. 전수경이라면…… 십여 년 전, 논술학원 수강생이다. 수도권 대학 논술 공부를 그만두고 소설을 쓰겠다며 지방대학 문예창작과로 진학한 여학생이다. 대학교 이학년 때였을 것이다. 습작 소설을 들고 내 앞에 나타난 것은. 내가 첫 소설집을 낸 그즈음이다. 그 뒤로 서너 차례 안부를 주고받던 끝에 뜻밖의 소식을 들었다. 편집성 인격 장애로 정신병원에 입원했다는. 그리고 십여 년 후, 전미성으로 나타난 것이다. 그런데 바뀐 폰 번호를 어떻게 알았을까?

저 삼 년 전에 퇴원하고 결혼했어요. 다음 달에 출산입니다. ㅎㅎ. 소설도 다시 쓰기 시작했고요. 남편하고 과일 가게 하고 있어요. 또 연락할게요. 답장 주세요. 꼭.

아내는 점심 식사 중이었다. 때를 모르고 전화를 했다.

"도대체 몇 번을 찍었는데 이제 전화해요."

밥그릇에 숟가락 떨어지는 소리가 들렸다. 동생 집에 계시는 어머니가 낙상이라도 당하신 건가. 그게 아니면…….

"전미성이 누구예요? 전수경은 또 누구고?"

"아, 그 학생 때문이었어? 십 년 전쯤 논술학원 수강생이야. 그런데 왜?"

"집으로 전화를 세 번씩이나 했어요. 옛날 제자라고 해서 당신 폰 번호 알려 줬더니 한참 있다가 이상한 전화를 또 하는 거예요."

"무슨?"

"아니, 왜 얼굴도 모르는 애가 협박조로 전화를 하는 거야. 당신 그 여자애랑 무슨 일 있었어?"

아내에게 전화를 하기 전, 두 번째 카톡을 읽었어야 했다. 아내의 흥분을 겨우 진정시킨 뒤, 카톡을 읽었다.

선생님, 왜 답장을 안 하죠? 씹는 거예요? 제가 소설을 쓴다고 했죠. 그전처럼 조언을 듣고 싶어서 용기를 낸 건데, 도대체 왜 답이 없어요!?

전율이 느껴졌다. 분명히 잠가 둔 방문을 누군가 슬그머니 밀치고 들어서는 것처럼 몸이 떨렸다. 카톡을 닫고, 읽던 카톡의 수신 시간을 확인했다. 첫 번째 카톡에서 두 시간쯤 뒤에 작성된 것이었다. 하나는 휴대폰을 무음 모드로 전환하고 무등산에 오르기 시작하면서, 다른 하나는 중봉에서 쉴 때 진동으로 바꿀 무렵 도착한 것이었다. 아내의 문자는 두 번째 카톡 앞뒤로 이어져 있었다.

가슴…….

가슴으로 시작되는 카톡 문장을 마저 읽는데 명치끝이 쩌릿했다.

아직도 모르시죠? 제 가슴속에 무엇이 숨겨져 있는지.

아, 그래. 습작 소설을 사이에 두고 맥주를 마시던 날이었다. 잠깐 자리를 옮겨 나란히 앉아 셀카 인증 샷을 찍은 뒤였다. 수경이 내 손을 당겨 제 가슴에 올려놓고 말했다. 느껴지세요?

이 속에 무엇이 숨겨져 있는지? 백제 무령왕릉 아시죠? 그 왕릉보다 더 소중한 보석들이 숨겨져 있어요. 상상도 못 하실 겁니다. 그때 수경이 단정한 것처럼 오늘까지 나는 그 가슴속에 대해 상상한 적이 없었다. 무령왕릉과 그 속의 보석들을 까맣게 잊은 채 지냈다. 십여 년 전에 단 한 번 스쳤을 뿐인 가슴이었으므로 당연한 일이었다. 한 가지, 이제야 어렴풋이 기억나는 게 있다. 학점을 날려 가면서 쓴 소설인데, 제 소설을 무시하는 거예요? 수경의 도발적인 행동에 당황했던 내가 습작 원고를 제대로 읽지 않고 맥줏집을 나설 때, 수경은 나를 향해 그 말을 내던지고 등을 돌렸다.

제가 지금 만삭인데, 딸이래요. 딸이 태어나기 전에 인간 사냥을 할 거예요. 제 소설 속에 등장시킨 인간들 모두 사냥할 계획입니다. 딸이 태어난 뒤엔 제 폰 속에 저장된 선생님 비슷한 인간들도 남김없이…….

카톡의 다음 문장을 읽기 위해 화면을 밀어 올리는데 진동이 느껴졌다. 아내였다.

"아니, 그 애가 씩씩거리면서 집으로 찾아온다는데, 도대체 이게 무슨 일이에요?"

"집으로 온다고? 왜?"

"당신이 답장을 안 해 주니까 직접 오겠다는 거예요. 자기를 피하는 것 같다며. 가슴속에 감춰둔 선생님 이야기를 꼭 들려줘야 한다나, 어쩌구 하면서."

"내가 통화해 볼게. 걱정하지 마."

"걱정 안 할 수가 없잖아요. 그 여자아이 가슴에 뭘 감춰 뒀는지, 당신이 뭘 숨기고 있는지 모르잖아요."

"그게 무슨 소리야?"

"가족들 불안하게 만들지 말고 집으로 오세요."

"여기, 십일 정도 더 남았는데."

"집 전화도 끊어 버릴 거예요. 이제 그만 돌아다니고 집으로 오세요. 와서, 그 여자아이 만나서 다 정리하세요."

"아니, 뭘 정리……."

말을 마치기도 전에 아내가 휴대폰을 끊었다.

나는 멀리 서석대를 올려다보며 엉거주춤 서 있다가 스틱을 고쳐 잡았다. 초겨울 같은 쌀쌀한 바람이 뺨을 후려치고 서석대 쪽으로 달아났다. 바람의 손끝이 제법 매웠다. 뺨에 단풍잎 같은 손바닥 자국이 박혔을지도 몰랐다. 능선 저 앞쪽에서 기다리던 최지훈이 무슨 일인가 싶었는지 돌아오고 있었다. 나는 눈을 돌려 중봉 쪽 능선을 내려다보았다. 어느새 여기까지 올라온 것일까. 중봉까지 돌아가려면 까마득히 먼 길이었다.

빠른 걸음으로 증심사 주차장 두 시간, 담양 창작실 오십 분. 창작실 지방도를 빠져나와 고창담양고속도로를 타고…….

노트북만 챙겨 쉬지 않고 달리면 밤늦게 집 도착이다. 밤길이 제법 멀다. 서두를 필요는 없지만 지체할 여유도 없다. 그러나 창작실을 떠나기 전에 상우 형 상태를 꼭 확인해야 한다. 상우 형

저녁밥이 무사한지 전기밥솥도 열어 봐야 한다. 지금쯤 현 부장은 월성계곡에서 컴퓨터의 숲길을 걷고 있을 것이다. 소설 초고를 확인하기로 했던 현 부장과의 약속은 미루는 게 좋을 듯하다.

지훈 아우. 미안한데 나 먼저 내려가야 할 것 같아. 지금? 집에서 전화가 왔어. 오늘 다녀갈 일이 있다고. 서석대가 코앞인데? 다음에 다시……. 아니, 무슨 일인데 그렇게 급해.

최지훈이 안타깝다는 눈빛으로 나를 훑어보았다. 지금까지 집 밖으로 떠돌며 귀가를 서두를 만한 일은 한 번도 겪지 않았다는, 있을 수도 없다는 눈빛이다.

혼자 산행하려면 심심하겠다. 혼자 아니야, 형. 응? 오기로 했어. 이미 서석대에 와 있는지도 몰라. 누구? 지난주에 만났다는 그 여자들. 아……. 동행이 있다고 했더니 둘이서 온다고 했는데. 그랬구나. 형, 내려가다 핑크와 오렌지 가슴 만나면 인사해. 그 여자들이야.

산을 내려가는 길은 오르는 길보다 단풍이 더 붉었다. 둘, 셋씩 짝을 이룬 단풍의 물결이 끝없이 이어졌다. 유독 핑크와 오렌지 단풍이 눈에 띄게 많았다.

그래, 지금은 세상의 모든 왕릉이 단풍 드는 때…….

나는 문장 하나를 입에 넣고 탁마하듯 굴렸다. 단풍의 파랑에 떠밀려 내려왔는지 바람의 손목에 이끌려 왔는지 어느 틈에 증심사 주차장이었다. 주차장은 빈틈없이 단풍의 밀물이 들고 있었다.

왕릉과 피라미드와 유리 조형물이 출렁이는 단풍의 바다. 나는 지금 어디로 흘러가고 있을까.

무등산 단풍의 해변에 선 채, 나는 멀리 섬처럼 떠 있는 서석대 산정을 올려다보았다.

모든 것이 진실이다

—S 형에게

*

경계에 서서.

형.
첫 문장이 무겁지?
바둑에서 장고 끝에 악수 둔다는 말, 이런 때를 두고 나온 말
같아. 처음 썼던 문장을 지우고, 쓰고, 다시 지우고, 쓰고, 서너
번을 반복한 끝에 두 어절로 압축한 이것. 주어도 없는 불완전한
문장. 무슨 선언 같기도 하고, 산문의 제목 같기도 하고, 칼럼의
표제 같기도 한 이것. 얼핏 보아도 낯익은 표현이어서 참신성이
떨어지는 데다 짧지만 무겁고, 그래서 공연히 거부감이 드는 이
것. 어찌 됐든 이 글은 형에게 전하는 안부 편지인데 첫 문장으
론 썩 어울리지 않는 것 같아.
형. 나는 '경계에 서서'가 첫 문장으로 적절하지 않다는 나의
생각을 존중해. 적어도 이 순간만큼은 내 생각이 옳다고 여기고
있어. 그럼에도 결국 두 어절짜리 비문으로 글을 시작하게 되었
어. 무겁고 낡은 표현인 줄 번연히 알면서. 마치 내겐 선택의 여
지가 없는 것처럼.
그런데 형. 나는 이 순간, 나 혼자가 아니라는 생각이 들어.
내 안에 있는 나 혼자의 판단으로 선택한 게 아니라는 생각. 내
밖의 누군가가 나를, 첫 문장을 이끌고 있구나, 그런 생각이 들
어. 그 누군가가 사람인지, 사물인지, 아니면 현상인지, 그 밖

의 것인지는 모르겠어. 그러나 분명히 존재한다는 것은 알 수 있어. 나는 그렇게 확신해. 대체 이게 무슨 뜬구름 잡는 얘기? 이쯤에서 형이 의아한 표정을 지을 줄 알아. 그래서 이렇게 바꿔 말하고 싶어. 추상적이지만 단순 명료하게.

경계에 서서.
첫 문장을 이것으로 선택한 것은 나도 모르는 어떤 필연 때문이다.

아마 내 예상이 맞는다면 글 마지막 문장의 마침표를 찍을 때쯤, 아하, 그래서 그랬구나. 안도의 숨을 내쉬며 고개를 끄덕일 것 같아. 형이 아니라 내가 말이야. 그리고 얼마쯤 뒤, 이 글을 읽은 형 역시 만족한 미소를 지을 것으로 짐작돼. 그럴 것이라고 믿어.
형. 이제 나는 정말이지 선택의 여지가 없을 것 같아. 나는 지금부터 나와 이 글의 첫 문장을 이끈 누군가를 만나야 하거든. 필연의 주체 말이야. 그들을 찾아가야 한다는 뜻이지. 아직 실체는 알 수 없지만 분명히 존재하는 그 무엇. 사람이든 사물이든 현상이든 나를 이 순간, 경계에 세워 둔 그 무엇을 궁구해야 할 것 같아.

형.

나는 지금 법원 주차장에 있어.

이 말에 형이 좀 당혹스러울 것 같아. 아니, 놀랄지도 모르겠다. 그런데 지금 여긴 실제로 법원 주차장이야. 대전지방가정법원. 거의 세 시간째 운전석에 앉아 있어. 앉은 채로 이 글을 쓰는 중이지. 적절하지 않다고 여겨지는 첫 문장을 탁마하듯 완성해 두고서 말이야. 왜 가정법원 주차장에 앉아 있는지 궁금할 줄 알아. 당연히 그럴 만한 이유가 있으려니, 하면서도 말이야. 그러니까 여기 앉아 있는 이유, 그게 오늘 안부 편지의 중심 모티브인 셈이야. '경계에 서서'를 첫 문장으로 잡은 까닭이기도 하고. 내겐 아주 특별한 볼일이 있어서 가정법원에 들렀거든.

형. 나는 오늘 개명 신청을 했어. 이름을 바꾸러 가정법원에 온 거야. 태어나면서부터 오늘까지 사용한 이름을 지우고 나에게 새 이름을 붙여 주기 위해서 말이야. 그런데 개명 신청을 마치고 법원을 나서려다 앉아 있는 중이야. 법원 주차장을 걸어서 한 바퀴 돌아본 뒤, 차를 몰고 주차장을 빠져나가려는 순간, 돌연 어떤 생각들이 내 발목을 붙잡고 놔 주질 않은 탓이지. 자그마치 세 시간째. 이쯤 되면 형도 짐작할 수 있을 것 같아. '경계에 서서'를 첫 문장으로 선택한 이유를. 그 필연 역시 어렴풋하게 상상이 될지도 모르겠고.

여기서, 잠시 필연에 대한 이야기를 할까 해. 우연과 필연. 필연 같은 우연에 대해서. 실은 이 글 전체를 관류하는 모티브를 필연으로 잡고 있거든.

필연은 우연의 옷을 입고 나타난다.

이 말, 형도 귀에 익을 거야. 몇 년 전 JTBC 뉴스룸 앵커 브리핑에서 나온 말이지. 박근혜 전 대통령이 감옥으로 가던 날, 세월호는 뭍으로 올라왔다는 말과 그 엇비슷한 일이 동시에 발생하는 사례를 분석한 앵커 브리핑이었어. 앵커는 역사학자 E. H. 카의 "우연이라고 취급된 것은 우연이 아닌 필연이다"를 인용하면서 그 표현을 했어. '단순한 논리로는 쉽게 설명하기 어려운 세상사를 두고 이렇게 말하고는 한다지요' 하면서.

우연이라고는 하기엔 너무도 필연 같은 일들. 필연 같은 우연. 살다 보니 실제로 그런 일을 겪게 되더라고. 그때마다 나는 E. H. 카의 말을 되새기곤 해. 지난해 겨울에 낸 장편소설 『나비의 방』에도 그 표현을 인용했고. 물론 나보다 삼 년을 더 살았으니 형 역시 나와 같은 경험이 있을 줄 알아. 실제 삶이든 형의 시 창작 활동에서든.

그래서 말인데, 형.

앞에서 말한 필연 말이야. 이제 필연 얘기를 꺼내려고 해. 그런데 또 그보다 먼저 들려줄 말이 있어. 형을 부르며 이 글을 쓰기 시작하면서부터 자꾸 눈앞을 가로막는 일. 두 가지야. 하나는 두 달 전쯤 만났던 한 남자에 관한 것이고, 하나는 오늘 아침 식탁에서 있었던 일. 둘 다 우연히 겪은 일이지만 앞은 좀 무겁고 뒤는 그냥 가볍게 웃어넘길 이야기지.

순서를 바꾸어 뒤부터 말할게. 아주 사소한 이야기지만 첫 문장 때문에 무거워진 눈과 마음을 잠시 가볍게 털고 내려가도 좋겠다 싶어서 먼저 전하려고. 따지고 들자면 이 글과 전혀 무관한 이야기도 아니거든. 어쨌든 가능한 짧게 전할게.

형. 오늘 아침에 고추 때문에 작은 소동이 벌어졌어. 아내가 출근한 뒤 서둘러서 법원으로 오기 위해 아침을 먹다가 벌어진 일이지. 작년 가을에 전역한 뒤 복학한 둘째 아들과 코로나19 덕분에 달포 전쯤 한 달 조기 전역한 셋째 아들, 그리고 나, 이렇게 삼부자가 아침 밥상에서 고추를 먹은 거야. 고추 여섯 개를 두고 하나씩 먹는데 형제는 아주 매운 고추를 깨물어 한 놈은 뱉고, 한 놈은 땀을 흘리면서 삼켰어. 같은 포장에서 꺼낸 고추인데 왜 내 고추만 안 맵지? 피식피식 웃다가 남은 세 개를 두고 내가 제안을 했어. 셋 중에 한 개를 골라서 아빠를 줘라. 나머지는 둘이 먹고. 단, 동시에 먹자. 그러고는 큰아들이 한 개를 골라 준 것을 먹었는데, 아뿔싸, 형제는 또 매운 고추였고 내 것은 전혀 맵지 않은 거야. 두 아들놈이 매워서 쩔쩔매는데 나는 웃음을 참을 수 없어서 그만 껄껄거리고 말았지. 형, 재밌지 않아? 여섯 개의 고추 가운데 맵지 않은 것은 두 개뿐이었는데 그것을 나만 씹다니. 이 상황이 흥미로워서 형제들 대신 설거지하는 동안 혼자 피식거렸어. 이것은 우연이다. 아니다. 필연이다. 머릿속에서 우연과 필연이 옥신각신하는 소리를 들으면서 말이야.

이제 두 번째 이야기. 어떤 특별한 사람을 소개하려고 해.

형. 잠시 후에 내가 몇 사람에 대해 말하게 될 거야. 개명하기 전에 나와 관계를 맺은 사람을 몇 가지 유형으로 분류한 뒤 유형별 대표적인 인물에 관해 간략하게 기록할 생각이야. 지금 소개하려는 사람이 그 가운데 한 사람인 셈이지. 개명 전, 나를 가장 놀라게 만든 사람. 내가 가장 특별하게 여긴 사람. 그 유형의 전형적인 인물, 바로 그 사람이야.

서울 노원구 중계본동 산 104번지. 세상에서 흔히 '백사마을'로 부르는 그곳을 2월 초에 다녀왔어. 오늘이 4월 7일이니까 딱 두 달 전, 코로나19가 전국적으로 확산되기 전이었지.

백사마을은 서울의 동북쪽 변두리 산마을인데 주거환경개선 사업의 일환으로 십여 년 전부터 재개발을 추진 중이지. 이미 세입자는 거의 떠난 상태야. 일부 원주민 거주지 외엔 단전, 단수가 되면서 절반 넘게 폐가가 늘어선 마을이지. 내가 그곳을 일년 남짓 출입하는 중이야. 휴먼 다큐 프로젝트 때문에. 형도 알다시피 나는 이십여 년째 철거재개발 다큐 사진을 찍어 왔잖아. 철거재개발의 배경과 목적, 문제점, 원주민의 애환 등을 기록에 남기고 세상에 드러내고자 기획했던 휴먼 다큐. 몇 년 전에 사진집을 형에게 전해 준 적이 있었지. 『집, 지상의 방 한 칸』 기억하지? 그 사진집 발간 이후 연속 작업으로 작년 가을부터 백사마을을 집중 촬영하고 있어.

그런데 2월 초, 그곳에서 아주 놀랄 만한 사람을 만났어. 우연이었지. 물론 필연 같은 우연이겠지만 말이야.

그는 '고양이 아빠'라고 불리는 오십 대 초반의 남자야. 알고 보니 백사마을 유기 고양이, 흔히 말하는 들냥이를 돌보는 사람이더라고. 곳곳에 계고장이 나붙고 폐가가 눈에 띄게 늘어 가는, 그야말로 버려진 듯한 산비탈 마을을 남자가 가방에 고양이 밥을 잔뜩 담은 채 오르내리는 것이지. 그런데 형. 남자가 돌보는 고양이가 얼마나 되는지 알아? 자그마치 130여 마리야. 믿어지지 않는 일이지. 남자는 주말마다 백사마을을 찾아와 고양이 밥을 주고 상태를 확인하고 놀아 주곤 하는 거야. 십 년 가까이 말이야.

형, 나는 2월에 백사마을을 다녀오면서 처음 보는 어떤 광경에 울컥, 했어. 그동안 살아오면서 아주 드문 일이었지. 언덕길에서 고양이 아빠를 처음 만나 인사를 나눈 뒤, 입구의 삼거리식당에서 함께 김치찌개를 먹고 다시 언덕길을 오르내리는 내내 나타나는 고양이들이 하나같이 남자에게 다가가 스킨십을 하는 거야. 남자가 걸어가면 어느 틈에 나타났는지도 모르는 고양이가 다가와 남자의 다리 사이로 와서 몸을 비비고, 남자가 쭈그려 앉으면 함께 앉거나 뒹굴고. 내가 발견한 고양이마다 남자를 알아보고 다가오거나 동행을 하는 거야. 그래서 고양이 아빠라는 별명이 붙었구나……. 그런 상상을 하는 동안에도 남자는 고양이를 보듬어 안고, 가방을 열어 밥을 주고, 멀찌감치 나타나는 고양이를 불렀어.

남자의 말에 따르면 들냥이의 개체 수가 늘기 시작한 것은 마을 공동화현상이 생기던 십여 년 이쪽저쪽이었던 것 같아. 아무튼 재개발 발표가 되기 전부터 고양이를 돌보며 사진으로 기록해 왔다는 남자의 말을 처음엔 믿지 않았어. 아니, 믿을 수가 없었지. 백사마을 거주민도 아닌데 그럴 만한 이유, 필연이 있었을까? 그런 의구심 때문이었지. 그런데 남자의 말은 금방 사실로 증명이 되었어. 점심을 함께 먹고 반나절을 동행하는 동안 여러 명의 주민을 지나쳤는데 그때마다 모든 주민들이 남자와 인사를 나누고 안부를 주고받는 거였어. 안녕하세요? 어, 왔어. 고양이 아빠 왔네. 야옹이들 별일 없었죠? 엊그제 지들끼리 싸우는 것 같던데…….

남자가 나를 놀라게 한 게 또 있어. 내가 대전에서 왔다고 했더니, 글쎄 말이야, 대전을 훤히 알고 있던 거야. 대전에서 학교를 다녔다고 하면서. 놀랍고 반가워서 물었지.

어디서 공부를…….

KAIST, 생명과학 쪽 공부를 했어요.

남자의 집은 서울인데 대전의 KAIST에서 공부를 마쳤고, 지금은 아시아나 항공에 근무한다고 했어.

직장 때문에 주말에만 고양이들을 돌봐 주고 있어요.

남자는 그 말끝에 숨을 몰아쉬었어. 코로나19로 회사가 이미 영향을 받고 있지만 국내와 국외에서 확진자가 폭증하면 실직할 수도 있다며. 실직은 곧바로 고양이의 생계에도 영향을 미칠 거라면서. 이러저러한 과거의 얘기들을 주고받고 일어서려는데 남자가 불쑥 한마디를 던졌어.

저희, 어쩌면 가끔 마주쳤을지도 모르겠네요.

어디서?

광장에서. 하하.

형. 알고 보니 그와 나는 오랜 세월 같은 광장에 서 있었던 거였어. 이명박 전 대통령 재임 시 빚어진 미국산 광우병 쇠고기 수입 반대와 4대강 건설 반대 집회장이며 박근혜 전 대통령 탄핵 국면의 광화문 광장과 검찰 개혁 촉구 서초동 집회장. 고 노무현 대통령 추모 집회장부터 용산 참사 현장 등. 그 사이사이 가졌던 각종 민주노총 범국민대회 집회 현장까지. 거의 모든 광장에서, 같은 시공간을 함께했던 거야. 대전을 훤히 꿰뚫고 있다는 말보다 더 반갑고, 놀라웠지.

형. 살다 보면 정말 필연 같은 우연이 있는 모양이야. 백사마을 언덕과 골목길을 오가며 고양이와 남자와 동행한 반나절, 걷는 내내 나는 촬영은 잊고 필연에 대해서 생각했어. 어떤 필연으로 오늘 우리가 이곳에서 만났을까. 우리가 다시 만나게 될 필연이 또 있을까.

고양이의 뒷모습을 찍으며 언덕길로 올라가는 남자를 물끄러미 지켜보다가 나는 남자의 반대편 길로 내려왔어. 남자가 내게 남긴 특별함과 놀라움의 여운을 되새기면서.

형.

오늘은 개명 신청을 하기 위해 가정법원에 들른 날. 그리고 보면 그 남자는 내 과거의 이름으로 만난 마지막 인연이 된 사람이야. 그리고 그 남자는 지금까지 살아오면서 내게 가장 특별한 사람으로 남을 게 틀림없어.

*

지금도 진산면 만악리 가는 밤길은 달빛으로 눈이 부실까.

형. 문득 문청 시절의 어느 달밤이 떠오른다. 금산 읍내에서 술에 취한 채 형의 고향 집을 가겠다며 십 리가 넘는 만악리 산길을 걷던 치기라니. 하하.

형.

조금 전 개명 신청을 마치고 운전석에 앉아 개명의 정의를 찾아보았어. 개명改名. 이름을 고침. 또는 그 이름. 간단명료하더군. 개명의 정의만큼 오늘 개명 신청도 쉽고 빠르게 진행되었어. 내 앞의 신청자 한 사람을 기다린 뒤, 가정법원 내부에 있는 은행에 가서 인지대와 개명허가결정문 송달료를 납부하고, 담당 창구에 개명 신청허가서와 구비 서류를 제출하고, 개명 신청 소명 자료를 확인하고, 결정문 통지 후 할 일 안내문을 받고, 끝. 기껏 십 분 남짓 소요된 것 같아.

하…… 참, 쉽다.

나는 서류 제출을 마치고 가정법원 출입문을 빠져나오며 탄식을 뱉듯 혼자 지껄였어. 순식간에 끝나는 일이었구나, 하면서. 자그마치 십여 년을 망설이던 일인데, 작년 봄부터 꼬박 일 년을 숙고한 끝에 결정했는데, 불과 십 분 만에 이름을 바꾸다니. 아직 법원의 개명 허가 결정이 난 것은 아니지만 무난하게 개명은 될 것 같아. 창구 담당자와 나눈 대화에서 그런 예상을 할 수 있었거든.

직원님. 개명이 안 되는 경우도 있나요?

선생님은 처음 개명 신청을 하셨고, 개명 신청 이유가 제가 보아도 충분할 것 같아요. 특별한 범죄 사실만 없으면 개명 허가가 될 것 같습니다.

아, 범죄 사실도 들여다보나요?

네. 신원 조회도 하고, 그래서 두 달 가까이 걸립니다.

형.

주차장에 앉아서 맨 처음 떠올린 생각은 다른 게 아니었어. 나에 대한 질문이었어.

오늘은 내게 어떤 날일까.

오늘은…… 나의 이름표를 바꾼 날. 나를 존재하게 만드는 규정을 갈아엎은 날. 육십여 년간 덧칠한 내 생의 색채를 지우고 남은 생에 새로운 채색을 시작한 날.

오늘의 의미에 대한 반문이 단순한 것처럼 대답 역시 가벼웠어. 그리고 다시 물었어. 개명은 내게 대체 어떤 의미가 있는 것인가. 내게 본질적인 질문을 던진 것이지.

이름은 또 하나의 얼굴이다. 이름 석 자가 인생을 좌우한다.

형도 아는 것처럼 흔히 떠도는 말이야. 누군가 제 생의 얼굴

을 바꾸는 개명. 개명 전의 삶과 개명 후의 삶이 뒤바뀔지도 모
르는 개명. 그러나 나는 그렇게 답을 하지 못했어. 차마 그럴 수
가 없더라고. 표현에 참신성도 없고, 왠지 타인의 개명에 대한
관찰자의 평가만 같아서

그렇다면 나는 왜, 이름을 바꾸는 것인가. 그 시기가 하필,
왜, 지금인가. 새 이름이라고 해야 다른 게 아니고 그동안 사용
해 온 필명인데. 육십일 년을 사용한 본명을 지우고 그 절반인
삼십 년 남짓 사용한 필명을 굳이 본명으로 바꾸려는 의도가 무
엇인가.

운전석에 앉아 반문을 거듭하면서 답에 대한 고민으로 한참
을 침묵했어.

오늘 이전의 나를 지우려고? 짝퉁을 버리고 진짜로 살아 보
려고? 내 과거의 오류를 바로잡기엔 너무 늦고, 잘라 낸 욕망의
상처를 치유하기에도 너무 늦어서 나를 포맷하여 새로 시작하려
고? 궁극적으로 나를 살리기 위해서?

나를 향해 조소 같은 웃음을 흘리다가, 자괴감 같은 감정을
쏟아 내다가, 용기 있는 일이야, 손뼉을 치다가 점심을 놓치고
말았지. 차 안에 둔 물을 마시고 오곡쿠키 한 개를 씹어 먹고 다
시 골똘해지기 시작했어.

솔직히 말하자면 형, 믿기 어렵겠지만 개명 신청을 마치고
나온 뒤에 나는 갑자기 나를 잃어버린 것처럼 갈팡질팡했어. 차
에 오르기 전에 주차장을 한 바퀴 돌아보았고, 차에 올라 시동

을 걸어 둔 채 얼마간을 앉아 있다가 시동을 끈 뒤 밖으로 나왔
고, 다시 주차장을 한 바퀴 돌아본 뒤 운전석에 앉았고, 또다시
시동을 끄고 차 밖으로 나왔는데……. 그런데 말이야, 형. 마치
내가 실종된 것처럼 황망히 떠돌던 어느 순간, 내가 다시 보이기
시작한 거야. 그래서 얼른 운전석에 앉았지. 재빨리 안전벨트를
맸고. 그러곤 된숨을 몰아쉬면서 혼자 지껄였어.

나는 지금 여기 있다.

그러다 문득 떠올린 게 있어.

아, 먼저 나에게 전하자. 이름을 바꾼 것을 누구보다 내게
알리자.

그리고 이어서 단어 하나를 입에 물었지. 경계. 경계라는 단
어를 입에 두 번인가 물었다 뱉기를 반복했어. 경계. 나는 지금
경계에 있다. 가정법원 주차장은 경계다. 나와 나의 경계. 어제
의 나와 내일의 나를 가로지르는 경계. 육십일 년을 살아온 당
신과 이제 첫 생애를 시작하는 당신이 서로 배웅하고 마중하는
현장, 그 경계.

*

〈ALL IS TRUE〉

형. 혹시 이 영화 보았는지? 셰익스피어의 노년 생애를 그린
영국 영화야. 뜬금없이 이 영화를 꺼낸 까닭이 있어.

형. 내가 점심을 잊은 채 운전석에 앉아서 무엇을 했겠어.

내 과거를 반추하는 일이었어. 내가 앞에서도 말했지. 내 밖에서 나를 이끄는 누군가가 있는 것 같다고. 마치 그 누군가가 꼭 그래야만 한다고 권유하는 것처럼 내가 살아온 일들을 돌아보았던 거야. 그러자니 온갖 과거들이 한꺼번에 쏟아져 나왔고, 순식간에 세 시간이 사라진 거지. 그리고 재생된 수많은 추억의 끝부분에서 마치 영화의 엔딩 신처럼 떠오른 것이 〈ALL IS TRUE〉야. 그러니까 형에게 이 글을 쓰겠다고 작정한 뒤, 이 글의 처음에 올려 둔 경계에 서서, 그 문장에 대한 고민이 막 사라질 무렵이었어.

'모든 것이 진실이다.'

그래. 이것을 글의 제목으로 삼자. 그리고 진실에 관한 이야기를 담아 보자.

나는 이런 생각을 했어. 그리고 설렜지. 무엇인가 나를 위해 의미 있는 글을 쓸 수 있겠구나. 그 글은 어쩌면 나에게 반문한 개명의 의미에 대한 지혜로운 답변이 될 수도 있겠구나, 하면서.

형.

사실, 고백하자면 〈ALL IS TRUE〉를 떠올린 것은 우연이 아니었어. 그 역시 의도적이었어. 그전에 떠올렸던, 떠올렸다가 지웠던 과거의 일 때문이야. 과거의 일들이 너무도 생생해서 그 날카로운 모서리를 갈아 내고자 잠시 눈을 돌린 거였지.

'런던, 1613년 6월 29일. 셰익스피어의 희곡 「헨리 8세」가 글로브극장에서 상연됐다. 1막 4장을 상연하던 중, 대포가 잘못 발포돼 극장에 불이 붙었다. 글로브 극장은 완전히 불탔다. 윌리엄 셰익스피어는 다시는 희곡을 쓰지 않았다.'

형, 이것은 〈ALL IS TRUE〉의 도입 부분 자막이야. 나는 자막을 두 번 돌려 읽으면서 조금 엉뚱한 상상을 했어.

누군가, 무엇인가 내 이름을 불태워 준다면 더 이상 아무것도 하지 않을 것이다. 나를 오늘까지 이끌고 온 모든 욕망들, 글도 사진도 포기하고 윌리엄 셰익스피어처럼 정원이나 가꾸며 살겠다.

혼자 피식 웃으면서 영화를 마저 보다가 눈을 크게 뜨고 들여다본 대사가 있어.

'스스로에게 솔직하다면 무슨 이야기를 쓰든 모두 진실이다.'

젊은 작가 지망생이 셰익스피어의 고향 집에 찾아왔을 때, 그 젊은이를 향해 셰익스피어가 건넨 말이지. 물론 이 대사는 우리에게 익숙한 것인 줄 알아. 글 쓰는 사람들이 종종 입에 담는 말이지. 그런데 내가 왜 눈을 크게 뜨고 보았을까. 다른 게 아니라 '솔직'과 '진실' 때문이었어. 화면을 정지시키고 그 대사를 다시 읽으며 나는 불현듯 한 문장을 입에 담았지.

'솔직'과 '진실'은 글의 척추다.

형. 나는 이 독백이야말로 이 글 전편의 방향을 가리키는 풍향계라는 생각을 해. 개명 신청을 하고, 법원 주차장에 앉아 '경계'에 대한 연상을 하고, 이 글을 형에게 쓰는 동안 나는 그 독백을 반복할 게 분명해. 따지고 들자면 이미 시작한 셈이지만. 형도 아마 나와 엇비슷한 생각을 가질 줄 알아. 최근 일곱 번째 시집을 준비하는 형, 그리고 다섯 번째 시집과 세 번째 소설집 발간을 기다리는 나. 우리 같은 문인들에게 '솔직'과 '진실'이 얼마나 중요한 화두인가는 새삼 강조할 필요가 없을 거야.

그런 까닭으로 형, 나는 이제 '모든 것이 진실'인 이야기를 꺼내려고 해. 여기서 말하는 진실은 사전적 의미 그대로 '거짓이 없는 사실'을 말하지만 그 객관적 실체인 사실에 대한 나와 주변 사람들의 주관적 해석이나 가치도 포함될 거야. 당연히 그래야 할 것이고.

이제 나 자신에게 솔직하게, 나를 기만하지 않고 풀어낼 '진실'은 당연하게도 개명 이전의 내 과거에 대한 것이야. 물론 육십여 년의 생애를 이곳에 풀어놓을 수는 없는 노릇이므로 굵직굵직한 몇 개의 사례를 묶어서 말할 생각이야. 단순히 내 과거의 삶에 대한 성찰이 아니라 미래의 삶을 준비하는 바람직한 계기가 되리란 기대로 말이지. 그것을 통해 개명의 의미에 관해 천착할 수 있다는 믿음으로. 조심스럽게 예측하건대, 오늘 형에게 편지를 쓰면서 내 과거의 일단을 밝히는 일은 내 생에 가장 중요한 통과제의가 될 것이 틀림없어. 나는 그렇게 확신해, 형.

지금 시간은 두 시 이십사 분.

주차장을 한 바퀴 둘러본 뒤, 운전석에 앉아 생각했어.

이름을 바꾸기 전에 육십여 년 사용한 이름의 주체인 내가 살아오는 동안 관계했던 사람들은 누구인가. 그들을 다음처럼 분류한다면, 그 분류의 대상들은 누구일까.

내가 살아오는 동안 가장 사랑한 사람은 누구인가. 가장 증오한 사람은 누구인가. 가장 아름답게 여긴 사람, 추하게 여긴 사람, 두려워한 사람, 혐오한 사람은 누구인가. 가장 그리운 사람, 존경하는 사람, 나를 감추고 싶었던 사람, 흉금을 털어놓았던 사람은 누구인가. 내가 가장 특별하게 여긴 사람, 나를 특별하게 여긴 사람은 누구인가.

그다음 떠올린 생각은 사람이 아니라 사건들이었지. 내가 직접 겪은 일들. 주체든 객체든 내가 중심에 놓였던 일상들.

내가 가장 자랑스럽게 여긴 일은 무엇인가. 가장 치욕적인 일은 무엇인가. 가장 슬퍼했던 일, 기뻐했던 일, 비겁했던 일, 당당했던 일, 절망했던 일은 무엇인가. 가장 오래 밤을 새운 일, 오래 걸었던 일, 오래 잠들었던 일, 오래 앓았던 일은 무엇인가. 가장 많은 눈물을 쏟았던 일, 서툴렀던 일, 익숙했던 일, 무모했던 일, 설렌 일은 대체 무엇인가.

형.

분류를 하고 보니 놀랍게도 그 대상이 되는 사람과 사건에 중복되는 사람 셋이 보였어.

S, J, Q.

그들은 하나같이 과거 내 삶의 일부였거나, 내 삶의 방향을 바꾸어 놓았거나, 현재까지도 내 삶의 중요한 동행이거나 최소한 관여하는 사람들이야.

실존 인물이기 때문에 이니셜로 쓴 거, 이해할 수 있지? 그런데 공교롭게도 S가 가장 많이 중첩되는 거야. 모두 긍정적인 영역에서. 그 S가 바로 형이야. (그래서 이 편지의 대상으로 형을 선택하게 된 것이지.) 그리고 또 한 사람, J. 그 역시 여러 상황에서 중첩이 되었어. 그러나 불행하게도 그는 좋지 않은 영역, 상황에 이름을 많이 올렸지. 말하자면 형의 맞은편 쪽에 놓인 사람인 게지. 그리고 Q. 사람은 누구든지 무덤까지 가슴에 품고 들어갈 비밀 한두 가지를 간직한 채 살아간다. 그런 말 있지? Q는 바로 그런 인물이야. 그런데 솔직히 말하자면 J와 Q라는 이니셜은 허구야. 바꿔 부른 거지. 다른 이유가 아니야. 가까이서 내 삶을 지켜본 사람이라면 이니셜만으로도 그가 누구인지 어렵지 않게 유추할 수도 있다는 염려로 그렇게 한 거지.

형. 먼저 경험담을 꺼내려고 해. 아무래도 사람에 관한 이야기는 어느 경우든 좀 무거워질 것 같아서 순서를 바꾸려고. 가능한 짧게, 뼈대만 추려서, 몇 개의 사례를 환기해 볼게. 이 글의 논거를 위한 서설을 다소 장황하게 한 것 같으니 이제부턴 조금 빠른 속도로 이야기를 해도 될 것 같지?

막상 이야기를 시작하자니 내 생애 가장 무모하면서도 흥미진진했던 일이 불쑥 떠오른다. 아무래도 사진에 얽힌 이야기부터 꺼내야겠다. 내 정체성을 가장 잘 드러낼 수 있는 작업이기에. 아날로그 흑백 다큐 작가 활동 이십여 년. 형도 아는 것처럼 나는 상업성과 무관하게 철거 다큐 사진을 찍어 왔잖아. 전국의 철거 현장을 오가며 촬영한 사진을 모아 휴먼 다큐 흑백사진 개인전을 다섯 차례 가졌지. 휴먼 다큐 흑백사진집 『집, 지상의 방 한 칸』 얘기는 앞에서 했으니 여기선 그만두기로 할게. 그런데 내 생애 가장 무모했던 일이 그 사진으로 빚어졌어. 주택 철거 현장 사진을 찍다가 주택 벽이 붕괴되면서 파묻힌 일. 압사당할 뻔한 일이었지. 그 아찔한 순간, 몸의 일부가 파묻히면서도 카메라를 철거물 밖으로 들어 올려 필름을 보존한 일. 팔다리가 멀쩡한 지금 돌이켜 보면 무모하면서도 흥미진진했던 일이었지.

가장 오래, 많이 눈물을 흘렸던 일은 토종닭 사건이었어. 형이나 나나 궁핍한 학창 시절을 겪었잖아. 대학 4학년 때, 형이 자취를 하던 그즈음, 내가 반찬도 없이 싸 들고 간 도시락을 형이 끓인 라면에 풀어 둘이서 한 끼를 때우곤 했으니까. 그 궁핍한 시절의 이야기야. 당시 소문난 인문계 고교에 합격하고도 등록금 납부가 불가능해 집에서 멀리 떨어진 경북 구미의 공업고등학교로 장학금을 받고 진학한 뒤의 일. 기숙사 생활을 하던 나는 그때 한 학기에 한 번씩 집에 왔어. 나와 누님 둘, 동생 둘, 부모님, 모두 일곱 식구가 단칸방에 살 때, 2학년 여름방학 때였어.

일주일의 외박을 허락받고 집에 왔었지. 학기 중에 치른 큰누님 결혼식에도 참석 못 할 만큼 엄격했던 기숙학교 체제로 두고 볼 때 장남인 나의 귀가는 집안 행사나 마찬가지였어. 그래서 나를 먹이겠다고 없는 돈을 만들어 토종닭을 사 왔는데, 그만 사달이 벌어지고 말았지. 열대야로 부패될까 싶어서 밤새 장독 위에 올려놓았던 것을 어떤 짐승인지 사람인지 가져가 버렸고, 집에 돌아온 나를 앞에 세워 둔 채 어머니는 하염없이 울었어.

아들아. 미안하다. 내가 잘못했다…….

그땐 내 주변 마을에 냉장고라는 낱말조차 없었으니 어떤 상황인지 대충 그림이 그려질 거야. 어머니는 내가 학교로 돌아갈 때까지 며칠간 틈틈이 눈물을 훔쳐 냈고, 그게 그토록 아픈 일인가를 미처 가늠하지 못한 채 어리둥절했던 나는 그때 흘린 어머니의 눈물 이상으로 눈물을 쏟았어. 고등학교를 졸업하고 군 복무를 마친 뒤에서야 말이지. 평생 한 지붕 아래 살던 아흔 살 어머니가 요양원에 누워 계신 지금까지도 그 기억을 떠올릴 때마다 눈물을 찍어 내는 중이지.

형.

생각해 보니 눈물에 관해선 참 할 말이 많다. 부정할 수 없는 일인데, 내겐 남달리 눈물을 흘릴 기회가 많았던 것 같아. 오죽하면 입버릇처럼 내 스스로 화수분 같은 눈물이라 했을까. 그런데 이젠 좀 특별한 눈물 이야기를 하려고 해. 마른 눈물. 흐르지 않는 눈물에 대해서.

형이 아는 것처럼 나는 34년 교직 생활을 마치고 글과 사진 전업을 위해 일 년 전에 명예퇴직했잖아. 그러니 학교에 관한 얘기를 빠트릴 수가 없겠지.

형. 가슴이 먹먹하다. 그 말 있지? 실어증을 앓는 사람처럼 한마디도 못한 채 멍하니 허공만 보는 상황. 너무 슬픔이 깊어, 혹은 너무 감격적이어서 어떻게 슬퍼할 수도 없고, 기쁨을 표현할 수도 없는 그런 상황. 청년 교사 시절에 바로 그런 상황을 나는 세 번 겪었어. 그중 한 가지, '나를 살리고 자신을 죽인 사람'에 관한 이야기를 전할게. 이것은 내 인생에서 가장 가슴 아팠던 일이야.

새내기 교사로서 스물일곱부터 스물아홉까지 3년을 근무한 학교에서 겪었던 일이었어. 논산 양촌면의 사립고등학교에 재직할 때였지. 그즈음, 나는 학교 퇴근 후엔 거의 매일 폭음을 했어. 대학 3, 4학년 때 사귀었던 같은 과 여학생이 졸업과 동시에 나를 떠난 탓이었지. 집도 없는 장돌뱅이 아버지 슬하의 장남. 결별의 사유를 충분히 갖춘 나를 향해 술잔을 마구 권했지. 자진自盡이라도 할 듯이 말이야. 그러다 실제로 죽을 뻔했어.

겨울방학 때였어. 사감으로 근무하던 기숙사가 비었기에 혼자 저녁 술을 마시고 기숙사로 돌아오는 길이었는데 취기로 그만 논두렁에 굴러 쑤셔 박힌 거야. 의식을 잃은 채. 밤중에 남학생이 나를 발견하고 기숙사로 데려와 살려 주었어. 기숙사생도 아니었는데 지나가다 우연히 나를 발견한 거지. 정말이지 내겐 천운 같은 일이었어. 그런데 그 학생에게 고맙다는 인사말도 제대로 건네기 전에 큰일이 벌어지고 말았어. 나를 구해 준 다음 날, 그 학생이 농약을 마신 거야. 궁벽한 시골, 가난한 삶을 비관한 나머지. 오토바이를 타고 학생의 집으로 찾아갔을 때, 흙벽돌에 신문지만 바른 방 안에 학생은 없고 내가 수업하던 국어책이 놓여 있었어. 알퐁스 도데의 『별』을 수업했던 그 책. 나는 텅 빈 방의 국어책과 흙벽돌 벽만 멍하니 바라보다 돌아왔는데, 지금까지 그 순간을 잊을 수가 없어.

나를 살리고 자신을 죽인 학생의 빈방. 눈물 한 방울도 흘리지 못한 채 먹먹하게 앉아 있다 떠나온 어둠의 방.

그 시공간은 지금까지 내 인생의 가장 처절한 슬픔의 도가니로 고스란히 남아 있어. 형. 과연 내가 그 학생을, 그 어둠의 방을 잊고 살아갈 수 있을까.

그 시절, 그곳에서 경험한, 영원히 잊을 수 없는 감동과 슬픔이 더 있지만 다음에 기회가 닿으면 전할게.

*

형, 이제 사람의 관계에 대한 이야기.

고양이 아빠. 중계본동 백사마을에서 만났던 그 남자. 내 과거의 이름으로 만난 마지막 인연이자 내게 가장 특별한 사람. 그 사람에 관해서는 앞에서 자세히 말했으니 부연하지 않을게. 이제 한 사람을 소개하고 J와 Q를 등장시킬 생각이야.

내 생애 가장 나를 놀라게 만든 사람, 나를 행복하게 만든 사람. 그 사람을 먼저 말하는 게 옳을 것 같아.

작년 가을이니까 개명 직전의 일이야. 여인숙 월세방에서 꼬박 반년을 머물다 나왔어. 흔히 달방이라고들 하는 그 여인숙 생활을 한 거지. 내가 사회적 약자를 기록하는 휴먼 다큐 프로젝트를 진행 중이라는 말을 했지. 그 첫 번째 철거민 다큐 작업과 연계된 '여인숙' 인물 촬영 때문에 직접 여인숙 달방 생활을 한 거지. 이미 10여 년 동안 여인숙의 외부와 실내 촬영은 마쳤고 마지막으로 여인숙에 거주하는 사람들 촬영을 남겨 둔 상태였어. 달방 사람들과 어울려 생활하지 않고서는 불가능한 인물 촬영이기에 선택의 여지가 없던 일이야. 무조건 여인숙에 들어가야 하는 일이었지. 서울의 갤러리와 개인전 계약을 마쳤고, 여인숙 사진집 출간도 겸해서 박차를 가하려고 좀 무리를 한 것이지. 물론 여인숙 월세방을 얻는다고 촬영이 가능한 일도 아니야. 그곳 사람들과 얼마큼 가까워지느냐, 그게 관건이지. 당장은 초상권 문제가 있고, 뒷골목 전통 여인숙을 삶의 거처로 하는 사람들이란 대개 기초생활수급자나 은둔자이기 마련이어서 외부 공개를 극히 꺼리는 사람들이기에 애초부터 쉽지 않은 일이지.

내가 머문 곳은 대전역 오른쪽 골목의 D여인숙이었어. 형도 혹시 기억할지 모르겠다. 오래전 대한통운 사무실로 쓰인 주황색 건물의 뒷골목. 우리들 문청 시절, 서남쪽 신도시가 건설되기 전, 매춘과 숙박의 중심지였던 그곳이야. 지금은 개발이 멈춘 구도심 여인숙으로 전락하여 철거를 앞둔 곳이지. D여인숙은 한 평 짜리 달방이 열여섯 개가 있었는데 그중 하나인 9호실에 내가 방을 얻었고 여름부터 겨울까지 살다 나온 거야. 물론 중간중간 집을 오가기도 했지만 일주일에 사나흘은 9호실에서 숙박을 했지.

그 반년 동안 나는 아주 특별한 경험을 하고 귀한 인연을 맺었어. 지금 생각하면 소설 같기도 하고, 만화 같기도 하고, 영화 같기도 한 일이었지.

처음 두 달 동안은 카메라를 꺼내지도 못한 채 지냈어. 전혀 예상하지 못한 사람을 만난 때문이지. 이것은 형에게 처음 꺼내는 얘긴데 나는 지난해 서울 동대문 창신동과 동묘공원 근처의 여인숙을 드나들며 달방 사람들을 다양하게 만난 적이 있었어. 기초생활수급자부터 일용 잡직 노동자와 상인들. 10여 년간 전국의 여인숙을 취재하다 보니 여인숙에 거주하는 사람들은 대개 그런 사람들이었지. 그런데 D여인숙에선 상상도 못한 사람을 만난 거야.

형. 나와 특별한 인연을 맺은 그 사람, 과거 폭력 조직에서 활동하던 주먹이었어. 물론 합법적인 사업을 하다가 실패한 뒤에 은둔 중이긴 했지만 그 사업이란 게 사채업과 도박 하우스였기에 불법적인 운영을 피할 수 없었던 거지. 어찌 됐든 한때 청량리에서 이름을 날렸던 그 주먹과 달방 2개월이 지나면서 호형호제를 하게 되었는데, 사정을 듣고 보니 그 형님이 데리고 있던 후배 둘이 살인죄로 감옥에 들어가는 바람에 수십억을 날리고 하루아침에 무너지고 말았던 거야. 열 번 넘게 실형을 살았던 형님은 살인 사건에 연루되어 교도소를 다녀온 뒤 재기를 꾀하던 일마다 실패하면서 자살을 시도하였고, 그것마저 실패하고 살아나면서 다시 재기를 꿈꾸며 뒷골목의 여인숙에서 은둔 중이었던 거지. D여인숙 관리자 역할을 하면서 말이야. 정신이상자와 알코올중독자와 정체를 알 수 없는 사람들. 그들의 똥오줌이 묻은 이불을 빨고 날마다 취객과 노숙자와 바퀴벌레와 전쟁을 치르면서 말이야.

그 형님 때문에 두 달간 사진 촬영을 엄두도 못 냈던 거지. 열두 명의 달방 사람들과 함께 밥을 먹고, 술을 마시고, 대화를 하면서 어울리기 시작한 지 60여 일이 지나도록 말이야. 누워서 기지개도 켤 수 없는 한 평짜리 감옥 같은 방에서 자그마치 60일이나 삼복염천의 폭염과 장마철 물 폭탄과 모기와 바퀴벌레를 견뎠는데도 말이야. 그런데 극적인 반전이 일어난 거야.

추석을 열흘 남짓 앞둔 9월 중순이었어. 달방 3개월이 지나는 중이었지. 어느 저녁에 형님이 자신의 방으로 나를 불렀어.

자네, 와서 삼겹살 먹자.

나는 그 말을 믿을 수가 없어서 예? 하고 반문을 했어.

삼겹살 구워 먹자고.

예. 형님.

이런 일 처음이다.

예.

내가 1년간 여기 있으면서 내 방에 다른 사람을 들인 것도 처음이고, 이 좁은 방에서 둘이 앉아 밥 먹는 것도 처음이다.

예.

영광인 줄 알아라.

형. 청량리 형님의 말대로 그것은 영광이었어. 나는 지금도 그렇게 생각해. 반년 동안 여인숙에 머물면서 청량리 형님이 여인숙을 관리하는 모습과 다른 사람들을 상대하는 모습을 눈여겨보았거든. 때로는 나약한 언행으로 조심스럽게, 때로는 무력적으로 열두 명의 달방 사람들과 외부 투숙객들을 통제하는 형님. 무섭도록 냉정하고, 두렵도록 위협적인 그 형님이 나를 불러 삼겹살을 굽다니.

자네, 내가 다 죽어 가는 사람들과 부대끼면서 똥오줌 묻은 이불을 빨고 변기를 닦는 이유가 뭔지 알아? 늦었지만 내가 꿈을 가졌기 때문이야. 그래서 참고 견디는 거라고.

삼겹살을 먹는 내내 나는 청량리 형님의 꿈을 상상했어. 그리고 그 꿈이 이루어지길 빌었어. 뒤늦게 형님의 꿈을 눈치챈 나와는 다르게 형님은 내가 여인숙 달방에 든 목적을 처음부터 꿰뚫고 있었어. 뒷골목 여인숙엔 도무지 어울리지 않는 놈이라는 생각으로 그동안 나를 살펴보았던 거지.

그동안 자네를 지켜보았네. 그 결과, 내가 삼겹살을 구워 줄 만한 인간이야.

예.

세상엔 양아치보다 못한 놈이 수두룩하거든.

예.

형님은 내 목적 달성을 위해 도와준다는 말을 하면서 소주를 따라 주었어. 그리고 다음 날, 형님은 자신의 촬영을 허락했지. 단, 아직은 얼굴이 세상에 나가면 안 된다면서 얼굴만 가려 달라는 주문을 했어. 그다음부턴 달방 사람들 촬영이 일사천리로 진행되었어.

여기, 이 선생이 사진작가요. 서울에서 사진전 한다는 데 사진 좀 찍어 주쇼. 나쁜 데 쓰이는 게 아니니까 염려들 마시고 찍어 봐요.

청량리 형님의 그 말 한마디로 절반 넘는 달방 사람들을 거의 매일 촬영했어. 여섯 달의 달방 생활을 마치고 나올 때까지 언제든, 어디서든 카메라를 들고 다닐 수 있었지. 몇몇은 영정 사진을 찍어 선물하고, 몇몇은 기념 촬영도 해 주고, 또 몇몇은 얼굴 공개 허락을 약속하고 여인숙 사진전 초대까지 하면서.

형님. 그전에 조직에서 활동할 때 말입니다.

그래. 그런데?

대학물 먹은 사람을 책사策士로 두었다고 하셨죠?

그랬지. 좀 뇌가 돌아가는 놈이 있어야 조직이 제대로 굴러가거든.

제가 형님 책사라도 되고 싶은 마음입니다.

하하. 그러잖아도 내가 십 년만 젊었어도 자넬 책사로 쓸 텐데, 그런 생각을 했다네.

아, 그러셨군요.

청량리 형님과의 6개월. 두렵고, 떨리고, 흥미롭고, 즐겁고, 행복한 시간이었지. 내 생애 이처럼 감정의 극과 극을 경험한 일은 기억에 없어. 앞으로도 없을 것 같고. 내 생에 이처럼 특별한 인연을 맺는 일은 앞으로 불가능할 것 같아.

청량리 형님은 지난봄에 여인숙 달방을 떠나 서울로 갔어. 꿈을 이루겠다며. 여인숙을 떠나던 날 나에게 전화를 하면서 형님은 말했어. 언젠가 나를 서울로 부르겠다고. 그때까지 기다려 달라고. 자신이 뒷골목 여인숙에서 쓸개를 빼 놓고 때를 기다리며 견딘 것처럼 나도 꿈을 위해 견디라면서.

형. 청량리 형님의 이야기는 지금 생각해도 도무지 현실감이 없어. 마치 나 혼자 꿈을 꾸는 것도 같고. 그런데 다음 이야기는 너무도 현실적이어서 차라리 꿈이라면 좋겠다는 생각을 해.

이제 풀어놓는 이야기는 거의 전부가 두 사람에 얽힌 것이야. 앞에서 말한 J와 Q. 개명 전의 삶을 반추하다 보니 묘하게 그렇게 되고 말았어.

잠깐 차창 밖을 본다, 형. 느닷없이 허기가 느껴진 탓이야.

연두. 창밖은 온통 연두의 세상이다. 연두 일색으로 가득 찬 풍경이라니. 처음 보는 세상처럼 낯설다.

형. 이름을 바꾸면 세상도 달라질까? 달라져 보일까? 아니,

다르게 바라보게 될까?

혹시, 저 연두도 이름을 바꾸는 경우가 있을까.

*

형도 나와 같은 추억이 남아 있을지 모르겠다. 가슴에 각인된 추억의 칼자국, 추억의 훈장을 간직한 채 살고 있는지 모르겠다.

형. J와 Q의 추억은 내 생의 칼자국이자 동시에 훈장이 분명해.

살아오는 동안 가장 설렌 일, 오래 기다렸던 일, 오래 밤을 새운 일, 오래 앓았던 일, 두려웠던 일, 서툴렀던 일, 치욕적인 일, 당당했던 일. 절망했던 일. 아름다웠던 일. 이 일련의 일들이 J와 Q 두 사람에 집중적으로 관계를 맺고 있어. 그뿐 아니야. 내가 가장 사랑한 사람, 증오한 사람, 추하게 여긴 사람, 두려워한 사람, 혐오한 사람, 그리운 사람, 나를 감추고 싶었던 사람, 희생하고 싶었던 사람 또한 J와 Q가 중심인물이야.

왜 그런 일이 벌어진 걸까. 육십일 년이면 결코 짧은 세월, 간단한 인생이 아닌데. 왜 두 사람이 내 인생에 그토록 각인된 것일까.

형.

J가 내게 남겨 준 칼자국과 훈장을 꺼내기 전, 우선 S에 대해서 말하지 않을 수가 없어. 나와 관계를 맺은 고양이 아빠와 청량리 형님, 그리고 S가 결국 J라는 인물과 비교가 될 것이기에

불가피한 일이지. 형이 아닌 것처럼 시치미를 뚝 떼고, 냉정하게 S를 소개할게.

내가 궁핍한 유년을 보냈던 고향 금산. 금성면 하류리 317번지. 고유명으로 버드실로 불리는 고향. 바로 그 옆, 금성면사무소를 지나 시오 리쯤 떨어진 진산면 만악리 골짜기. S의 고향. 함께 학부 시절부터 시 합평회를 하면서 시인의 꿈을 키우고 어렵게 꿈을 이룬 동향 선후배. 싸전을 하던 아버지가 가산을 탕진하고 가족을 등진 채 떠난 중앙극장 시장통을 찾을 때마다 동행했던 S. 내가 불혹을 넘긴 뒤부터 인생의 멘토로 여겨 온 그 사람. 평생 남에게 못된 일을 해 본 적 없는 착한 사람. 점잖은 시골 선비로 평가받는, 어진 사람의 전형적 인물. 금산문화원 사무국장으로 정년퇴직할 때까지 고향을 한 번도 떠난 적 없는 향토 문화인. 육십오 년을 살아오는 동안 고향의 꽃과 술과 사람을 좋아하면서 그것을 차마 내치지 못하여 스스로 고향이 된 사람.

형은 지금, 이 순간에도 보고 싶은 사람. 그러나 당장은 안 봐도 괜찮은 사람. 그런 사람이야. 형은 짐작할까? 내게 자리 잡은 그와 같은 형 자신의 존재를.

그러나 J는 달라. 반복되는 말이지만 J는 형의 맞은편에 있는 인물이야. 지금, 이 순간뿐만 아니라 앞으로 살아가는 동안, 살아 있는 동안, 단 한 번도 마주치고 싶지 않은 사람. J는 그런 사람이야.

형.

사실 이 자리에서 J를 떠올리는 게 옳은 일인지 모르겠어. 과거의 나와 미래의 나 사이, 그 경계에 서 있는 지금, 굳이 그럴 필요가 있는가? 고민하고, 망설이고, 전후좌우를 가늠해 보다 결국 J를 쓰기로 했지만……, 내내 마음이 무겁고 어두워. 다시 생각해 보아도 J를 이 자리에 불러들인다는 것은 단단한 각오가 필요한 일이 아닐 수 없어.

운전석에 앉아 지우고 쓰고 지우고 쓴 수많은 이름 가운데 왜 하필 J였는지. J 같은 인물이 세상에 드물어서? 그래서 그 희귀성을 기억하고 보존하려고? 아니면 그와 반대의 이유로? J의 캐릭터가 너무 흔한 세상이어서, 나와 사람들에게 경각심을 불러일으키고자?

끝이 보이지 않는 복잡한 상념을 가까스로 떨치면서 마음을 정리했어. J를 최대한 감추자. 허구적 이니셜을 사용하고 있음에도 J가 혹시라도 자신에 관한 기록임을 인지하고 명예훼손으로 법적 시비를 가릴 수도 있는 문제. 진실은 은폐한 채 사실만을 부각할지도 모른다. 그러므로 앞뒤 맥락이 잘려 나가는 위험부담을 각오하면서 사실만을 요약하자. 그렇게 글의 방향을 잡았어.

'스스로에게 솔직하다면 무슨 이야기를 쓰든 모두 진실이다.'

형. 글을 이어 가기 전, 호흡을 가다듬고 셰익스피어의 대사를 잠깐 떠올려 본다.

이 순간, 내가 왜 그 대사를 떠올리는지 형은 짐작할 줄 알아.

J.

칠팔 년 전쯤 관계가 단절되기 전, 삼십 대 중반부터 오십 대 중반까지 이십여 년을 함께 글과 술에 취했던 문우. 지금 생각해도 그만큼 아름답고 즐거웠던 시절은 없었던 것 같아. 앞으로도 그렇고. (형, 이만큼만 이야기를 해도 J가 누군가를 알 만한 사람들이 꽤 있을 듯하다. 나를 잘 아는 사람들이라면 이미 짐작이 갈 만한 문인. 그래서 마음이 아프다.)

지금은 문단에서 어느 정도 이름이 나 있지만 오래전 무명 시절의 J는 열등감과 패배 의식이 남달랐어. 학력과 문단 등단 이력이 일천한 이유로 그랬지. 그래서 나와 선배 시인 P, 또 다른 선배 시인 Y가 친구이자 형제, 조력자처럼 오랫동안 친밀하게 지내 왔어. 그러나 불행하게도 J는 최근 넷 모두와 의절하고 말았지. 원인은 아주 단순하고 명료해. 동석하지 않는 특정인에 대해 폄하와 이간질 형태의 언급을 반복하는 성격적 특성. 과거에 함께 활동하는 동안에도 극심한 열등감과 패배 의식이 불쑥불쑥 튀어나오면서 육두문자를 자주 입에 담곤 했는데 그 습벽이 전혀 바뀌지 않은 거야. 평소 말수가 적고, 여리고, 섬세하면서도 자기표현이 약한 성격 탓이기도 했지만 J는 돌발적인 언행을 종종 보이곤 했거든.

이○○ 씨발놈. 지가 시를 쓰면 얼마나 잘 쓴다고 까불어. 애

새끼가 싸가지가 없어.

한○○ 씨발년. 나이도 어린 게 선배도 몰라보고 천방지축 날뛰고 지랄이야.

다른 문인들에게 던졌던 그런 식의 폄하와 욕설을 절친이었던 나를 비롯해 친형처럼 따르던 P와 Y를 향해 내던진 것이야. 특별한 이유도 없이 말이야. 그게 다른 문인들을 통해 사실로 확인되면서 사과와 화해를 반복하다 끝내 의절하고 말았지. 같은 지역 문단의 K, A 여성 시인의 경우도 엇비슷한 사정으로 단교된 형편이고. 누구보다도 자신과 친분이 두터웠고 어려웠던 시기에 가장 가까이서 동행하며 의형제처럼 지냈던 문우들을 육두문자로 내치는 모습. 그뿐 아니라 럭비공처럼 어디로 튈지 모르는 말실수로 인해 빚어진 지역 문단과의 불협화음. 일정한 패턴을 보이는 J의 언행은 어떤 성격장애적 증세가 아니겠느냐. 주변 문인들은 그런 의구심을 한결같이 품고 있지.

그런데 형. 최근에 더욱 가슴이 아픈 일이 벌어졌어. J의 작품에 대한 호평이 이어지는 와중에 빚어진 J의 교만과 위선적 발언이야. 그러나 그 내용은 차마 여기서 밝힐 수가 없어. 이미 몇몇 문인들이 그 내용을 공유한 상태라서 그대로 옮겨 놓으면 예상하지 못한 불미스런 일이 발생할 거라는 염려 때문이야. 감추기도 어렵지만 밝히기는 더욱 어려운 일이 아닐 수 없어.

형. 나는 이쯤에서 이런 말을 꼭 해야 할 것 같아. 지난 칠팔년 사이에 불거진 J의 불미스럽고 부도덕한 언행이 사실이라면 그

언행에 대한 평가와 해석은 다양하겠지? J와 관계를 맺은 사람의 관점에 따라, 관계의 정도에 따라서 말이야. 당연히 진실 공방이 불가피할 거라고 예상돼. 과연 어디까지가 진실인가. 그 문제가 대두될 수밖에 없는 것이지. 살아가는 동안 J의 언행에 대해 평가와 해석이 분분하겠지만 나는 내 판단을 존중하듯 그 모든 것을 존중할 생각이야. 진실의 다양성을 인정하겠다는 뜻이지.

그러나 형. 이런 생각을 지울 수 없어. 백사마을에서 만난 고양이 아빠와 뒷골목 여인숙에서 인연이 닿은 청량리 형님. 두 분을 생각하면 나를 비롯해 몇몇 문인과 J 사이에 세워진 단절의 벽은 영영 무너뜨릴 수 없을 것만 같아. 내가 너무 감정에 치우쳐 판단이 흐려진 것이라면 오히려 다행이겠지만 지금 당장은 그렇게 생각돼.

형. 그런데 따지고 들자면 그 단절의 벽은 J 혼자서가 아니라 나와 함께 이룬 것이 아닐까 싶어. 세상의 일이라는 게 홀로 이루어질 수 없는 것이고, 대개 상대적인 것이니 말이야. 그래서 말인데……, 이것은 어쩌면 내 인생에서 가장 부끄러운 일, 지울 수 없는 상처가 될 수도 있을 것 같아. 어쨌든 나도 한때 J와 어깨동무를 하고 지냈던 사이였고, 육두문자로 다른 문인들을 욕한 것은 아니지만 동류의식을 가졌던 게 사실이니까. 지금 생각하면 냉정성도 부족하고 어리석었던 언행들에 대한 책임과 반성에서 나도 자유롭지 못할 것 같아. 다만, 이만큼이라도 J의 행태에 대한 진실을 언급하는 것은 이 세상에 존재하고 있을 다른 J들이

문인으로서, 인간으로서 옳지 못한 언행을 벌이는 일에 대한 경계를 하고자 하는 것이지. 그것을 통해 내 이름을 바꾸기 전, 내가 가장 어리석고 부끄러웠던 일에 대하여, 한편 가장 아름다웠던 순간에 대하여 돌이켜 보려는 것이기도 하고.

형.

형과 나, 육십 년 넘게 살아오는 동안 많은 것을 겪었어. 세상일이란 게 손바닥 뒤집히듯 변화무쌍하다는 것을 모르지 않지. 그럼에도 인간관계가 한순간에 뒤바뀌는 모습을 지켜보자니 참으로 가슴이 아파. 더구나 글을 쓰는 사람의 관계가 말이야. 이것을 단순히 인간성의 부재, 혹은 인문학적 소양의 부족으로 치부하면 쉽게 덮고 잊을 수 있을까.

가장 아름답던 순간들을 가장 혐오스러운 기억으로 안고 산다는 게 얼마나 힘든 일인지, 아직도 가슴이 되질 않아. 이름을 바꾸고 나면 과거의 오류나 기억을 바로잡아 다른 사람인 것처럼 살아갈 수 있을까? 내가 과연 그럴 수 있을까?

*

나……, 잠깐 쉬어야 할까 봐. 점심을 건너뛴 탓인지 몸이 늘어지고 미열이 이는 것처럼 머리가 무겁다. 마치 코로나19 무증상 감염자 같은 불안감도 일고. 주차장을 한 바퀴 돌아보면서 바람을 쐬어야겠어. 불쑥 이런 증세가 느껴지는 것, 혹시 J 때문인지 모르겠다. 아니, 어쩌면 Q 탓인지도.

J를 꺼낸 일도 고통스러웠는데 이제 Q에 관한 이야기를 여기서 어떻게, 얼마나 깊이 들여다볼 것인지. 다 풀어놓을 것인지, 완전히 덮을 것인지. 형. 그 고민의 파문이 가라앉질 않는다.

J는 내게 끝내 아물지 않을 흉터로 남았고, Q는 영원히 그리워할 꿈처럼 존재한다.

형. 어쩌면 J와 Q에 관한 이야기는 이 한 문장으로 대신할 수도 있을 것 같아. 내가 아내 외에 한때 목숨을 걸었던 여자, Q. 지금 이 순간에도 보고 싶은 사람. 그러나 안 보려고 노력하는 사람. 어쩌면 살아가는 동안 한순간도 마주칠 수 없는 사람. 그래서 영원히 그리워할 사람, Q.

내가 과거의 이름을 떨치고 새 이름으로 살아가면 Q를 만날 수 있을까. 아니, Q를 잊을 수 있을까. 도무지 짐작할 수가 없어. 잠시 후, 이 경계를 벗어나면 어렴풋하게나마 알 수 있을까. 그러면 개명의 필연과 이 안부 편지의 필연들도 암실 현상액 속의 네거티브 영상처럼 조금씩 살아날까.

형.
운전석을 나서면서 나는 지금 이런 생각을 해.
개명은 오늘까지의 나를 확장하기 위한 업그레이드가 아니

라 처음으로 되돌리기 위한 포맷이다. 그렇게 생각해. 형 생각
은 어때?

눈을 돌려 바라보니 형, 주차장의 나무들이 연두 일색이다.

그 연두의 그늘 밑에서 잠시 쉰 다음에 Q의 안부를 이어갈게.

아버지의 초상肖像

1.

흡사 풀주머니를 쥐었다 놓은 것처럼 손바닥에 끈적끈적한 땀 기운이 느껴진다. 사타구니는 젖은 지 이미 오래다. 좋다는 피부 연고로 겨우 달래 놓은 습진이 오늘 밤 안으로 다시 도질 게 분명하다. 이틀쯤 후엔 손톱만 한 붉은 반점이 도장을 찍은 것처럼 사타구니 양쪽에 돋을 것이다. 에어컨 날개를 핸들과 사타구니 쪽으로 꺾어 놓았다. 그래 보았자 오 분이다. 오 분 이상을 버틴 적이 없다. 금방이라도 살얼음이 깔릴 듯 체온이 떨어지는 손등부터 사타구니까지 살점을 쥐어 짜낸 것처럼 땀방울이 맺힐 게 뻔하다.

아파트 주차장을 빠져나온 게 두 시에서 큰바늘 한 눈금이 모자랄 때였다. 시내를 벗어나 벌써 한 시간 가까이 달리도록 땡볕은 끈질기게 차를 따라붙는다. 눈앞의 도로에서 내가 잠시도 한눈을 팔지 못하는 것처럼 땡볕 역시 단 한 순간도 차를 놓치는 일이 없다. 당장 땡볕을 피할 수 있는 은폐물이란 고작 유리창과 지붕뿐이다. 그러나 선팅이 되지 않은 유리창과 종잇장 같은 소형 승용차의 철판이 그 땡볕을 감당하기엔 역부족이다. 그것은 땡볕의 열기를 차단하는 게 아니라 마치 태양열주택의 집열판처럼 지상으로 곤두박질하는 땡볕을 고스란히 실내로 빨아들이는 것 같다. 콘솔 박스 위의 볼펜이 고등어 등처럼 구부러진 이유를 알 만하다. 불과 두 시간 사이에 벌어진 일이다. 지하 차고에서 차를 꺼낸 뒤 한낮의 더위를 피해 간다는 깜냥으로 출발 시간을 잠깐 미루적거리던 사이에 볼펜의 척추가 휘어 버렸다. 차 앞 유리창이 볼록렌즈처럼 볼펜을 향해 땡볕을 내리꽂은 모양이다. 구부러진 볼펜을 보면서 나는 문득 성남시 큰누님의 솥뚜껑삼겹살을 떠올렸다.

이대로 두세 시간만 운전석에 앉아 있다면, 벌겋게 달아오른 무쇠 솥뚜껑 위에서 드글드글 타들어 가는 삼겹살처럼 나 역시……

땡볕은 차의 유리창과 철판뿐만 아니라 집요하게 내 몸을 물고 늘어진다. 몇 번씩 뺨을 후려쳤음에도 눈꺼풀이 사정없이 까라지고 있다. 차량에 밀려 시내에서 반 시간 가까이 뒤뚱거리면서부터 피로가 느껴졌다. 언제부턴가 졸음이 쏟아지고 있다. 신호를 기다리면서 허벅지를 비틀어 보기도 했지만 아무래도 졸음운전을 할 것만 같다. 이틀 전 지리산을 다녀올 때는 아예 창문을 열고 쉬엄쉬엄 산길을 오르내렸다. 더위도 피할 겸 풍경도 둘러볼 겸 이정표가 있는 곳이나 느티나무 그늘에선 어김없이 차를 세웠다. 십 분을 달렸든 한 시간을 달렸든. 그러나 오늘은 상황이 다르다. 그땐 혼자였고 오늘은 일행이 있다. 게다가 도로가 막히는 시내는 시내대로 차선 밖으로 벗어날 수가 없고, 이미 일렬종대로 대열을 이룬 채 자동차의 사슬을 이룬 편도 일 차선의 국도는 급커브가 많은 산길이어서 갓길로 차를 대는 일이 만만치 않다. 운전석 안전벨트에 꼼짝없이 묶인 채 그저 앞만 보고 달릴 뿐이다. 어쩌다 내 앞에서 신호가 바뀌고 급하게 차를 세우면 땡볕에 녹은 아스팔트가 물엿처럼 앞바퀴에 달라붙을 것만 같이 불쾌한 느낌을 지울 수가 없다. 창문을 닫은 채 나는 오로지 에어컨 하나만을 믿고 있다. 에어컨이라야 차창을 파고드는 땡볕에 가위눌려 겨우 입구 쪽에나 찬바람을 왁왁 쏟아 놓고 시르죽는 소형차 에어컨에 불과했지만.

돌아가는 즉시 유리창에 크레용 칠을 하든지, 아니면 차를 바꾸어야 한다.

따지고 보면 낡은 소형차의 성능만을 가지고 질긴 고기를 씹듯 오물거릴 게 아니다. 마치 고장 난 것처럼 수은주를 일주일째 37, 8도에 꽝꽝 얼어붙게 만든 땡볕을 향해 토악질이라도 해야할 판이다. 그러나 그럴 수도 없는 노릇이다. 아버지 때문이다.

"뱜실 논을 팔면 천만 원은 받을 겨."

차의 머리가 태봉재 마루로 기우뚱 올라서자 아버지가 말했다. 벌써 네 번째 똑같은 말을 되풀이했다. 소문난갈비집 앞에서 6촌 진우 형이 차에 올랐을 때도 형과의 첫마디를 그렇게 시작했다. 그 말끝에 날 뜨거운데 어떻게 지냈느냐는 안부를 얼른 덧붙이기는 했다.

땡볕이 아버지가 앉은 뒷유리창으로 거머리처럼 달라붙고 있다. 아버지의 모시 적삼 앞섶이 절반쯤 열려 있는 게 룸미러로 언뜻 보인다. 그것은 실내를 통째로 삶아 댈 듯한 가마솥더위가 아니라면 좀처럼 보기 드문 모습이다.

진우 형이 입을 까딱 잘못 열었다가는 실내가 폭발하고 말

것이다.

아버지가 뱀실 논과 천만 원을 앞뒤로 바꾸어 가면서 네 번씩이나 강조하도록 형은 한마디도 대구하지 않았다. 마치 나의 불안감을 간파했다는 듯이. 형의 반응과는 상관없이 뱀실 논을 팔겠다는 아버지의 뜻은 요지부동이다. 이미 팔린 거나 다름없었다.

어쩌다가 소문난갈비집이 넘어갔는지. 법 없이도 살 수 있던 형인데.

거의 십 년 이상 행방이 오리무중이던 진우 형이 가족들 앞에 나타난 것은 지난달 말이다. 주로 건축 노무자를 상대로 변두리에서 짭짤한 수입을 올리던 소문난갈비집이 갑자기 문을 닫은 것은 십여 년 전이다. 무리하게 가게를 확장한 탓도 있었으나 한우 파동이 결정타였다. 어떻게 가게를 정리할 겨를도 없이 형은 잠적했다.

걱정들 말라고 해. 팔다리를 잘라서라도 돈 갚아 줄 테니깐.

빚보증 섰던 사람들이 집안을 쑥대밭으로 만들 때도 형은 얼굴을 감춘 채 이미 팔다리가 잘린 사람처럼 한밤중에 목소리만 전해 왔다. 아버지를 찾아 달라며 형의 큰딸이 찾아왔을 때 내가 할 수 있는 일은 아무것도 없었다. 학용품을 사라며 만 원짜리 지폐 두 장을 건넸을 뿐. 형수는 형의 전화 약속만을 믿고 빚쟁이들과 싸우다 빌다 하면서 하루하루를 버텼다. 그러나 형이 십년 가까이 떠돌다 집에 돌아왔을 땐 이미 가게는 넘어간 뒤였다. 쉰두 살 형의 전 재산이 하루아침에 거덜 난 것이다. 남은 것은 열다섯 평짜리 단독주택 하나뿐이었다. 그것도 절반은 등기인이 달랐다. 고등학교를 졸업한 뒤 집을 지을 땐 밥도 굶는다는 개미처럼 일한 결과였다. 한 줌도 못 되는 눈물에 컥컥 숨이 막힌 채 우리 집안의 장손인 진우 형은 그렇게 무너졌다. 뒤늦게 알았지만 노숙자처럼 떠돌던 형은 소문난갈비집의 주방장이 되었다. 일 년 분의 월급을 차압당한 채.

"그걸루 야산이라두 사서 이장을 해야 될 것 아녀!"

뱀실과 천만 원은 생략한 채 오금을 박듯 아버지가 말했다. 아니, 소리를 질렀다. 형은 방금 충치를 빼고 약솜을 깨문 사람처럼 여전히 입을 다물고 있었다. 나 역시 똑바로 앞만 보고 핸들을 좌우로 흔들어 댔다.

갑자기 시야가 어두워지는가 싶더니 맞은편 멀리에서 비상등이 깜빡거리는 게 보인다. 추부터널이다. 추부터널을 빠져나와 우회도로 내리막길을 막 꺾어 돌면서 차에 속도가 붙기 시작했다. 기껏해야 제한속도 안팎에서 미적거리는 내 운전 솜씨로도 이제 넉넉히 이십 분이면 상가에 닿을 것이다.

2.

아버지가 톱 장수 괴나리봇짐 하나로 사십여 년 장터를 떠돌며 그토록 발길을 끊고 싶어 하던 고향. 그러나 집안의 큰일을 치를 때마다 꼬박꼬박 몸을 옮겨다 놓을 수밖에 없는 고향. 그 고향의 먼 집안 할머니가 어제 오후에 눈을 감았다. 상욱이 할아버지의 아내, 흔히 집안 사람들이 붙들이 엄마라고 부르는 할머니다. 섬돌을 내려서다 낙상한 뒤 고관절이 부러지고 뇌수술까지 받았으나 병세가 그만그만하다가 삼 년간 자리보전한 끝이다. 여름휴가를 맞아 내가 3박 4일의 지리산 기행을 다녀오던 날, 어제 부음을 듣고 하루를 쉬어 문상을 가는 중이다.

마가목. 쇠물푸레. 떡버들. 당단풍. 뽕잎피나무. 야광나무. 키버들. 까치박달…… 황조롱이. 박새. 하늘다람쥐. 금마타리. 원추리…….

지리산 기행으로 물먹은 행주처럼 몸이 늘어지지만 않았어도 문상은 어제 떠났을 터였다. 도저히 오늘은 갈 수 없다며 나는 초저녁부터 방바닥에 드러누웠다. 더위 먹은 사람처럼 노고단 등산로에서 보았던 동·식물 이름을 중얼거리는 나를 보고 어머니는 결국 아버지를 설득했다.

아무리 집안이 초가지붕 씌운 것처럼 형편없어두 어딘가 뿌린 씨가 있을 것인디, 10촌이 넘는 촌수를 지 에미 죽은 것처럼 급하게 쫓아갈 이유가 뭐 있다구.

늘 그래 왔던 것처럼 어머니의 설명은 장황했다. 그리고 다분히 논리적이었다. 그것은 아버지를 맞상대할 때 동원되는 어머니의 유일한 대안인 셈이다. 비록 그 절반에도 못 미치는 분량으로 아버지는 당신의 반응을 일축해 버리지만. 그럼에도 어머니의 설명은 언제나 만연체로 일관해 왔다. 나는 안다. 그것이 이씨 집안으로 굽어든 어머니의 생존 방식임을. 오십 년이 넘도록 살을 대고 살아온 부부의 관계로 따지고 들자면 집안의 장남으로서도 분기가 솟구칠 만큼 언제나 판정패를 당하듯 물러서는 어머니였지만 어머니는 이마에 호랑이 눈썹을 그리며 그 일을 끝없이 반복해 왔다. 내가 태어나기 전부터 삼 남매의 아버지가 된 오늘까지.

예상했던 대로 아버지는 어머니의 말끝에 이렇다 저렇다 토를 달지 않았다. 발인 날짜만을 미적미적 확인한 뒤 그대로 방에 누워 버렸다. 저녁상을 물리고 일찌감치 이부자리를 펼 때까지 아버지는 문상과 관련된 말을 꺼내지 않았다.

지랄하구, 오죽 박복했으면 이 엄천에 상을 치르겠어.

된숨에 섞어 딱 한마디를 내뱉고 TV 앞에서 아버지는 가부좌를 틀었다. 마치 문상을 잊어버리고 싶다는 듯이. 어머니 역시 거실의 TV 앞에서 침묵했다. 아버지가 저녁 아홉 시 뉴스를 들으며 국회의원 몇몇을 죽이고 살리는 동안 어머니는 드라마의 늙은 주인공과 함께 초저녁 강변을 쓸쓸하게 산책했다.

양친과 두 대의 TV 화면을 번갈아 힐끗거리던 나는 어머니가 문상 날짜를 하루 뒤로 미룬 까닭을 짐작할 수 있었다. 만약 어머니가 오늘 당장 문상을 떠나야 한다고 말했다면 아버지는 어머니의 말끝을 잡고 거실 바닥에 패대기쳤을 게 분명하다.

명충한. 무슨 경사 났다구 첫날부터 달려가!

어쩌면 내가 어머니처럼 말했어도 마찬가지 결과가 나왔을지 모른다. 애사든 경사든 어떠한 경우에도 집안일을 입에 올리면

아버지는 정도를 지나칠 만큼 민감하고도 냉랭한 반응을 견지해
왔다. 아버지는 반평생 오일장을 떠돌며 녹슨 쇠톱을 닦아 왔던
샌드페이퍼처럼 거칠고 날카로운 폭언을 종종 집 안팎에 쏟아 놓
았다. 그것은 마치 우각 도장에 새겨진 아버지의 이름처럼 내 삶
의 뼈에 음각된 아버지의 공고한 실체였다. 나는 그렇게 판단했
다. 비록 깨진 사금파리같이 날이 서 있긴 하지만 그것은 풍찬노
숙의 팔십 년 세월을 살아 낸 당신 삶의 표현 방식일 것이라고.
어머니가 당신의 생존을 위해 만연체를 구사하는 것과 마찬가지
로 아버지 역시 당신 삶의 주변에 샌드페이퍼 같은 보호막을 겹
겹이 에두른 것이었다고. 장남인 나는 그렇게 받아들였다. 그것
은 아버지 생애의 딱 절반을 살아오는 동안 내가 감히 당신의 삶
근처에 한순간도 범접할 수 없었던 성역이었다.

"진우 너두 잘 들어. 우리 집안의 장손은 우리 아니면 너희
집안여. 따지구 들자면 너희 집안일 것이지만. 어쨌든 집안 제
사를 우리가 모시구 있으니 어쩔 것여. 우리가 장손인 셈이지.
여기다 누가 토를 달어."
칠백의총을 지나고 금산읍의 제일관문처럼 언덕에 우뚝한 인
삼호텔을 비껴가면서 아버지는 비로소 당신이 하고 싶은 말을 꺼
냈다. 아버지 팔십 평생 집안 어른들 사이에서 끊이지 않는 장
손 시비였다. 형은 당연히 그래야만 된다는 것처럼 줄곧 듣고만
있었다. 아버지의 말씀을 막겠다고 나서는 일은 이미 구멍 뚫린

떡시루에 물 퍼붓는 꼴이 되고 말았음을 알고 있기에 나 역시 핸들만 만지작거렸다.

"내 말이 틀려?"

"…….."

"진우 너두 이걸 잘 알아야 혀. 우리 집안 씨가 어떻게 퍼졌는가를 똑바루 알아야 한다구."

아버지는 습관처럼 된숨을 몰아쉬면서 집안의 계보를 그려 나가기 시작했다. 그것은 굳이 아버지가 설명하지 않아도 내 머릿속에 저절로 그림이 그려질 만큼 익숙한 것이었다. 이따금 내가 계보를 그리려면 그때마다 가브리엘 G. 마르케스의 장편소설 『백 년 동안의 고독』이 불쑥 떠오르곤 했다. 주인공 부엔디아 집안의 계보처럼 우리 집안의 계보는 언제나 어지럽고 막막했다.

6대조 명한 할아버지의 동생 두한 할아버지가 손이 없어서 명한 할아버지의 차남을 두한 할아버지의 양자로 들였는데 명한 할아버지의 장남이 그만 손이 끊겨 양자로 간 차남의 아들을 다시 명한 할아버지의 양자로…….

아무래도 실내가 더 달아오르기 전에 구멍가게라도 들러야 할 것 같았다. 음료수로 열기를 가라앉히고 부의금을 전할 봉투도 살 겸, 상가에 닿기 전에 한 번은 숨을 돌리는 것이 좋을 듯 싶다. 어쩌면 그런 일은 내가 걱정할 게 아닐지도 모른다. 고향에 들를 때면 언제나 그래 왔듯 쉬어 가자는 말을 아버지가 먼저 꺼낼 테니까. 금산 읍내 사거리 못미처 소방도로에서 우회전하면 대둔산으로 빠지는 지름길이다. 그 소방도로 끝에 소형 자동차만 한 구멍가게가 있다. 아버지는 그 가게를 막 지나갈 무렵에 소리칠 것이다.

세워! 차 세워 봐!

3.

양쯔강 상류의 제방 폭파가 초읽기에 들어갔다는 보도가 나오고 있었다. 재첩국을 주문하면서 나는 TV의 음량을 높였다.

"재첩국이 속풀이에 즉방이라는 말, 틀림없지?"

하동댁의 경쾌한 목소리로 보아 오늘 저녁은 내가 첫 손님인 모양이다. 아니 마지막 손님인지도 모른다. 기름때가 누렇게 앉은 TV는 어젯밤처럼 된장찌개 끓는 소리를 줄기차게 쏟는다.

인구 8백만의 우한시와 곡창인 장한평야를 보호하기 위해 제방 폭파가 불가피해졌다는 부총리의 말을 인용하면서 개구리색 비옷을 입은 기자는 초조한 낯빛으로 폭파 시 예상 피해 상황을 조목조목 나열했다. 상황표와 기자가 차례로 사라지는 것과 동시에 화면 왼쪽에서 기상 위성사진이 불쑥 튀어나왔다. 우한시 부근의 양쯔강 사진이다. 본래의 강줄기와 침수 지역이 각각 검은색과 붉은색으로 나타난 양쯔강 모습은 흡사 뇌졸중으로 쓰러진 환자의 뇌혈관 사진 같다. 집중호우가 시작된 지 한 달 만에 양쯔강의 모습이 이처럼 기형으로 둔갑한 것은 엘니뇨와 라니냐의 합작품으로, 태평양 서안의 해수 온도가 낮아지고 페루 연안의 해수 온도가 높아지는 엘니뇨가 발생하면……. 전문용어를 구사하며 다시 화면에 나타난 기자의 등 뒤로 수재민을 태운 인민해방군 모터보트가 물바다가 된 마을 한복판을 가로질렀다.

"술은? 어제처럼 한 병이면 되겠나?"

"예. 잔은 둘입니다."

종이를 말아 올리듯 화면 두 개가 좌우로 사라진 다음에 국내 일기예보가 이어졌다. 이번엔 대나무 발을 치는 것처럼 화면 위쪽에서 구름 사진이 주르륵 흘러내렸다. 그 앞에 한 치수 큰 정장을 빌려 입고 나온 듯한 기상 통보관이 팔뚝을 접었다 폈다 하면서 일기예보를 전했다. 나는 언뜻 그가 컴퓨터 합성 인간일지도 모른다는 생각을 하면서 턱을 고였다.

양쯔강 유역에서 발달한 저기압이 편서풍을 타고 계속 동진, 한반도와 일본 서북부 지방에 막대한 영향을 끼칠 것으로 예상되며, 이번 주말부터 서해 남부 지역이 그 영향권에 들 것이므로 호우 피해가 없도록…….

일기예보가 적중한다면 삼 일 뒤의 일이다. 구름 사진을 밀어내면서 나타난 주간 날씨 그림엔 주말과 주일 칸에 땅콩 모양의 구름 밑으로 사선이 세 개씩 그어져 있다. 이틀 전 TV 뉴스 일기예보와는 그림의 모양이 확연히 다르다. 본격 무더위 들이닥칠 듯. 그날 아침 '주간 날씨'는 바야흐로 본격적인 피서철이 시작되는 것을 암시하는 듯한 함축어를 타이틀로 뽑았다. 지리산으로 떠나오던 날이다.

청학동에서 이틀 밤 묵기로 한 일정을 취소해야 되는 건지. 일주일 예정으로 집을 떠난 지 이제 겨우 삼 일쨌데…….

갑자기 계집아이 하나가 식당 안으로 들이닥쳤다. 출입문 뒤에 쪼그리고 앉자마자 나를 향해 자신의 입술에 검지손가락을 붙였다. 술래잡기를 하는 모양이다. 어젯밤도 그랬다. 저녁이 좀 늦었으나 민박을 정한 뒤 아예 머리끝부터 물을 뒤집어쓰고 나오는 중이었다. 하동 시장을 기웃거리다 술래잡기를 하는 대여섯 명의 아이들과 마주쳤다. 그중 사내아이 하나가 내 바짓가랑이를 잡았다. 나를 은폐물로 삼은 것이다. 그 바람에 나는 꼼짝도 못 한 채 술래가 사내아이를 발견할 때까지 제자리에 서 있어야 했다. 그때 눈에 띈 게 하동집이었다. 재첩국 글씨가 붉게 빛나는 입간판 이마에 재첩국의 절반 크기로 쓴 하동집. 하동 시장 골목의 식당에선 그중 작은 규모의 한식당이었다.

"애들 술래잡기란 게 술 먹은 사람들 재첩국 마시는 것과 한가지여. 하루도 거르질 않으면서도 물리지 않으니."

하동댁이 밑반찬을 상 위에 깔면서 반찬 그릇 부딪치는 소리를 냈다. 앞뒤 내용이 어딘지 어긋난다 싶은 하동댁의 말에 무엇인가 대꾸를 할까 하다가 그만두었다.

"애들이라 두들겨 팰 수도 없다니깐."

하동댁이 눈을 흘겼으나 계집아이는 하동댁을 아는 척도 하지 않았다. 술래에게 잡힐까 두려운 눈빛으로 나만 올려다볼 뿐. 술래잡기.

나는 초등학교를 졸업할 때까지 술래잡기를 하지 않았다. 3
학년 겨울방학 때였나? 장독대에 숨었던 게 마지막이었을 것이
다. 그날, 내가 장독을 깨뜨리던 날, 아버지가 내 등에 휘두르던
쇠톱에 톱날이 서 있었던가, 없었던가.

"잔 받으세요."

"오늘은 재첩국을 곱빼기로 올려야겠구만. 돈은 내가 버는데
얻어먹기만 할 수야 없잖어."

어젯밤은 하동댁이 먼저 술병을 기울였지만 오늘은 내가 먼
저 술병을 잡았다.

"식사는 하셨구요?"

"육십을 넘기면 안 먹어도 배부른 세월이여."

하동댁의 말대로 안 먹어도 배부른 세월을 꿈꾸던 시절이 있
었다. 너무 아득한 시절이기에 기억이 흐릿하긴 하지만. 그런데
과연 육십을 넘기면 그게 가능한 일일까. 기억하건대, 아버지와
어머니의 경우는 불가능했다.

하동에 도착하던 어제저녁과 오늘 아침, 그리고 오늘 저녁까
지 이제 겨우 세 번째 들렀을 뿐이고 그 숫자만큼 얼굴을 마주했
지만 어딘지 사람을 끌어들이는 힘이 엿보이는 하동댁이다. 뺨
을 얻어맞은 사람처럼 실핏줄이 제멋대로 뻗쳐 있는 얼굴과 숟
가락 부딪치듯 터져 나오는 걸걸한 목소리로 치면 젊어 한때 사
내깨나 해 넘겼을 법하다. 그러면서도 식당의 몰골에 걸맞게 전
혀 옷사치를 하지 않은 수더분한 육십 대다. 그 첫인상이 지금

쯤 성남시의 솥뚜껑삼겹살집에서 손님들에게 허둥지둥 저녁밥을 비벼 주고 있을 큰누님과 엇비슷했다. 바늘 끝도 들어가지 않을 만큼 질긴 살가죽에 강건한 풍채를 지녔으면서도 정작 내면 어딘가엔 황혼 같은 슬픔이 울렁출렁거릴 듯한 눈빛. 스물에 집을 떠난 큰누님이 그랬다.

"어디서 오는 길이요? 말투가 충청도 어딘 것 같은데."

"대전에서 왔습니다."

어젯밤 하동댁과는 그렇게 첫인사를 주고받았다. 그러곤 마치 오랜 세월 서로를 기다려 왔던 사람처럼 합석했다.

"잔 들어. 따랐으면 마셔야지."

나는 어젯밤처럼 하동댁과 멀찍이 술잔을 부딪쳤다. 잔을 베어 마시고 젓가락을 잡기 전에 재첩국 국물부터 마셨다. 전통차를 마시듯 한 모금 입술에 적신 다음 서너 모금을 거푸 들이켰다.

생수에 우유 몇 방울을 떨구어 놓은 듯이 분명히 색깔이 있으면서도 바닥의 조갯살 주름이 훤히 들여다보이는 투명한 국물. 섬진강에서 막 건져 올린 새끼 조개의 살냄새가 물씬 풍겼다.

"마저 들이켜. 한 그릇 더 퍼 줄 테니깐."

"아예 술도 한 병 더 했으면 좋겠는데요."

"어쩐 일로?"

둘 다 석 잔째 술잔을 비우고 있었다. 하동댁이 재첩국 그릇을 주방으로 가져간 사이에 문득 출입문 쪽을 돌아보았다. 언제 식당 밖으로 나갔는지 계집아이가 보이지 않는다. 불현듯 아내와 딸의 얼굴이 떠오른다. 아빠, 잘 다녀오세요. 아파트 현관문을 나설 때, 딸아이는 태극무늬 부채를 살랑거렸다. 당신, 참 알 수 없는 사람이야. 그 말을 꿀꺽 삼킨 사람처럼 뜨악한 표정으로 아내는 부채 뒤에 서 있었다.

뻥!

하동댁이 소주 한 병을 더 가져와 숟가락으로 뚜껑을 땄다. 어젯밤도 하동댁은 뻥 소리를 내며 소주병을 땄다. 그런데, 아직도 뚜껑을 따는 소주가 있다니……. 두 번째 재첩국에 밥을 말고 몇 숟가락인가를 떴을 때다. 하동댁이 심문하듯 물었다.

"집 비우고 이렇게 자주 돌아다니는가?"

"자주는 아니지만 틈나는 대로 가끔씩 세상 구경을 하는 편입니다."

나는 거짓말을 했다. 틈나는 대로 가끔씩이 아니라 틈을 쪼개어 종종이었다. 내가 주말이나 휴일에 아무 일 없이 집 안에 몸을 묶어 두는 날이 얼마나 되는가. 한 달에 한두 번? 휴가철이면 더욱 그랬다. 학원강사연합회 연수라든가 시민 모임 따위의 구실을 앞세워 이삼 일씩 집을 비우곤 했다. 비록 이번 지리산 기행처럼 휴가 기간을 꽉 채워 일주일을 잡고 떠난 경우는 드물었지만.

"복도 많지. 팔자 편하게 세상 구경이나 하고 다니니."

"예?"

"요즘 같은 세상에 이렇게 돌아다니면 보따리 안 쌀 마누라가 어딨어?"

"……."

"뭐가 달라도 집안 내력이 다른 거여. 다른 사람하곤 피가 다른 거라고."

"그래서 집사람도 가끔씩 불만을……."

"가만있어 봐."

미적미적 입 밖으로 나서던 내 말의 허리를 뚝 분지르며 하동댁이 자리에서 벌떡 일어섰다. 출입문 옆에 걸린 화장지를 서너 바퀴 뜯더니 밖으로 퉁기듯이 나갔다. 나는 뜯기다 만 화장지 끝을 당겨 입술을 문질렀다.

결혼한 지 십칠 년. 가끔이 아니라 아내가 나에게 주기적으로 털어놓는 불만은 신혼 시절에 잠깐 주춤했던 나의 외유로 인한 게 전부였다. 아내는 둘째와 다섯 살 터울로 셋째를 가지면서 사표를 던질 때까지 십 년 동안 한 직장의 출입문만 여닫을 만큼 성격이 무던했다. 신경성 위염을 앓으면서까지 지붕 낮은 집안의 맏며느리답게 웬만한 시어머니의 잔소리 정도는 조용히 삭일 줄 알았다. 그러나 나의 외유를 상대하는 아내의 태도만큼은 사뭇 달랐다. 아내는 어떻게든 나의 외유를 억제할 방편을 치밀하게 모색하며 목소리에 날을 세웠다.

집안에 남다른 피가 흐르지 않고서야 어떻게 그토록 집 밖으로 나돌 수 있어!

때때로 언성을 높이면서까지 아내는 외유의 빈도수를 줄이기 위해 단호한 입장을 견지해 온 셈이다. 그러나 아내의 노력에도 불구하고 나의 외유는 아내가 기대한 만큼은 줄어들지 않았다.

"아까 그 얘기, 다 제 팔자라는 뜻이여. 알아들어?"

스포츠 뉴스를 막 시작하는 TV를 끄고 앉을 때였다. 출입문으로 들어서면서 하동댁이 버럭 소리를 질렀다.

"집이고 고향이고 아예 모르고 사는 팔자라니까."

고향? 그러고 보면 나는 삼십여 년째 객지에서 살고 있었다. 아버지는 그 두 배의 세월 동안 고향을 등졌지만.

"나 말이야……."

술잔에 병 주둥이를 거꾸로 쑤셔 박은 채 소주를 따르려는 순간이다. 병 꽁무니를 잡아채며 하동댁이 코앞에 얼굴을 들이댔다. 막걸리가 썩는 듯한 입내가 물씬 풍겼다.

"나 말이야, 실은 하동 사람이 아니야."

"예?"

"논산 사람이라고."

"……."

"논산 부적면이 친정이야. 그래서 대번에 자네 말투를 알아들은 거라고."

논산 사람이 하동집 간판을 달고 섬진강의 명물인 재첩국을 판다? 하동댁으로 불리면서? 나는 소주병을 거꾸로 쑤셔 박던 감정을 억누르고 태연한 척 물었다.

"아니, 그런데 언제 떠나셨는데 충청도 사투리가 흔적도 없어요."

"삼십오, 륙 년 되었지. 스물다섯에 떠났으니깐."

대춧빛으로 달아오른 하동댁의 얼굴을 피해 나는 슬그머니 탁자 위로 시선을 꺾었다. 낡은 호마이카 탁자의 모서리마다 칼로 난도질을 한 것처럼 죽죽 금이 가 있다. 손끝만 스쳐도 조각조각 부서지며 금방이라도 껍질이 벗겨질 것만 같다. 지금쯤 솥뚜껑삼겹살집에서 알루미늄 수세미로 끙끙거리며 불판을 닦고 있을 큰누님의 삶에도 이런 자국이 나 있을 것이다. 우리 집안의 장손인 나를 위해 일찌감치 학교를 포기하고 공장을 전전한 큰누님. 큰누님은 열아홉에 결혼했다. 그러나 신혼이 끝나기도 전에 딴살림을 차린 남편과 헤어진 뒤 집을 등진 채 삼십 년 가까이 객지를 떠도는 중이다.

"그만 마셔야겠어. 그릇 비웠으면 불러."

쓸데없이 말이 길어진다 싶었는지 술 한 잔을 단숨에 들이켜기가 무섭게 하동댁은 성큼성큼 식당을 나갔다. 재첩국 바닥을 비울 때까지 하동댁은 식당 출입문에 얼굴을 들이밀지 않았다. 오일장이 선 것처럼 식당 밖이 시끌시끌했다. 시장 골목 사람들이 더위에 쫓겨 문밖으로 우르르 몰려나온 모양이었다.

날씨 탓으로 청학동을 들르지 않을 거라면, 아예 귀가를 서두르는 편이 낫지 않을까.

집을 떠올리는데 머릿속이 어지러웠다. 나는 남은 술을 털어넣고 마른 멸치를 씹으며 지껄였다.

마가목. 쇠물푸레. 떡버들. 당단풍. 까치박달. 함박꽃나무.

야광나무. 박새. 황조롱이. 하늘다람쥐. 원추리…….

노고단 등산로의 나뭇가지에 매달린 이름표와 중간중간 안내
판에 그려진 동식물들의 이름이다. 성삼재휴게소에서 노고단 대
피소까지 왕복하는 동안 나는 닥치는 대로 중얼거렸다. 마치 그
이름을 잊지 않기 위해 그러는 것처럼. 아니, 다른 무엇인가 기
어코 잊어야 할 이름이라도 있다는 것처럼.

술병을 기울이던 손을 내려 바지 뒷주머니를 뒤졌다. 지갑이
잡혔다. 지폐 옆에서 두툼하게 감촉이 느껴지는 종이를 꺼냈다.
테두리에 파란 사선을 두른 항공우편 봉투다.

北京市 朝阳区 望京街道 望花路…….

지난해 겨울, 지현이 중국 숙부의 집에서 보낸 편지 봉투였
다. 인쇄를 하듯 또박또박 주소가 적혀 있었다. 북경시 조양구
망경가도 망화로……. 사 일 뒤, 지현은 편지 봉투의 주소를 따
라서 중국으로 날아갈 것이다. 양쯔강 범람 위기를 맞고 있는 우
한시와는 부산, 청진 거리보다 더 멀리 떨어진 북경시 어딘가
로. 봉산탈춤 공연장에서 만난 지 이 년 만에 지현은 완전히 모
습을 감추는 것이다.

4.

삼십 분은 넉넉히 쉬었다. 아버지가 음료수를 마시고 담배
필터까지 태우도록 구멍가게 앞에 앉아 있었다. 진우 형은 대둔
산 국도 변에 쭈그려 앉은 채 꿈쩍도 하지 않았다. 발가락을 짓

뭉갤 것처럼 와르릉거리며 내달리는 차량의 숫자를 세는 듯이 이따금 고개를 주억거릴 뿐. 상가를 불과 십 분 거리에 남겨 둔 채 약속이라도 한 것처럼 아무도 움직일 줄을 몰랐다.

나 혼자 공연히 차에 들락거렸다. 봉투를 사서 삼가 명복을 빕니다를 쓰느라고 한 번, 시동을 걸면 자리를 털고 일어날까 싶어서 두 번, 그리고 마땅한 그늘이 안 보여 아예 차 문을 활짝 열어젖히고 땡볕을 피하느라 세 번씩이나 운전석 문을 열고 닫았다. 운전석에 앉아서 떠올린 게 하동댁과 재첩국이었다. 양쯔강 홍수와 진초록의 수액이 범람하던 노고단 숲길도 환영처럼 눈앞을 스쳐 갔다.

"가자!"

아버지가 차에 오른 것은 지현을 태운 비행기가 북경시로 날아갈 때다.

"너무 늦은 건 아닌지 모르겠어요."

"멍충한. 송장이 대문 밖으루 나가기 전에 얼굴 들이밀면 됐지 늦긴 뭐가 늦어."

북경을 서너 번 왕복하고 돌아와 시차에 적응하지 못한 듯이 잘못 터진 말이다. 아버지가 그것을 나 몰라라 뒷짐 질 까닭이 없었다. 상가를 향해 두 시간 가까이 달려오는 동안 내가 처음 꺼냈던 말은 아버지의 말대로 멍청하게 끝나고 말았다. 나는 재갈을 물린 사람처럼 입을 악물었다. 덧니 하나 때문에 어긋난 앞니 서너 개가 한꺼번에 맞물렸는지 잇바디에 통증이 느껴졌다.

나는 가속페달에 힘을 주면서 옆자리의 진우 형을 힐끔거렸다.

"그런데 형님. 장례를 집에서 치르는 게 확실한가요?"

"그려."

나는 아버지의 귀에 닿지 않을 만큼 진우 형에게 나직이 말했다. 내 말이 자칫 아버지의 귀에 닿는다면 차를 돌려야 할지도 몰랐다.

"버드실 집에서요?"

"그려."

"아니, 요즘에 누가 집에서 초상을 치르죠? 더구나 이런 폭염에?"

"할머니께서 꽃상여를 타고 싶다는 유언을 남겼다."

"꽃상여는 장례식장에서 발인하고 선산 근처에서도 탈 수 있잖아요."

"그럴 만한 사연이 있더라구. 나도 대충 전해 들은 얘긴데, 할머니가 살아서 한 번도 집을 떠난 적이 없었다."

"집을…… 떠난 적이 없다구요?"

"그려. 전쟁 통에도 집에서 살아남았구. 그런데 죽어서 땅에 묻히는 날에 집을 떠나게 할 수는 없다고 할아버지가 끝까지 고집해서……."

금산 읍내를 빠져나와 대둔산 방향으로 뻗은 내리막길로 접어들자 삼거리가 한눈에 들어왔다. 산으로 말하자면 산문과도 같은 고향 초입이다.

"멍충한 종자들이 장손두 몰라보니 집안 꼴이 이 모양이지. 무식한 것들."

나는 속도를 줄이지 않고 단숨에 내리막길을 돌았다. 면사무소가 있는 파초리 들판이 입체 영화의 한 장면처럼 앞 유리창으로 가득 들어찼다. 그 뒤 멀찍이 대둔산 능선들이 잠깐 출렁거리는 듯싶다가 줄줄이 유리창 밖으로 빠져나갔다.

"진우 너 잘 들어. 이번 기회에 종지부를 찍어야 혀."

삼거리에서 핸들을 오른쪽으로 꺾으면서 들판 건너편의 하류 초등학교를 흘낏 넘겨다보았다. 서너 해 전에 폐교된 뒤 학생 실내 수영장으로 개축된 주황색 지붕이 무당벌레처럼 납작 엎드려 있다. 그 지붕 너머가 금성면 하류리다. 옛날부터 버드나무가 많았다 하여 거기서 이름을 따온 버드실. 아버지와 나의 고향이다. 그 마을 모퉁이에 상가가 있을 것이다.

"내 말 알아듣겠냐구. 밤실 논 문제는 종지부를 찍어야 헌다구."

"아버지. 이제 그만 말씀하세요. 진우 형도 다 아는 일이잖아요."

"멍충한 종자들이 장손, 차손두 못 알아보니깐 그렇지."

제발 좀 멍충한 종자 소리 좀 하지 마세요! 나는 아버지의 말을 그렇게 한 번 더 맞받아치고 싶었다. 그러나 그럴 수는 없었다.

실내 수영장 주황색 지붕에 막 파묻히면서 나는 멍충한 종자의 계보를 그려 보았다. 아버지로 하여금 그토록 고향으로부터 멀리 떠돌게 만든 까닭이 숨은 그림처럼 담겨 있었다. 일가친척의 젊은 남자들을 다 쓸어 모아도 스무 명 남짓 될까 말까 한, 그래서 벌초 한번 하려면 칠순의 중늙은이까지 낫을 들고 나서야 하는 집안. 이 텃밭만 한 집안의 시비와 이질감의 원류가 거기 오롯이 모여 있었다.

신라 때부터 씨가 뿌려져 수없이 많은 가지치기를 거듭하던 끝에 그중 한 가지가 꺾꽂이하듯 내려앉은 금성면 하류리. 이곳 이씨 집안의 6대조부터 두 번씩이나 손이 끊겼다. 손을 잇기 위해 번갈아 양자를 들였고, 차남이 각각 두 집안의 장손으로 맥을 이어 온 형국이었다. 바로 진우 형과 나였다. 그 결과 오늘까지 집안의 실질적인 장손을 분별하기 어렵게 되고 말았다. 족보대로 하자니 진우 형 집안이 장손이 되는 것이고 맥을 이어 온 계보를 보아선 우리 집안이 장손이 되는 셈이었다. 6대조 이후부터 정도正道를 벗어난 장손 시비는 그렇게 빚어졌다. 그뿐 아니었다. 한편에선 장손 문제 못지않게 적자와 서자의 시비가 끊이질 않았다. 3, 4대조가 모두 집안에 여자를 둘, 셋씩 들였던 것이다. 종중의 재산이란 게 기껏해야 손바닥만 한 선산과 전답이 전부이긴 하지만 그것을 중심으로 배다른 자손들끼리의 반목과 질시가 전혀 없으리란 기대는 애초부터 불가능한 일이었다. 그림조차 그리기도 힘든 이 어지러운 계보의 흐름이 아버지의 성격을 울뚝성으로 둔갑시켰다. 아버지가 버드실을 다녀올 때마다 장손과 종중 땅을 술잔과 더불어 들썩이게 만든 까닭이 거기 있었다.

떠올렸던 그림을 털어 내듯 두어 번 눈을 감았다 뜨는 사이 차 머리가 안태골에 들어섰다. 조부가 묻혀 있는, 하류초등학교와 버드실 중간의 야트막한 언덕이다.

가장 먼저 축사 지붕이 눈에 들어왔다. 어제 상처한 상욱이 할아버지의 이복동생인 상덕이 할아버지의 축사다. 돈사와 우사로 나누어진 슬레이트 지붕이 다섯 개나 되었다. 그러나 외환 위기가 터진 뒤 사료 파동이 장기화되면서 그중 네 개가 문을 닫았다. 한식 즈음에 조부의 산소를 다녀가면서 나는 보았다. 축사 입구의 분뇨 처리장에 널려 있는 새끼 돼지의 주검을. 금산군 축산 단지의 하나로 지정된 버드실에선 그래도 규모가 꽤 큰 편이었던 상덕이 할아버지의 축사가 그 지경이 되면서 인근의 몇몇 축사 역시 연쇄 부도를 맞은 중소기업처럼 하루아침에 폭삭 주저앉았다.

어쨌든 그 축사 덕분에 나는 눈 감고도 조부의 산소를 찾을 수 있었다. 아버지의 말은 한결같았다. 그리고 그 말은 틀리지 않았다.

"버드실에 닿아 똥 구린내가 진동을 하면 그 복판에 산소가 있는 겨."

차 유리창을 빈틈없이 닫았는데도 돼지 똥 냄새와 소똥 냄새가 훅훅 가슴에 쓸려 왔다. 축사 입구에 들어선 탓이다. 무슨 토사물을 뱉어 놓은 것처럼 수십 마리의 파리 떼가 땡볕이 이글거리는 유리창에 달라붙었다. 여름철마다 지겹게 반복되는 풍경이었다.

"멍충한. 아무리 배가 달라도 그렇지. 집안 형님의 산소 머리 맡에 축사를 올려? 무식한 종자들."

아버지에겐 상덕이 할아버지의 축사가 천추의 한이었다. 당신 부친의 산소 면전을 축사로 가로막아 집안의 정기를 끊어 놓았다는 것이다.

사 년 전 한식 어름이었다. 안태골 산소나 둘러보고 오겠다며 버드실로 떠났던 아버지가 혼비백산하여 돌아왔다. 축사 때문이었다. 작은할머니의 참깨밭에 축사 공사가 한창이었다. 이미 콘크리트 기초가 굳은 축사는 벽돌이 올라가면서 한쪽부터 슬레이트 지붕에 못질을 하는 중이었다. 아버지는 그 뒤 반년 가까이 잠을 이루지 못했다. 당신 부친의 산소 몇 걸음 앞에 똥 구린내 나는 돼지 움막이 버티고 서 있다니. 적어도 아버지에겐 그것은 꿈에도 나타나서는 안 될 흉측한 일이었다. 산소의 두 눈을 깜깜하게 가로막고 축사를 세운 일은 살아 있는 아버지의 눈에 흙이 들어가서도 용서받지 못할 무식한 처사였다.

"얼마나 못 배우구 무식하면 그렇겠냐. 시아주버니 묘 앞에 축사 세운다는 데 땅을 팔아 처먹어?"

아버지보다 이십 년 연하의 손윗사람인 상덕이 할아버지와 집안의 연장자이면서도 한 항렬 아래인 아버지가 벌인 축사 시비는 자그마치 넉 달 동안이나 계속되었다. 결국 축사 지붕의 높이를 벽돌 두 개 빼내는 정도로 낮춘 채 축사 사건은 그냥 그렇게 매듭이 지어졌다. 그러나 사 년이 지난 오늘까지 그 사건은 아버지에겐 여전히 뼈에 사무치는 일로 남아 있었다.

내 고조부의 이복형제 집안으로서 한 세대를 뛰어넘어 다시 후처를 들여 낳은 상욱이 할아버지. 오늘 상처한 그 할아버지. 그리고 또 다른 후처를 들여 낳은 상덕이 할아버지. 안태골 조부의 산소 앞에 축사를 지은 그 할아버지. 내 증조부의 이복 며느리인 작은할머니. 우리 집안과는 한마디 상의도 없이 상덕이 할아버지에게 참깨밭을 팔아넘긴 그 작은할머니······.

아버지의 나이 일흔아홉. 그것은 집안의 어지러운 계보를 그리고 또 그리는 동안 피와 살을 더한 분노와 한의 연륜일 게 분명했다.

5.

금산 장의사. 이씨 상가.

버드실 삼거리의 오동나무 그늘에 상가 안내문이 놓여 있었다. 앵글을 잘라 끼운 뒤 한지로 대충 둘러싼 조등이다.

여기, 먼저 세상을 떠난 사람이 있으니 딴 길 들지 말고 찾아가 뵈시오.

안내문은 문상객들이 길을 잘못 들까 염려해 그곳에 자리 잡은 것처럼 길 한복판을 지키고 있었다. 그러나 버드실을 찾는 그 누구든 결코 길을 혼동하거나 잃어버릴 사람이 없었다. 진우 형처럼 십 년 전에 버드실을 떠났든 나처럼 삼십 년 전에 고향을 등졌든 이 길을 잘못 찾아들 사람은 아무도 없었다. 누구든 눈 감고도 곧장 상가로 들어설 수 있는 닳고 닳은 길이다. 아버지와 형은 벌써 삼거리를 꺾어 돌았다. 나는 오동나무 그늘에서 제자리걸음을 했다. 버드실 풍경을 한 바퀴 둘러보고 싶었다.

하류리. 이곳이 고향인 사람이라면 주민등록의 본적지 주소 대신 자나 깨나 먼저 떠올릴 버드실. 버드실의 풍경은 아무리 살펴보아도 달라진 게 없다. 세상 돌아가는 모양에 따라 약간씩 살을 더하거나 뺐을 뿐. 도대체 이곳의 길과 집만큼 고집스럽게 옛모습을 고수하는 마을도 드물 것이다. 안동의 하회마을 같은 유서 깊은 마을이어서 굳이 보존해야 할 문화적 가치가 흘러넘친다면 좋으련만 그러나 그게 전혀 아니다. 그저 가난한 농촌의 전형적인 마을일 뿐이다. 이름 없는 비산비야가 널려 있고, 그 새새틈틈 없어서는 안 될 것처럼 마을과 논밭이 있다. 가축의 배설물로 오래전에 오염된 개울과 군데군데 빈집과 무덤이 뒤섞여 있는 그런 알짜 시골이다. 공장이나 관광단지가 들어서서 하루아침에 도깨비방망이에 얻어맞은 것처럼 둔갑을 하는 마을과는 거리가 먼 토종 농촌이다.

"뭐햐? 얼른 내려오지 않구."

진우 형이 소리를 지른다. 아버지가 보낸 모양이다. 알아들었다는 손짓을 하면서 손목시계를 보았다. 네 시 이십오 분.

"날 더운데 오느라 고생 많았지?"

"예. 건강하셨어요?"

"늘 그렇지 뭐. 어머니는?"

"몸살기가 있어서 못 오셨습니다."

상가 마당의 천막 안은 푹푹 쪘다. 한증막보다 열기가 심하게 느껴졌다. 가만히 서 있어도 온몸이 땀범벅이 될 판이다. 문상을 하기 위해 섬돌과 마루를 오르내리는 사이 등에선 구슬땀이 떼굴떼굴 굴렀다. 그 뜨거운 천막 안에 대고모가 누운 듯 앉아 있었다. 마당에 들어설 때 대하처럼 척추가 굽어 있던 그 백발이다.

"덥지 않으세요?"

"괜찮어. 더우면 나가 있어."

삼십여 년 전, 할머니의 손에서 고분고분하게 자랄 때처럼 나는 천막 밖으로 빠져나오고 싶었다. 오 분도 못 되어 숨이 막힐 것만 같이 팍팍한 더위를 견딜 수가 없었다. 하동댁과 소주 두 병을 마시고 돌아온 날 밤에도 그랬다. 무엇인가 자꾸 목을 조여 오는 것 같아서 나는 새벽까지 여관 밖 출입을 했다.

"아버지 모시구 바람 좀 쐬던가."

그러나 얼른 엉덩이를 털고 일어날 순 없었다. 유족보다 문상객 숫자가 적은 상가의 쓸쓸한 풍경 탓이 아니다. 대고모와 나눌 말이 더 남아 있었다.

"안태골 산소는 다녀왔는가?"

"예."

"떼가 다 죽었다며?"

"예. 떼를 죽였다고 아버지가 상덕이 할아버지를……."

식칼로 찔러 죽이겠다는 말을 꺼내려다가 얼른 뱀실 논을 팔기로 진우 형과 매듭을 졌다는 말로 바꾸었다. 아버지는 집을 떠나면서 상덕이 할아버지를 죽이겠다는 말을 두 번인가 했다. 만약 추석 때까지 떼를 살려 놓지 않는다면 식칼로 그냥……. 그 다음에 뱀실 논을 팔아 산소를 이장할 계획이라는 말을 하고는 입을 다물었다.

"그게 아버지 혼자 힘으로 되는 일인가."

대고모는 오빠의 산소를 이장할 거라는 말을 듣고는 칠성사이다를 따랐다. 컵 속에서 수포가 퍽퍽 터지는 것을 보며 나는 일어섰다.

아카시아 그늘 밖으로 한 발짝만 몸을 내밀어도 햇살은 살갗을 쪼아 대는 듯이 따끔따끔하다. 무덥고 지루한 한여름 오후다. 양쯔강 유역을 뒤덮은 집중호우가 주말쯤엔 서해 남부 지역으로 밀어닥친다 했으나 그 비구름 떼는 지리산 중턱 어딘가에 걸터앉았는지 대둔산 능선에 매달린 뭉게구름 몇 조각을 빼면 그야말로 맑고 푸른 하늘이다. 구름 한 점 없이 맑겠으며 섭씨 35도의 불볕더위가 예상된다던 정오 뉴스의 일기예보는 이곳 버드실만 옳게 맞아떨어지는가 보았다. 평일이기도 했지만 아마 그 무더위 때문일 것 같다. 문상객들의 발길이 그림자도 보이지 않는 것은. 상주의 곡소리조차 뚝 끊긴 지 오래다. 가끔 부엌 쪽에서 플라스틱 접시 부딪치는 소리가 새 나올 뿐 상가 주변에 살아 있는 목숨이라곤 때와 장소를 못 가리고 울부짖는 매미뿐인 것 같다.

"진우 형, 저물면 좀 북적거리겠지요?"

"그러겠지. 다들 먼 걸음을 할 텐데."

형의 말이 옳을 것이다. 일가친척이라는 게 멀든 가깝든 이런 때 얼굴이라도 디밀어야 면목이 서는 법이다. 아무리 집안 남자들의 머릿수가 마을버스 한 대 분량에도 못 미친다 하지만 머리가 커서 대처로 나간 자손들이 집집마다 한두 명은 있게 마련이다. 그렇다면 최소한 문패 숫자만큼이라도 품앗이하듯 상가에 얼굴을 들이미는 게 미풍양속일 터이다. 그러나 정작 그만큼이나마 법도를 챙길 줄 아는 사람들이라면 가급적 버드실로부터 멀리 떠나서 살고 싶었을 것이고, 형의 말마따나 다들 먼 걸음으로 귀향할 게 분명하다. 그러므로 어둑발이 내릴 때쯤이나 별이 총총할 무렵이 되어서야 속속 버드실에 닿아 한바탕 상가를 울음바다로 만들든지 서로들 해후의 정을 와자지껄 나누든지 할 것이다.

"좀 어떠세요. 견딜 만하신 거죠?"

그러고 보니 아직 형과 안부를 나누지 못했다. 나는 미안한 생각으로 형수의 안부까지 덧붙여 물었다.

"안 죽구 살 만하지 뭐."

어디서 천막 크기로 맞춰 온 것 같은 아카시아 그늘이 천막 위에 삿갓처럼 덮여 있었다. 그 그늘 아래 형은 누웠고 나는 가부좌를 틀었다. 형은 이미 취기가 오른 듯 얼굴이 붉었다.

"나, 죽으려구 했다."

"예?"

"목매달려구 했다구."

"오천만 원 때문에 목숨을 끊어요?"

"그것, 목숨보다 큰돈이었어. 내 능력으론 죽을 때까지두 못 갚을 액수여."

"……."

내가 입을 다문 사이 형이 벌떡 일어나 술상을 당겼다. 더위에 입술이 타는 모양이다. 칼로 목을 따 버릴 것여! 나는 불현듯 아버지를 떠올렸다. 논 두 마지기의 상속권을 두고 식칼로 사촌의 목을 찌른 게 상덕이 할아버지의 부친이다. 고작 땅 사백 평과 사람의 목숨을 맞바꾼 것이다. 내가 버드실에서 자라던 삼십여 년 전의 일이다. 아버지는 당신도 그 짓을 못할 게 없다며 조부의 산소만 들렀다 오는 날이면 살인자가 되곤 했다. 무식한 종자들, 여차하면 칼로 찌르고 말 것여. 만약 그런 일이 벌어진다면 상덕이 할아버지와 마찬가지로 나는 평생 죄인처럼 집안일을 도맡아 해야 할 것이다. 집안의 장손이면서 연장자였던 아버지가 고향을 떠난 뒤 꼼짝없이 버드실을 지키며 집안일을 잡도리해 온 사람이 바로 상덕이 할아버지다. 그토록 아버지와 드잡이를 해 왔던 장손 시비와는 상관없이. 선산의 벌초와 시사 차리는 일부터 족보를 갱신하는 일까지 거의 모든 종중 일이 일단 상덕이 할아버지의 손을 거친 뒤에야 객지의 일가친척들에게 뿔뿔이 전해졌다. 아버지의 분기와는 달리 내가 아버지 몰래 상덕이 할아버지와 집안일을 상의하는 연유가 거기 있었다.

어찌 됐든 상덕이 할아버지는 결코 아버지의 칼에 찔려서는 안 되었다. 자살을 고민했던 진우 형도 마찬가지다. 누구든 죽으면 집안일은 내 몫으로 떨어질 게 뻔한 노릇이다. 손에 흙 한번 묻혀 보지 않은 내가 우리 집안을 위해 할 수 있는 일이 과연 무엇일까. 나는 버드실을 중심으로 한 모든 일에 자신이 없다. 자신이 없는 것이 아니라 버드실을 두려워하고 있는지도 모른다. 그것은 파리 떼에 뜯기며 똥 구린내 나는 시골에 처박혀 사는 무식한 종자가 되는 것이 두려운 나머지 고향을 박차고 떠난 아버지와 다르지 않았다. 피가 물보다 진하다는 말의 뜻을 나는 누구보다도 곱씹으며 살아온 셈이다.

6.

땡볕 속의 시간이 사막의 모래바람처럼 방향도 없이 한참을 날아다녔다. 진우 형은 멍석에 누운 채로 코를 골았다. 멍석 귀퉁이로 밀어 둔 술상에선 파리 떼가 윙윙거렸다.

황새출장빼드(53-4322). 우리택시(52-1102). 접시꽃. 담쟁이넝쿨. 시궁창. 호박꽃. 축사. 썩은 양철 지붕.

상가 맞은편, 목에 칼을 맞은 상태 할아버지의 집 주변을 카메라가 훑듯 샅샅이 살필 때였다. 혼자 우두커니 앉아 있는 멍석 위로 갑자기 육두문자가 우두두 굴러 떨어졌다.

"어떤 싸가지 읇는 놈이 뭐라구 햐!"

"싸가지가 없다니유?"

"그럼, 그게 싸가지 있는 짓여? 아니, 그게 누구 땅인데 거기다 맘대루 묘를 써!"

"종중 땅 아니유?"

"뭣여? 그건 윤기 할아버지 땅여. 내 할아버지 땅이라구! 멍충한."

낮술에 취한 버드실 어른들이 다들 옛 추억을 파고 들어가다 서로들 발가벗은 어린 시절을 발견하고는 앞다투어 술상 위에 올려놓는가 싶었다. 그러나 그게 아니었다.

"조카님. 그렇게 말을 막 하면 안 되지유."

"안 되다니?"

"집안 어른들이 있는데 말을 함부루 해서 됩니까."

"어른? 어른 좋아하시네. 여기서 누가 나보다 어른여, 누가?"

아버지와 상덕이 할아버지의 목소리가 삽날에 돌멩이 부딪치듯 쩡쩡 부서지면서 아카시아 그늘을 뒤흔들었다. 대고모가 마당의 천막 밖으로 휘청, 나서고 있었다.

"아니, 그라구, 밤실 땅이 누구 땅인데 함부루 건들어!"

"누구 땅이라뉴?"

"그 땅이 윤기 할아버지 땅이라는 것 몰러? 장목골 산소 두 필지하구 밤실은 내 할아버지 땅여!"

"그래두 그게 종중을 위해 사들인 땅 아닙니까?"

"종중? 아니 언제부터 아저씨가 종중을 찾았는가? 그렇게 종중을 들먹이는 사람이 어째서 장손은 몰라봐?"

"몰라보다니유?"

"알아봤으면, 집안일 치르는 데 왜 장손을 무시하구 그랴?"

"조카님. 그거야 조카님이 고향을 떠났으니깐 그렇게 된 거지유."

"뭣여?"

조카님, 조카님 하면서 분을 삭이는 상덕이 할아버지를 비껴 아버지는 허공을 향해 헛손질을 내질렀다. 가슴이 컥컥 막히도록 분노가 들끓는다는 뜻이다.

"자자, 그만들 둬요. 어여 그만둬."

대고모가 두 사람을 가로막고 우는 소리를 흘렸다. 곱게 늙은 얼굴만큼 결 고운 목소리였다. 그 때문인지 아버지는 물러서지 않았다. 오히려 대고모가 나서길 기다렸다는 것처럼 목젖에 힘을 실었다.

"고모두 이 기회에 똑바루 알아 둬야 해유. 집안 꼴이 어떻게 돌아가는지 보라구유."

"글쎄, 다음에 얘기해요. 상갓집에 와서 그런 일로 집안사람들끼리 아웅다웅해서 쓰겠어?"

"멍충한 것들이 하는 짓 좀 봐. 선산에 산소 쓰는 것을 지들 맘대루 결정하구 지랄여."

할머니 묏자리 탓으로 아버지의 분기가 한층 격앙된 것 같았다. 자리를 잘못 잡았거나 묘의 방향이 틀어졌거나 둘 중 하나일 게 틀림없었다.

"지난해 선산에 상석 올린 것두 할 말이 많어. 그것, 송장이 다 된 내가 일 년이 넘두룩 읍내를 돌아다녀 가지구 겨우 올린 것 아녀? 누가 한문 하나를 제대루 깨우친 사람이 있으야 말이지. 도대체 무식한 종자들만 있어 가지구 되는 일이 있느냐구. 멍충한."

아버지의 감정이 북받쳐 오르고 있었다. 무식한 종자들이 입 밖에 튀어나오면 언제든 버드실을 떠날 준비가 되었다는 뜻이다. 아버지 못지않게 상덕이 할아버지의 안면에도 핏기가 차올랐다. 이십 년 손윗사람만 아니면 단박에 주먹을 날리겠다는 표정이다.

"아, 염 한댜! 어여 들어와."

염 때문이었다. 공중에서 한참씩 헛돌던 삿대질이 꺾인 것은. 대고모가 나선 탓이 아니었다. 버드실 안팎의 염을 도맡아 하는 상덕이 할아버지가 불려 들어갔다. 그 바람에 화톳불처럼 치솟던 맞고함이 싱겁게 끝이 났다.

땡볕은 여전히 아카시아잎을 두들기고 있었다. 멍석 위로 아카시아 잎사귀만 한 햇살이 나풀나풀 떨어졌다. 그늘 어디에선가 목이 쉰 매미가 비명횡사를 당한 유족처럼 울부짖었다. 진우 형은 멍석말이에서 풀려나온 사람처럼 팔다리를 사방으로 늘어뜨린 채 쓰러져 있었다.

"안태골엔 안 계시는데요."

"그새 어딜 갔나?"

"서울 현준이 아저씨를 만나야 된다며 저녁 늦게 가신다고 했는데."

아카시아 그늘 밑에서 아버지가 모습을 감춘 게 반 시간 전이다. 소피를 보러 가듯 슬그머니 자리에서 일어나더니 돌아오지 않는다. 염을 시작한다며 상덕이 할아버지가 불려간 직후였다. 대고모가 걱정을 하고 나섰기에 안태골 조부의 산소와 하류초등학교까지 다녀오던 참이다. 아버지의 흰 모시 적삼을 발견할 수 없었다. 어느 곳을 두리번거리든 눈에 들어차는 것은 오로지 살기등등한 땡볕뿐이다. 대고모댁의 녹슨 펌프에도 기름 먹은 수석처럼 땡볕이 번들거렸다. 이제 남은 곳은 시내버스 종점이 있는 마을회관뿐이다.

"마을회관 쪽으로 한 바퀴 더 둘러볼게요."

대고모의 눈빛은 이미 마을회관을 가리키고 있었다. 뒷덜미의 땀을 훔치며 나는 마을회관 쪽으로 터벅터벅 내려갔다. 내일 아침 꽃상여가 지나갈 길이다. 돼지 수육을 담은 플라스틱 접시만 한 접시꽃이 축사의 담장을 따라 제멋대로 피어 있다.

"여기, 시원하구 좋다야."

대고모의 예감은 적중했다. 아버지는 마을회관 앞의 느티나무 그늘에 있었다. 마치 먼 들판의 학처럼 아버지의 흰 모시 적삼이 그늘 속에서 희뜩희뜩 빛났다.

"조금 있으면 막차가 올 겨. 일곱 시에 뜬다."

아버지는 나를 기다리고 있었다는 것처럼 반가운 표정으로 말했다. 목소리도 가볍다. 좀처럼 아버지에게서 찾아보기 힘든 모습이다. 그러나 조금 전 아버지가 천막을 빠져나갔을 때, 버드실을 떠났으리라 직감하면서 나는 반문했다. 상가에 와서까지 꼭 이렇게 해야만 되는지. 불현듯 나도 이 길로 버드실을 떠나고 싶었다.

"저도 어두워지면 일어날 생각인데, 조금 더 있다 가시지 그러세요."

"왜 그랴? 너는 남아 있으야지. 초상 치르는 데 집안에서 한 사람두 안 들여다보구 가면 쓰겠냐?"

"……."

"나 먼저 갈 테니까 너는 내일 산역까지 보구 와라."

의외의 꾸중이다. 집안 이야기만 꺼내면 내 말을 뚝뚝 잘라내던 아버지다. 니가 왜 나서, 멍충한! 눈에 모를 세운 채 버드실 문턱도 밟지 말라고 목소리를 높이지 않았던가. 짐작하건대 6촌 서울 현준이 아저씨를 만나 보고 오라는 뜻일 터였다. 뱀실 논문서와 인감을 잊지 말고 챙겨 오라는. 나는 들판을 향한 채 입을 다물었다.

오후 여섯 시 반. 읍내로 나가는 막차를 타려면 아직 반 시간 가량이 남아 있다. 땡볕이 들판 건너편 산골짜기로 곤두박질치기엔 까마득히 멀고 먼 시간이다. 맹하의 오후 느티나무 그늘은 느티나무보다 크고 장대하다. 아버지가 앉아 있는 평상과 두어 발짝 떨어져 서 있는 나를 포함해 느티나무를 에둘러 싼 논둑길부터 논바닥까지 그늘은 빠짐없이 번져 있다. 수령 삼백 년이 넘었다는 느티나무는 비록 마을의 당산나무는 못 되었으나 저녁 이내가 자욱한 버드실 들판에 서서 밤 뱃길을 안내하는 등댓불처럼 이 마을 누군가의 어둑한 귀향길을 밝혀 왔을 것이다. 버드실 사람들은 최소한 느티나무의 나이만큼 버드실을 지키며 살아온 셈이다.

"여기 봐라. 얼마나 똥 구린내가 진동을 하냐."

잊었던 무엇이 떠오른 것처럼 아버지가 입을 열었다. 나는 이미 그 뒤에 이어질 말을 알고 있었지만 묵묵히 들었다.

"돼지구 송아지구 밤낮없이 똥 구린내를 풍기는 세상인 겨. 낮엔 파리 떼하구 씨름하구 밤엔 모기 떼에 뜯기면서 어떻게 살아. 도대체가 사람 사는 꼬락서니가 아녀."

아버지는 마을회관 옆의 축사와 버드실 전부를 손짓으로 휘두르며 가리켰다. 아버지의 손짓에 쫓겨 날아가는 파리 쪽으로 하류초등학교만 한 축사가 보였고, 다시 날아드는 파리 떼에 그 축사의 돼지 울음과 똥 구린내가 잔뜩 실려 왔다.

"그러니까 내가 스물세 살에 여길 뜬 겨."

눈앞의 파리 떼를 쫓던 아버지는 갑자기 육십여 년 전으로 훌쩍 날아갔다. 나는 잠깐 당황했지만 다음에 이어질 이야기가 무엇인지 짐작하고 있었으므로 침착히 들을 준비를 했다. 바야흐로 아버지는 젊어서 고향을 떠난 무용담을 막차가 올 때까지 들려줄 참이다. 그 순간 대고모의 목소리가 들리지만 않았더라면 틀림없이 그랬을 것이다.

"조카, 여기 나왔었구만."

"이리 와 보슈, 고모. 시원하구 좋네."

어느 틈에 대고모가 뒤따라왔는가 보았다. 더없이 반가운 얼굴로 조카와 고모가 어깨를 겯고 느티나무 그늘에 앉았다.

"왜 벌써 가려구 그러시나. 좀 더 있다 사람들 만나 보구 가쟎구."

"무슨 반가운 얼굴이 있다구 사람을 또 만나유?"

"그래두 저녁은 먹구 일어서야지."

아버지가 허기에 지쳐 지금 당장 쓰러진다고 해도 대고모는 결코 아버지를 잡지 못할 것이다. 대고모의 손에 잡힐 아버지였다면 처음부터 버드실을 떠나지 않았을 테니까.

아버지가 처음 버드실을 떠난 것은 열여덟 살이다.

조심해서 가시라는 인사말을 하고 마을회관 쪽으로 돌아서며 나 혼자 지껄였다. 조금 전 스물세 살에 고향을 떠났다던 아버지의 말은 사실과 달랐다. 스물세 살은 현해탄을 건널 당시의 나이였다. 어쨌거나 이미 반세기 이상의 세월이 흘러 버린 과거의 일임에도 아버지의 기억은 먼지 하나 끼지 않고 당신의 삶 속에 생생하게 남아 있었다.

니 증조부와 조부까지 공자, 맹자만 찾았다. 나한테는 가갸 뒷다리두 안 갈쳐 주면서 말여. 농사라는 건 애초에 알지두 못했어. 멍충한. 땅 팔 줄두 모르는 디 뭘 먹구 살겠다구 공자, 맹자여. 그러니 나 혼자 땅만 파먹구 살수두 없구, 그래서 떠난 겨.

열여덟였다……. 안도를 거쳐 함경북도 아오지까지 올라갔다가 다시 고향에 내려온 게 스물한 살였을 겨.

아버지가 두 번째 고향을 떠나 부관연락선에 오른 것은 1942년, 스물세 살 때였다. 일본이 하와이 진주만을 폭격한 일 년 뒤, 조선인에 대한 징병제 시행을 의결하던 해였다. 면사무소 직원의 신고로 끌려간 아버지는 태평양전쟁이 일본의 항복으로 끝나면서 삼 년 전의 그 뱃길을 따라 돌아왔다. 지하 탄광에서 죽도록 두들겨 맞았고, 개 이빨에 온몸이 찢겼으며, 한 푼의 임금도 받지 못한 채 겨우 목숨만 건져서.

나는 아버지가 최초로 들려주던 그 말을 진저리를 치며 들었다. 대학을 졸업한 다음 해였다. 대학원에 진학하고 돈이 필요해 고등학교 시간강사로 출근하던 얼마 뒤였다. 제상 앞에서 아버지는 불쑥 입을 열었다.

"니 할아버지가 책만 파먹구 살았는디, 피는 못 속이는가 부다."

아버지는 당신의 과거사를 들려주던 끝에 그렇게 딱 한마디를 보탰다. 그 뒤부터 아버지의 말은 부피와 무게가 늘어나기 시작했다.

"니들은 모른다. 내가 어떻게 살았는지. 라디오 연속극으루 만들면 일 년은 넘게 할 거다. 이담에 내 얘기를 연속극으루 꼭 만들어서……."

가족마저 포기한 채 세 번째 고향을 떠났던 아버지와 재회한 뒤부터였을 것이다. 아버지는 내가 고등학교를 졸업할 때까지 거의 날마다 그 연속극을 들려주었다. 비록 장터에서 술에 취해 돌아오는 날엔 라디오를 박살내거나 쇠톱으로 나를 때리는 것으로 대신했지만.

"공부해야 된다. 한 자라두 더 배워야 한다구. 그래야 니 애비 연속극을 쓸 게 아녀!"

따지고 보면 내가 고등학교까지 우등생으로 졸업할 수 있었던 것은 쇠톱을 휘두른 아버지 덕분이었다. 그리고 국문과를 선택해 소설을 쓰면서 대학원까지 마친 것은 언제나 풍부한 속담과 날카로운 해학이 담긴 만연체를 구사하는 어머니의 영향 탓이었다. 피는 못 속이지. 할 줄 아는 게 책 읽는 것밖에 없으니. 큰누님은 제상 앞에서 아버지가 했던 말을 그대로 인용해 피를 들먹였지만 내 생각은 달랐다. 나는 오히려 조부나 증조부보다는 집안의 장남 때문에 일찌감치 진학을 포기한 채 담배 공장을 기웃거린 큰누님 덕분이라고 말하고 싶었다.

집안사람들의 만류에도 불구하고 버드실 집안의 전답을 처분해 마련했던 쌀가게. 금산 중앙극장 앞의 쌀가게를 하루아침에 날리고 식구들 몰래 밤 봇짐을 쌌던 아버지. 어머니가 인삼 광주리를 이고 대둔산 기슭을 떠도는 동안 버려진 아이들처럼 버드실의 이 집 저 집을 전전하며 눈칫밥을 얻어먹던 삼 남매.

아버지는 짐작하고 있었을까. 내가 큰누님으로부터 당신이 야반도주한 그 사건을 전해 들었다는 사실을. 아버지에 대한 적개심으로 밤잠을 설치며 내가 책을 읽었다는 것을.

7

마치 전쟁기념관처럼 중앙극장이 헐리지 않고 제자리를 지키고 있다는 사실만으로도 나는 고향을 찾을 만한 적당한 구실 한 가지를 소유한 셈이다. 아주 오래전 문을 닫아 이제는 잡화상 건물로 둔갑한 중앙극장. 남들은 손가락질을 할지도 모른다. 아버지가 가족을 버리고 떠난 그 중앙극장 골목을 한 세대가 지나도록 아들이 꼬박꼬박 들르는 일에 대하여. 그러나 나는 고향을 다녀갈 때마다 예외 없이 그래 왔다. 그리고 모르긴 몰라도 중앙극장이 헐리는 날까지 앞으로도 그 일을 반복할 것이다. 적어도 나에겐 중앙극장과 그에 연루된 기억을 반추하는 일은 내가 고향을 다녀가는 목적과도 같이 여겨 왔으므로.

빨간 마후라. 쌀가게. 트럭. 쌀가마니. 아버지의 휘파람 소리……

그렇다고 용산 형을 만나는 일이 결코 뒷전에 밀린 적은 없었다. 아버지와 관련지어 비유하자면 형은 안태골 조부의 산소 같은 존재였다. 금산 읍내를 다녀가면서 버드실은 그만둘지언정 형을 만나고 돌아간 날이 어디 한두 번이던가.

안용산. 대학교 삼 년 선배인 형은 나에게 인간의 진정성을 깨우쳐 준 최초의 인물이다. 형은 대학교 후문 뒷골목의 벌집에서 자취했다. 강의가 없는 날이면 종일 라면 한 개와 소주 한

병, 그리고 멸치 서너 마리를 놓고 곧잘 울었다. 열 번, 스무 번씩 박용래의 「먼 바다」를 낭송하거나 목구멍에서 신물이 오르도록 〈한오백년〉을 부르면서. 그 벌집에서 우리는 습작을 했고, 습작 같은 가난한 이십 대의 삶을 꾸려 갔다. 대학 문학상에 소설과 시로 나란히 당선되면서 우리의 남루는 삶을 더했다. 하루하루 산다는 게 어설프고 궁핍했지만 자칭 세기말의 휴머니티로 중무장된 문청文靑 시기였다. 그즈음부터 형은 내 삶의 척추처럼 여겨져 왔다.

형은 졸업하자마자 짐을 챙겨 고향으로 돌아갔다. 그리고 이십여 년이 지났다. 내가 소설 대신 대학원을 선택하고 대입 학원 강사가 되어 철새처럼 떠도는 그사이 형은 향토 문화계의 거물이 되었다. 문화원 사무국장으로 자리를 잡은 형은 금산농악보존회원으로 활동하면서 전국민속예술경연대회에서 국무총리상을 수상했다. 내가 지방 문예지와 베스트셀러 주변을 기웃거리는 동안 형은 열네 권의 동인지와 세 권의 시집을 냈다. 그리고 연간으로 발행되는 향토문화유산답사 정기간행물을 15호째 발간하고 있다. 비록 내 연봉의 절반에도 못 미치는 월급으로 세 아이를 키우며 문화원 출입문을 열고 닫지만 형은 고향에 완전히 뿌리를 내린 것이다.

고향 문턱에서 형을 만나는 일은 기쁨이었고 중앙극장은 슬픔이었다. 젖은 풀잎을 깨문 것 같은 비릿한 슬픔. 언제나 같은 느낌이었다. 형을 만나고 돌아올 때도 그런 슬픔의 향기가 풍기곤 했다. 형의 몸에서 그랬다. 어쩌면 형 역시 내 몸에서 그 비슷한 냄새를 맡았을지도 모른다. 아픈 추억뿐인 고향으로 슬그머니 스며들었다가 술에 취해 휘청휘청 고향 밖으로 사라지는 나였기에.

"버드실에 와 있어, 형."

"언제 왔어?"

"낮에."

중앙극장 맞은편 '순대마을'에서 형을 만나기로 약속한 게 여덟 시다. 그리고 삼십 분 뒤에 같은 장소에서 지현을 만나기로 했다.

우리가 순대마을 주인이었으면 좋겠어요. 지난겨울, 헛웃음을 날리던 지현을 떠올리며 나는 버드실 상가를 빠져나왔다. 진우 형과 마신 술 탓으로 차를 포기하고 느티나무 아래로 콜택시를 불렀다.

"아버지 혼자 집에 가신 거야?"

"응. 한번 결정하면 끝을 보는 성미라서."

"넌, 이렇게 상가를 나와 있어도 괜찮은 거니?"

"상가에서 아무것도 할 일이 없어. 한마디의 대사도 없이 앉아서 땀 흘리는 게 내 역할이야."

그래서 형을 만나기로 했다. 아버지를 배웅한 대고모가 쓸쓸한 눈빛으로 상가 마당에 모습을 나타낼 무렵이었다. 초저녁이었다. 황새출장뺀드와 접시꽃과 우리택시가 파리 떼를 상대로 일대 격돌을 벌이는 장면을 보면서 형과 지현의 휴대폰 번호를 찍었다.

"형. 아무리 생각해 봐도 삼도약국 자린지 제일상회 자린지
잘 모르겠어."

"민우 너, 아직도 그 쌀가게 떠올리는 거냐?"

"분명히 중앙극장 맞은편인 것은 확실한데, 가게 두 개가 나
란히 붙어 앉았으니 말이야. 그 둘을 합친 것 같기도 하고."

"민우야. 자그마치 삼십 년 전의 일이다. 언제까지 그 기억
에 매달려 살려고 그래."

기억에 매달려 사는 게 아니라 그 기억 덕분에 사는 거야,
형. 나는 차마 꺼내지 못한 그 말의 무게만큼 침묵했다. 형. 기
억 밖으로 벗어나고 싶지만 오늘 밤은 안 되겠어. 그 말을 목구
멍에 밀어 넣으며 나는 순대에 젓가락질하듯 형의 안부를 몇 번
인가 집적거렸다. 그때마다 출입문 밖 중앙극장을 향해 형은 쓸
쓸한 웃음을 날렸다.

"형. 지현이 출국해."

"언제?"

"팔월 이 일."

"낼모레? 딸은 어떡하고?"

"대학원 마칠 때까지는 외할머니가 돌봐 주기로 했대."

"애 아빠는?"

"합의이혼 조건으로 양육권 포기하고, 지현이에게 양육비를
대기로 했나 봐."

"마음이 한창 바쁘겠다."

숨 가쁘게 〈한오백년〉을 부른 듯한 얼굴로 형이 묻고는 혼자 막걸리를 따라 마셨다. 그런데…… 누구의 마음이 바쁘겠다는 뜻일까. 뒷말이 잘못 나갔다 싶었는지 형은 술잔을 들어 표정을 감추었다. 어둠 속 진창길에서 허방다리를 짚는 것처럼 나는 조금씩 가슴이 뛰었다.

"아주머니, 여기 한 주전자 더 주세요."

주전자에 막걸리가 절반은 남아 있었다. 형이 그것을 모를 리 없다. 나는 안다. 형이 왜 목소리를 높였는가를. 형은 지금 낯선 상황을 겪는 중이다. 쉰 문턱에 올라선 형이 자신의 삶 어느 곳을 떠들어 보아도 결코 발견할 수 없는 상황.

입춘을 막 넘긴 늦겨울, 형이 즐겨 찾는 용강을 함께 둘러볼 때였다. 강변의 눈을 밟으며 지현과의 관계를 처음으로 형에게 털어놓았다. 만난 지 이 년쯤 되었어. 네 살짜리 딸이 있는데, 애 아빠와는 별거 중이고. 그 말을 꺼내며 내가 제자리걸음을 할 때 형은 발끝으로 눈꽃을 만들었다. 한 송이, 두 송이…… 다섯 송이. 형이 지현을 순대마을에서 직접 마주친 것은 그 며칠 뒤였다.

"지현이 출국하면 정리가 될 거야. 금방은 아니겠지만."

"한국어 학원 강사는? 북경으로 같이 가는 거야?"

한국어 학원 강사? 아, 맞다. 지현의 숙부가 알아봤다는 북경 한국어 학원 강사. 지현이 대학원 수업으로 바쁘면 일 년 정도 강의를 대신 맡기로 했었다. 그 내용을 형에게 말한 적이 있다.

"집 때문에…… 가족을 두곤 못 갈 것 같아."

"그래."

"형 생각은 어때?"

"글쎄……."

지현에게 강사 자리를 부탁했고, 숙부의 연락이 왔을 때 중국어가 부족하다는 구실로 포기했다. 그 말이 거짓이든 진실이든 아직 형에게 말하지 않았다.

"올 때 됐지?"

"좀 늦을지도 모르겠어."

지현이 도착할 시간에서 주방 쪽 벽시계의 큰 눈금 하나가 더 지났다. 형이 슬그머니 내 말끝을 피한 것으로 보아 조금 전 막걸리를 주문하면서 형도 그 시계를 본 모양이었다.

지현은 아마 오 분 정도 늦게 순대마을에 들어설 것이다. 지현과의 약속은 늘 그런 식이었다. 한 사람은 오 분 일찍 도착해서 기다리고 다른 한 사람은 오 분 늦게 모습을 드러내는 관계. 그게 우리의 관계였다. 봉산탈춤 공연장에서 처음 만난 이후부터 줄곧 그래 왔다.

"선배. 나, 출국하면…… 찾아올 수 있겠어요?"

더 이상 눈이라곤 찾아볼 수 없는 겨울 끝이었다. 기대를 하고 꺼낸 말은 아니겠지만 지현이 그렇게 물었을 때, 나는 아무 대답도 하지 않았다. 입 밖으로 새 나오는 무슨 말인가를 얼른 감추느라 그랬는지 가늘게 입술을 떨었을 뿐. 웬일인지 지현은 해가 바뀌면 곧장 떠나기로 했던 출국 일정을 반년씩이나 늦추었다. 나는 그게 나 때문일 것이라고 짐작은 했지만 직접 묻지는 않았다.

"올 수 있겠어요? 비행기 타면 서울, 부산 거리도 안 되는데."

만날 때마다 오 분씩 늦게 나타나면서 지현은 겨울에 했던 말은 그 비슷한 것조차 더 이상 입에 담지 않았다.

지방대학 중국어과 시간강사였던 지현을 만난 것은 신춘시민 축제 봉산탈춤 공연장이었다. 장애우 복지기금 마련 행사로 열린 공연장은 대성황이었다.

"봉산탈춤은 볼 때마다 제가 말뚝이가 된 느낌입니다."

공연이 끝나고 돌아가면서 아는 체를 한 것은 내가 먼저였다.

"아, 저도 그런데요."

지현은 놀랍고 반갑다는 표정으로 손을 내밀었다.

"나지현입니다."

"이민웁니다. 마지막에 함께 뛰었더니 속이 후련합니다."

내 말에 지현은 탈춤 흉내를 내면서 깔깔거렸다. 웃음 끝에 기념품 판매대에서 탈을 사자고 제안한 것은 지현이었다.

"앙증맞죠? 이걸 쓰고 누군가를 파계시키고 싶어요."

지현이 소무 탈 두 개를 집어 들고 계산을 했다. 제4과장 노장춤에서 성불이라고 칭송받던 노장을 파계시킨 그 소무 탈이었다. 지현은 탈을 얼굴에 덮어쓰는 시늉을 하면서 웃었다. 지현이 내 모교의 9년 아래 학번인 줄 안 것은 그 웃음이 서너 번 반복된 뒤였다.

"소설 쓰다가 때려치우고 먹고살기 위해 논술학원에서 애들 코 묻은 돈이나 세고 있습니다. 선배. 그 말할 때 얼마나 진지했는지 아세요?"

지현과 첫인사를 나눌 때, 내 표정이 파계되기 직전의 노장 이상으로 꽤나 진지했던 모양이었다. 진지한 것은 지현도 마찬가지였다.

"북경대학원 진학과 통역 공부 때문에 다른 것 다 포기했어요."

지현이 포기했다는 다른 것 속에 결혼 오 년 차인 신혼 생활과 남편이 담긴 것은 뒤늦게 알았다. 소주 두 병을 나눠 마셨지만 헤어질 때까지 전혀 흔들리지 않던 눈빛 때문이었다. 진지한 표정이 서로의 얼굴에서 사라질 무렵, 산 중턱에 단풍이 들었다.

"보헤미안을 꿈꾸면서 낯선 길 끝까지 걷는 재미로 삽니다. 그 말할 때, 선배 얼굴 표정 때문에 내가 완전 흔들렸다니까요. 아, 이런 남자랑 단 하루만이라도 자유롭게 세상을 떠돌아 봤으면. 그런 꿍꿍이도 들었고요. 호홋."

어디든 시내를 조금만 벗어나도 중고 소형차 앞 유리창에 주르르 붉은 물이 흘렀다. 그 붉은 물에 젖으며 무엇이든 함께하는 순간순간들이 즐거웠다. 약속은 늘어났고, 약속에 쫓기는 것처럼 계절은 성큼성큼 달아났다. 그동안 묶어 둔 세상 이야기들이 누구의 입에서 먼저랄 것 없이 줄줄이 풀려나왔다. 지현은 이야기

하기를 즐겼다. 문학이든 역사든 북경시의 풍경이든 배경지식
이 풍부했고 스토리텔링이 탁월했다. 시간에 쫓기는 일상이 반
복되었기에 나는 가급적 듣기만 하는 것으로 시간을 아껴 썼다.

"그런데 왜 굳이 편지를 썼지? 빠르고 편한 이메일 두고."

지현이 대학원 진학 준비로 북경 숙부의 집을 다녀온 늦가을
이었다. 북경에서 나에게 보낸 편지를 꺼내 들고 물었다.

"쓰고, 붙이고, 비싼 항공우편 요금까지 내야 하는데."

"왜 그랬을까요, 후훗."

"글쎄?"

"추억 때문이어요."

"추억?"

"편지에 얽힌 추억."

지현은 어느새 그 추억에 빠져든 것처럼 들뜬 얼굴로 입을 열
었다. 나는 짐짓 궁금하다는 듯 귀를 세웠다.

학부 때였어요. 친구가 제안을 했어요. 우리 편지를 쓰자. 졸
업하고 어딘가 자기가 머물 곳이 정해지면 그 주소가 적힌 편지
를 쓰자. 편지를 보관하다가 십 년마다 그 주소로 찾아가 보자.
그곳에 여전히 친구가 살고 있는지, 떠났는지. 말하자면 과거의
사람을 만나는 시간 여행을 떠나는 거야, 어때? 그 제안대로 편
지를 주고받은 몇몇 친구들이 있어요. 그때 받은 편지 가운데 소
식이 끊긴 친구의 편지 한 통을 지금도 보관하고 있는데, 웬일인
지 쉽게 버릴 수가 없더라고요. 언젠가 그 편지의 주소로 찾아가

친구를 만날 것 같기도 하고 그 친구가 불쑥 나타나 내 편지 지금도 보관하고 있니? 그렇게 물어 올 것만 같아요. 내가 보낸 항공우편은 문득 떠오른 추억 때문에 쓴 편지였어요. 과거의 사람을 찾아 떠나는 시간 여행. 아하, 참 좋은 생각이었구나, 하면서 말이에요. 생각해 보니 그렇더라고요. 이메일은 주소가 없잖아요. 사람이 사는 집 주소, 말하자면 그 사람의 현재를 나타내는 어떤 징표 같은 게 없다는 거죠. 오로지 기계와의 소통만이 가능한 암호나 상징밖엔 없어요. 제가 편지를 즐겨 쓰는 이유도 그런 거예요. 현재 살아 있는 사람의 냄새와 체온이 배어 있기 때문이지요. 디지털 시대에 무슨 아날로그 신봉자 같은 소리냐 하겠지만 말이에요. 저는 편지 봉투에 정성껏 주소를 쓰면서 그때마다 이런 생각을 해요. 이 편지는 현재 나와 인연이 닿고 있는 누군가가 미래의 어느 날, 과거의 인연을 찾아 떠나는 열차표다, 라고.

"지현아. 그런데 만약……, 오랫동안 누군가의 편지를 귀하게 보관해 왔는데, 그와 악연으로 만나면 어쩌지?"

장황하지만 지루하지 않았던 지현의 말끝에 나는 찬물을 끼얹듯 한마디 던졌다. 아름다운 과거가 추한 미래로 돌변한다면, 그 상황을 피하고 싶은데 편지 때문에 피할 수 없게 된다면, 그땐 어찌할 것인지를 염려하면서. 굳이 안 해도 될 말을 그냥, 가볍게 툭 던졌다.

"편지와 사람, 둘 다 버려지겠지요. 아니면, 편지를 무기로 악연을 깨부수든가. 호홋."

"그래……."

우문현답이었다. 삼류 작가답게 나는 뻔한 질문을 던졌고 지현은 일류 작가가 창조한 인물처럼 지혜롭게 대답했다. 그 뒤로도 편지 이야기 같은 흥미진진하고 즐거운 시간들이 자주 이어졌지만 나는 뒤죽박죽된 사건의 인과관계를 풀지 못해 전전긍긍하는 삼류 작가로만 일관했다. 지현이 기발하고 참신한 사건들을 내 손에 쥐어 주면 나는 그것을 식상하고 고리타분한 이야기로 변질시켜 지현 앞에 내던지곤 했다. 왜 그랬는지 모를 일이었다. 무엇엔가 쫓기듯 나는 대부분 안절부절못하는 속내를 감춘 채 지현을 만났다. 지현의 출국 비자가 나오던 날까지 그랬다. 항상 쫓겨 사는 인물의 전형, 당신 캐릭터가 그래. 지현을 쫓기듯 만나고 헤어진 것은 아내의 말대로 성격 탓이었을까.

지현이 중국으로 떠나기로 작정한 것은 대학원 진학 때문만은 아니었다. 학부 시절부터 방학 때마다 숙부가 관광사업을 하는 북경으로 중국어 연수를 다녀오곤 했다. 그런데 베이징 올림픽을 성공적으로 치른 뒤 중국이 세계 문화의 중심으로 급부상하면서 생각이 바뀌었다. 대학원을 다니면서 학비도 마련할 겸 숙부의 사업을 돕는 조건으로 중국행을 택했다. 바쁘겠지만 공부와 통역을 병행할 거예요. 그 말을 반복하는 동안 지현은 봉산탈춤 공연장에서처럼 사뭇 진지했다. 현지 사정이 여의치 않아 출국 날짜가 자꾸 늦어져요. 나는 지현의 말을 묵묵히 듣고만 있었다. 마치 그게 내가 선택할 최선의 대화인 것처럼.

"민우야. 많이 늦는 것 같다."

막걸리 잔을 건네면서 용산 형이 턱으로 벽시계를 가리켰다. 작은 바늘이 9와 10의 중간에 있었다. 010-3679-6. 나는 휴대폰 번호를 찍다가 그만두었다. 못 올 일이 생겼으면 벌써 전화를 했을 지현이다. 오 분은 늦어도 오 분 이상을 넘긴 적은 없었다. 지난 주말, 출국 비자가 나왔다며 마지막으로 나를 만나던 날, 그날 하루 딱 한 번 두 시간을 늦게 나왔을 뿐.

"오기 전에 한 잔 더 하자."

"형. 어쩌면…… 안 올지도 몰라."

내 말대로 지현은 오지 않을 것이다. 대신 휴대폰이 울릴 것이다. 꼬박 두 시간을 기다리던 그날도 그랬다. 휴대폰 벨은 울리겠지만 지현은 나타나지 않을 게 분명했다. 형이 순대마을 할머니를 향해 빈 주전자를 흔들어 보이는 순간 여지없이 휴대폰이 울렸다. 형의 전화였다.

형이 전화를 받는 사이 막걸리 하나가 추가되었고, 우리가 순대마을에 들어설 때부터 웃음을 주고받던 오십 대의 남녀가 슬그머니 자리를 떴다.

"시 쓰는 후배야. 나오는 길에 합석하자고 했는데 아내가 만삭이어서 오늘은 어렵겠다네."

그 말끝에 다음에 보잔다는 말을 형은 흐렸다. 나는 묵묵히 순대 국물을 떠먹었다. 휴대폰이 또 울렸다.

마가목. 쇠물푸레. 당단풍. 북경시. 키버들. 야광나무. 조양구. 까치박달. 박새. 하늘다람쥐. 망화로. 금마타리.

순대마을 뒤편을 가로지르는 천변 풍경은 가로등이 절반 이상 꺼져 있어서 흡사 납량 영화 포스터의 한 장면 같았다. 그 천변을 걸으면서 나는 노고단 숲길의 나무 이름을 하나씩 떠올렸다. 낱말 퍼즐을 맞추듯 지현의 중국 숙부 주소를 한 도막씩 끼워 넣고 두 번을 반복했다. 큰길로 나설 때까지 형은 딱 한마디만 했다. 아내와는 괜찮은 거지? 나도 그랬다. 괜찮아.

그것은 사실이었다. 지현의 문제로 아내와의 갈등은 없었다. 내가 얼마나 주도면밀한 인간이었던가는 그 사실만으로도 입증되는 셈이었다.

"당신, 애들 생각 좀 해. 그만큼 집 밖으로 돈을 쏟아부었으면 이젠 그만둘 때도 되었잖아."

"집 밖으로 나간다고 무조건 돈을 쏟아붓지는 않아. 그럴 만한 돈도 없고."

"집에선 애 하나도 휘어잡지 못하는 사람이 그렇게 죽기 살기로 돌아다니는지 알 수가 없어."

"그게 여행하고 무슨 상관이야?"

"시민 모임이나 문학 행사엔 그토록 열심이면서 왜 집안일엔 눈뜬장님인지 알다가도 모를 일이야, 정말."

그것이 결혼 후 아내와 나 사이에 벌어진 갈등의 양상이었다. 주기적으로 반복되는 아내의 질책에도 불구하고 나는 아버지가 그래 왔던 것처럼 틈만 나면 집 밖으로 떠돌았다. 아내가 갖는 불만의 원인은 대부분 거기에 있었다.

아내는 내가 시민 모임엔 열심이라고 했지만 그것은 사실과 달랐다. 새 정치를 위한 시민 모임. 나는 그 모임의 가치와 전망에 대하여 신뢰하고 있었기에 동참은 했지만 실은 그 대열의 두어 걸음 밖에서 변죽이나 울리는 정도에 불과했다. 직장과 월급 봉투에 이리저리 치이며 내 뜻과는 상관없이 모임을 소홀히 하게 되고, 그에 따라 필연적으로 갖게 되는 자괴감 탓으로 대열을 벗어난 적도 많았다. 문학 행사도 마찬가지였다. 지방 문예지에 턱걸이하듯 단편소설을 발표한 뒤 일 년에 한 권씩 나오는 동인지에 겨우 세 번 실었을 뿐이다. 그저 무엇인가 쓰지 않고는 견딜 수가 없어서 나태한 일상의 배설물을 쏟아 내듯 띄엄띄엄 단편을 썼을 뿐이다. 대학 문학상을 수상할 때의 의욕과 치기는 실종된 지 오래였다. 문학 행사 역시 대열의 중심에 서 있지 못했다. 나는 오히려 대열 밖의 세상에 치중한 셈이다. 세상의 낯선 풍경을 찾아 무작정 몸을 옮겨 놓았고 어디서든 사람 만나는 일을 즐겼다. 그리고 그곳에서 용산 형 같은 사람을 만나면 이따금 술에 젖어 울면서 하루 이틀씩 집을 비우곤 해 왔다. 아내의 요구와 질책은 아랑곳하지 않은 채.

멸칫국을 끓였으면 죄다 쓸어 먹어야지 무슨 배때기 터질 것을 처먹었다구 멸치 대가리를 건져 내구 그랴. 으이구, 죄받어 죽어.

연탄불 꺼뜨린 주제에 무어 잘났다구 저녁마다 새끼줄에 연탄 매달구 싸돌아다녀. 돈이 싸래기눈 떨어지듯 어디서 풀풀 떨어지는 줄 알어. 그냥 얼어 죽어 버려.

　어쩔 수 없이 사는 거여. 자식새끼 쏟아 놓은 죄루 그냥 사는 거라구.

　끝없이 선병질을 쏟아붓는 아버지와 어머니를 피해 나는 성년이 되기 오래전부터 집 밖으로 떠돌았다. 그것이 견고한 습벽이 되었다. 나는 부인하지 않는다. 오랜 세월, 물과 기름처럼 부유해 온 양친과 계절이 바뀌면 어김없이 박스 살림을 옮겨야 하는 셋방이 은폐된 풍경. 나는 아내를 만나 처음으로 네 벽이 번듯한 연립주택에 이삿짐을 풀 때까지 그와 엇비슷한 풍경을 찾아다니며 적지 않은 돈을 쏟아부었다. 그리고 이 년 전, 그 풍경의 한복판으로 어쩌다 지현이 불쑥 들어선 것이다.

　오늘 밤, 차가 막히지 않았다면 시간에 맞춰 왔을까.

　병목 현상이 벌어지는 국도 접경 지역에서 교통사고가 발생했고, 그 때문에 한 시간째 도로에 주저앉아 있다며 휴대폰으로 통화했을 때, 나는 선뜻 지현에게 그냥 돌아가라고 했다. 그리고 막걸리 반 주전자를 더 비우고 일어섰다.

　"민우야. 심각해질 필요가 없다고 봐. 곧 잊힐 거야."

　"그게…… 쉽진 않을 것 같아, 형."

　문화원 골목으로 들어서면서 형이 주춤했다. 헤어질 시간이다.

　"지켜야 할 자리가 있는 나이잖아."

　"그 자리를 지키려고 노력했어. 그런 노력부터가 잘못된 것이지만."

"이제 와서 잘잘못을 따진다는 게 무슨 의미가 있겠니."

"집도 없는 형한텐 미안한 말인데, 이제 겨우 집 한 채 마련했어. 굳이 말하자면 그게 내 삶의 자리인 셈이지."

"지현이가 떠나는 게 너를 위한 거라고 생각할 수도 있잖아."

"그럴까?"

"내일 산역이나 잘해라. 땡볕에 쓰러지는 수도 있어."

집을 입에 담은 순간부터 그랬을 것이다. 주먹으로 얻어터진 것처럼 가슴 한구석에 통증이 느껴졌다. 형과 헤어져 택시 정류장으로 걸어가는 동안 머릿속에 웅크리고 있던 온갖 자괴감들이 뭉클, 치밀어 올라왔다. 막걸리를 토할 것만 같았다.

지지난해 봄에 입주한 서른 평짜리 아파트. 그것은 오십여 년 전 조부의 전답을 버리고 고향을 떠난 아버지가 당신 팔십 평생에 처음 갖는 유일한 재산이었다. 그것 하나를 마련하기 위해 아내는 중소기업 사무실에서 십 년 근속을 했다. 산고를 치르듯 신경성 위염을 견디며. 토목공사를 끝낸 아파트에 아내가 퇴직금을 쏟아붓는 동안 내가 한 일은 고작 입주를 위한 서류 작성 정도였다. 아파트 등기 서류에 아내가 자신의 인감을 찍었어도 나는 할 말이 없었다. 등기부 등본에 올라 있는 전용면적 스물다섯 평 가운데 내가 소유할 수 있는 면적은 기껏해야 욕실 정도에 불과할 것이었으므로. 처음부터 나는 집안을 안락하고 풍요롭게 만드는 재주나 능력이 없었다. 다섯 사람의 부양가족과 삼류 소설과 학원 강사의 틈바구니에서 전전긍긍했을 뿐. 물론 나는 아버지의 유산조차 기대할 수 없었다. 습벽처럼 굳어진 나의 외유가 유일한 유산인 셈이었다. 아니, 따지고 보면 유산은 그것 말고도 더 있을 것이었다. 성격과 외양이었다. 한번 어긋나면 끝까지 돌아설 줄 모르는 외고집과 울뚝성. 조금만 흥분해도 죽죽 실핏줄이 뻗치는 흰자위. 쇠톱에 얻어맞으며 자라는 동안 아버지를 향해 적개심을 품긴 했지만 그 성격과 외양을 정작 내가 고스란히 물려받을 줄은 상상조차 못 했다. 그러나 어찌 됐든 그것은 아파트를 마련하거나 중고 소형차를 구입하는 것과는 거리가 멀었다.

그랬으므로 아버지와 나의 집, 아버지와 나의 자리는 따지고 보면 거의 전부가 아내의 몫이었다. 형의 말대로 오늘 내가 지켜야 할 자리가 있다면 그것은 분명 아내의 자리일 것이었다.

선배. 단 하루만이라도 북경에 올 수 있겠어요?

만일 내가 지현의 요구대로 편지를 들고 북경으로 간다면 지현은 단 하루만이라도 아내의 자리를 소유할 수 있을까. 한 세대 전 아버지의 경우와 동일한 상황으로 견줄 수는 없겠지만 과연 나는 아버지처럼 밤 봇짐을 쌀 수 있을까. 어머니와 삼 남매를 팽개치고 떠났던 세월의 절반만이라도? 아니, 단 일주일만이라도 과연 그게 가능한 일일까.

8.

발인은 예정보다 한 시간이 앞당겨졌다. 아침 볕이 예사롭지 못하니 서둘러 산역을 마치자는 의견이 아침 식사 중에 모아졌다. 발인이 가까워지면서 상주가 찔끔찔끔 곡을 흘렸다. 호흡조차 어려울 만큼 쇠잔한 목소리였다.

산역할 장비와 음식물을 실은 1톤 트럭이 상가 골목을 부산하게 드나들었다. 가마솥과 불쏘시개를 실은 경운기도 상주의 곡소리만큼이나 처절한 엔진 소리를 내며 정신없이 상가를 떠났다. 칠백 장의 떼를 실은 트럭은 버드실을 들르지 않고 읍내에서 곧장 장목골 선산으로 떠났다는 전갈이 왔다.

유인나주임씨지구孺人羅州任氏之柩.

붉은 비단에 백분과 아교 대신 흰 페인트로 개칠한 명정銘旌과 성긴 삼베를 잘라 만든 공포功布. 이렇게 둘뿐인 만장은 조금 전에 베어 온 대나무에 매달고 시늉만 내는 것으로 준비를 마쳤다. 명정의 글씨 하나는 획이 틀려 치약으로 대충 얼버무려 놓은 상태다. 깃대는 용봉이나 봉황 장식 따윈 아예 엄두도 못 냈다. 상여는 쇠파이프로 된 조립식 장강틀에 꽃가마를 앉힌 일회용 꽃상여가 마련되었다. 고인의 삶에 견주면 터무니없이 화려한, 형형색색으로 물감을 먹여 곱게 단장한 꽃상여다.

이것으로 얼추 발인 준비가 마무리된 셈이다. 이제 꽃상여에 누워 있는 할머니를 모시고 발인제를 올리면 된다. 그리고 할머니가 팔십 평생의 삶을 지탱해 왔던 흙벽돌 집을 떠나면 발인은 끝이다. 십 원짜리 동전 세 개가 담겨 있는 사잣밥을 거두어 다시는 돌아오지 못할 벽돌 대문을 나서는 일이 그 마지막 절차다.

"어여, 다들 마당으로 나와 봐."

"여자들이구 일가친척들이구 다 나오는 거여!"

부엌에서 음식을 들고 나오던 딸들이 못을 밟은 것처럼 차례로 곡을 쏟았다. 상욱이 할아버지는 섬돌에 걸터앉은 채 그 광경을 물끄러미 바라보았다. 마치 내 아내의 죽음이 그토록 슬픈 일인가 싶은 눈으로. 발인이 시작되면서 무슨 건너지 못할 강처럼 제상을 사이에 두고 유족들이 오열하기 시작했다.

어허허헝. 엄니이.

엄니이이…….

나는 건을 고쳐 쓰면서 유족들 뒤로 한 걸음 물러섰다. 고인과 10촌이 넘는 내 머리 위에 얹힌 건이 왠지 불편했고 내가 서 있을 자리가 아닌 곳에 있는 것처럼 자꾸 어설프게 느껴졌다.

엄니이. 엄니이이. 이렇게 가면 안 되어.

엄니이…….

꽃상여 앞에서 오열하는 상주의 얼굴을 보다가 나는 할머니의 영정으로 눈을 돌렸다. 할머니는 그윽한 눈매로 나를 올려다보며 웃고 계셨다. 손자야, 너 아직 자리를 지키고 있었구나, 고맙다, 하는 듯이.

곪아도 젓국이 좋고 늙어도 영감이 좋다고, 고향 버드실에서 평생 바깥출입을 하지 않은 농투성이의 아내로 살다 떠나는 할머니. 언제 준비된 것인지, 누가 그렸는지는 몰라도 할머니의 초상화는 당신 살아생전의 모습 가운데 가장 따뜻한 한순간을 담은 것 같았다. 나는 성형수술을 한 것처럼 억지로 매만지고 뜯어

고친 흔적이 뚜렷한 저 얼굴이 정말이지 할머니의 실제 모습이길 바랐다. 비록 색연필로 지우고 덧칠한 싸구려에 불과했지만 저렇듯 너그럽고 온화한 할머니의 얼굴에서 어떻게 버드실의 가난한 늙은이를 연상할 수 있을까. 짐승처럼 파리 떼에 뜯기고 똥구린내에 찌든 버드실이 고향이라고 누가 감히 업신여기겠는가. 나는 저 초상화의 모습이 할머니의 팔십 평생 가운데 단 한순간뿐이었다 해도 좋을 듯싶었다.

딸라앙, 딸라앙, 딸라앙, 딸라앙.

이제에 가아네에 이제에에 가네에, 북마아앙 산처언 찾아아아 가네에.

어어 허어 어어 야아, 어어 어어 허어 야아.

가아세에 가아세에 어서어어 가세에, 북마아앙 산처언 찾아아아 가세에.

어어.허어 어어 야아, 어어 어어 허어 야아.

꽃상여가 조심조심 자리에서 일어섰다. 요령을 잡은 선소리꾼의 요령 소리에 맞추어 상여꾼들이 앞, 뒤, 옆으로 제자리걸음을 놓았다. 그동안 버드실의 상여는 모두 짊어졌던 것처럼 상여꾼들은 일사불란하게 발을 맞추었다. 거의 다 육십 대 이쪽저쪽인 마을 사람들이었다.

이미 발인제가 끝났음에도 유족들의 재배가 계속될 때마다 상여꾼들은 무릎을 구부려 맞절하는 시늉을 했다. 유족들의 오열이 깊고 무거워지면 상여도 따라서 주저앉듯 흔들렸다. 마치 꽃상여 속에 누워 있는 고인이 그렇게 시키기라도 하는 것처럼 그때마다 꽃상여의 붉고 푸른 꽃잎들이 파르르 떨렸다. 그리고 또 고인이 허락하지 않는 것처럼 상여는 좀처럼 고인의 집을 떠날 엄두를 내지 못한 채 제자리에서 뒤뚱거렸다.

"아, 저승 갈 노잣돈을 줘야 떠날 것 아녀!"

발인을 지켜보던 누군가가 꽹과리 두드리는 소리를 냈다. 그제야 미리 준비한 듯한 봉투가 상여의 머리를 동여맨 새끼줄에 꽂히기 시작했다.

가네에 가네에 나느은 가네에, 북마앙 산처언 떠나아 가네에.

어어 허어 어허 야아, 에헤 에헤 에에 야아.

선소리꾼이 상여를 떼밀 듯 상여 줄을 맞잡고 선소리를 먹였다. 그 선소리의 박자에 맞춰 상여꾼이 후렴구를 되풀이해 나갔다. 선소리꾼의 재치로 상엿소리가 굽이굽이 산등성이처럼 높아졌다 낮아졌고 상여꾼의 후렴구도 까마득한 골짜기 아래로 몇 번씩 자맥질을 했다. 상여꾼 두엇은 벌써부터 목멘 소리를 냈다.

북마앙 산천 멀다 더니, 재 너머가 북마앙 일세.

에 에 헤에 야, 어 어 허어 야.

선소리꾼의 요령 소리가 진양조에서 중모리로 바뀌면서 유족들의 오열은 두 걸음 앞서 휘모리로 뒤집혔다. 천막 옆에서 발인을 지켜보던 버드실 사람들이 하나, 둘 눈물을 찍어 내는 게 보였다. 평소 같으면 아직 아침 밥상을 물리기도 전인 이른 아침이었지만 아카시아 나뭇가지를 뒤흔드는 매미 울음소리는 벌써 중천으로 치닫고 있었다. 천막을 걷어 낸 아카시아 아래에선 엇송아지 한 마리가 영문도 모르고 깡총거리는 누렁이와 앞발을 토닥거렸다. 그 풍경과 상관없이 유족들은 울고 또 울었다.

"진우 형. 할머니를 장목골 어디로 모시기로 했어요? 마땅한 자리도 없을 텐데."

상여가 하류초등학교 앞 삼거리에서 잠깐 쉴 때였다. 노제는 지내지 않은 채 다들 그늘을 찾아 뿔뿔이 흩어져 있었다. 나는 대고모가 출가한, 광산 김씨 집안의 효행비 옆에 서 있던 형에게 다가가 물었다. 장목골 선산으로 할머니를 모신다는 얘기는 들었지만 정확한 자리를 몰라서였다.

"우리 아버지 옆자리루 모신다더라."

"형 아버지 옆자리라면?"

"삼장 알지? 인삼밭 말여."

"예."

"그 너머, 증조부 산소 바루 아래."

"예? 그 자리는……."

"그래. 새벽에 상덕이 할아버지한테 얘기 들었다. 민우, 네 아버지가 봐 둔 자리에 묘를 쓴다구 어제 또 한바탕 하셨다구 하더라."

"그러면 아버지는 어디로 모시죠?"

"그래서 문제다. 장목골엔 이제 빈자리가 없는데 말이야."

아버지가 어제저녁 막차로 부랴부랴 버드실을 떠난 까닭을
비로소 알 만했다. 아카시아 그늘에서 우두두 육두문자가 난무
한 것도, 대고모가 대하처럼 굽은 등으로 상가 마당을 휘청휘청
내달린 것도 다 그 때문이었다. 지금쯤 아버지는 누군가를 향해
식칼을 겨누고 있을 게 분명했다.

"가, 이제! 여기서 반 시간이나 쉬었어."

"걱정 말어. 열 시까지는 도착할 텡께."

"어여 일어서들!"

선소리꾼이 두 번, 세 번 상여꾼을 부추기고 나서야 상여는
꾸물꾸물 움직였다.

"육시랄 놈의 날씨여. 이놈의 땡볕이 아예 숨통을 끊을라구
달려들어."

"자, 수건들 목에 둘러. 날쌔게 걸어 보자구."

가세, 가세, 어서, 가세, 갈길, 멀어, 어서, 가세.

어, 허, 어, 야, 어, 어, 허, 야.

가네, 가네, 잘도, 가네, 배 부르니, 잘도, 가네.

어, 허, 어, 야, 어, 어, 허, 야.

시간에 쫓기는 것처럼 선소리꾼의 요령 소리가 빨라졌다. 상
여는 버드실 들판을 두 도막 낸 논둑길을 따라 장목골 쪽으로 황
급히 길을 잡았다. 이제 고인이 누울 장목골 선산은 십여 분 거
리였다. 들판을 가로질러 양계장을 지나면서 멀리 장목골 산자
락이 한눈에 들어왔다.

말복을 눈앞에 둔 팔월 초하루. 들판의 벼들은 송곳 같은 진초록의 볏잎을 꼿꼿이 세워 둔 채 줄기줄기 땡볕의 분수를 내뿜었다. 논둑의 완두콩은 그 넓은 잎으로 콩잎을 스치는 상여꾼의 발등 위로 철벅철벅 땡볕을 쏟아부었다. 어제보다 한 시간은 무더위가 빨랐다. 이 들판에서 생기가 도는 것은 꽃상여뿐인 것 같았다. 붉고 푸른 꽃물을 뚝뚝 떨구며 꽃상여의 꽃잎들은 끝없이 나풀거렸다. 꽃상여를 맴돌던 흰나비 세 마리가 앞을 다투어 콩밭 위로 날아갔다. 상여꾼이 뒤집어쓴 수건을 집적거리던 고추잠자리 떼가 방향을 못 잡은 채 어질어질 하늘로 날아올랐다. 그 잠자리가 날아오른 하늘 멀리 흐르던 대둔산 능선 한 자락이 땡볕을 피해 달아나듯 재빨리 시야에서 사라졌다.

함께 가면 좋은 길을 혼자 가니 서운쿠나.

에, 헤, 에, 야, 어, 허, 어, 야.

장례 행렬의 맨 끝에 따라붙은 진우 형은 발목에 납덩이를 묶은 것처럼 걸음이 무거웠다. 그 옆의 서울 현준이 아저씨도 마찬가지였다. 오늘 이른 새벽까지 형은 둘째 사위와 술잔을 주고받았다. 그 곁에서 현준이 아저씨는 술을 한 모금도 마시지 않은 채 꼿꼿이 앉아 있었다. 새벽 세 시 어름, 뱀실 땅문서와 인감증명서를 내게 건넨 뒤 딱 한 번 술잔을 입에 댔다 뗀 게 전부였다.

하관 시간 늦어지니 부지런히 가세 가세.

에, 헤, 에, 야, 어, 허, 어, 야.

내 키만큼 웃자란 수수밭 사이로 상여가 들어서자 할머니의 죽음을 애도라도 하듯이 수숫대가 일제히 목을 꺾었다.

"어따, 십 리두 더 되는가벼."

"아, 좀 쉬었다 가자구. 하관하기 전에 우리가 먼저 죽겠어."

더위에 지친 상여꾼들이 컥컥 마른침을 뱉었다. 그때마다 수숫대가 으스스 몸을 떨었다. 선소리꾼은 아예 선소리는 내버린 채 요령만 딸랑거렸다.

어쩌면 저렇게도 뒷모습이 똑같을 수 있을까.

나는 수수밭 풍경과 장례 행렬을 보다가 문득 발견했다. 상욱이 할아버지와 아들의 뒷모습이 너무도 닮아 있는 것을. 구부정히 앞쪽으로 쏠린 어깨. 뼈만 남은 사람처럼 불룩 튀어나온 날개뼈. 그리고 덤벙덤벙 옮겨 놓는 걸음걸이. 그런데…… 내 뒷모습은 아버지와 얼마나 닮았을까. 얼굴을 빼박았다는 말은 귀가 따갑도록 들어 왔지만.

민우 씬 영락없이 아버님 얼굴이에요.

약혼하고 얼마 뒤였다. 집에 들렸던 아내는 정색을 하면서 몇 번씩 같은 말을 반복했다. 삼십여 년 만에 발견한 아버지의 사진을 아내 앞에 불쑥 들이밀었을 때, 아내가 망연자실하던 날이었다.

저 사진, 언제 찍은 거죠? 오륙십 년 전. 농담하지 말고요. 농담이 아니야. 천구백사십오 년에 찍은 거니까, 거의 육십 년 전 사진 맞아. 예? 잠깐 기다려 봐. 액자를 떼서 보여 줄게. 자, 어때? 나하고 똑같지? 아니, 그럼 민우 씨가 아니에요? 아버지야. 닮았지? 일제 때 징용 가서 찍은 사진이야.

장터에서 돌아온 어느 날이었다. 아버지가 누렇게 빛이 날아간 명함판 크기의 사진 한 장을 지갑 속에서 꺼내 주었다. 한복판에 별이 달린 모자를 쓴 채 작업복을 입고 찍은 상반신 사진이었다. 아버지는 사진 속의 복장이 분명히 작업복이라고 했지만 내 생각은 달랐다. 나는 드라마나 혹은 기록 사진 속에서 가끔 볼 수 있는 일본군 군복으로 여겼다. 그러나 정작 내 눈을 치뜨게 만든 것은 복장이 아니었다. 아버지의 얼굴이었다. 스물서너 살쯤 되었을 청년 아버지의 얼굴이 그 나이의 내 모습을 재현한 것처럼 똑같았다. 숱이 풍성하면서도 산만하게 흩어진 눈썹. 아랫입술을 떼어다 붙여 놓은 것 같은 윗입술. 그 둘을 한일자로 포개어 꽉 다문 입. 그리고 팽이 모양의 빠른 하관. 나는 그 사진을 지갑에 넣고 보관해 오다 확대해서 걸어 두었다. 아버지의 하나뿐인 기록물을 혹시라도 잃어버릴까 하는 염려 때문이었다. 어쩌면 아버지로 하여금 당신의 청년 시절을 두고두고 반추하도록 배려한 것인지도 몰랐다. 비록 사진을 볼 때마다 일제 징용을 자꾸 떠올리게 만드는 복장이 거슬리긴 했지만.

어찌 됐든 그것은 청년 아버지가 찍은 단 하나뿐인 사진이었다. 불과 두 달 전, 어머니의 장롱 속에서 한 장의 사진이 발견되기 전까지는 분명히 그랬다.

9.

"열한 시 다 됐어. 어여 서두르자구."

상덕이 할아버지가 산문까지 내려와 상여를 마중했다. 저만치 능선이 올려다보이는 야트막한 민둥산이어서 산문이랄 것도 없지만 묏자리는 그래도 사람 키만 한 언덕 하나를 넘어서야 보였다. 상여꾼들은 헛차, 헛차 하는 구령에 맞추어 할머니의 가묘 앞에 마침내 상여를 댔다. 상여를 내려놓기가 무섭게 상덕이 할아버지가 꽃상여 지붕을 열어젖혔다. 꽃상여 속에서 덩그마니 관이 드러났다. 시장 상포상에서 흔히 볼 수 있는 싸구려 목관이었다. 상여꾼들은 가뿐하게 관을 들어냈다.

"조심들 혀!"

다들 상덕이 할아버지의 주문은 들리지도 않는다는 표정이었다. 예정된 하관 시간에서 삼십 분이 지났다고 지관이 볼멘소리를 쏟았다. 역시 아무도 못 들은 것처럼 가묘 입구에 관을 내려놓았다.

지관이 무덤 구덩이의 대리석 관 속으로 들어가 쇠를 놓아 방위를 확인하고 대리석 주변에 흙을 채워 단단히 밟은 뒤 대리석 벽과 바닥에 한지를 두르는 것으로 하관 준비를 끝낸 것은 실로 눈 깜짝할 사이였다. 그사이에 상여꾼 서넛이 새끼줄에 꽂혀 있던 흰 봉투와 돈을 빼내어 산등성이로 달아났다. 그 뒤를 마치 날치기를 당한 사람처럼 둘째 사위가 허겁지겁 따라붙었다. 상욱이 할아버지가 일행의 뒤통수에 대고 돌 깨는 소리를 던졌다.

"하관은 누가 하라구 다 올라가는 겨!"

할머니의 무덤 아래쪽 삼장이나 상여꾼들이 숨어드는 산 위쪽이나 예외 없이 땡볕이 번들거렸다. 내 키만 한 소나무 대여섯 그루와 그 서너 배 남짓한 아카시아가 전부인 장목골 선산은 여유 있게 땡볕을 피할 만한 그늘이란 게 처음부터 있을 턱이 없었다. 잎 넉넉한 나무나 그늘 대신 풍요로운 게 있다면 종중 회의를 하듯 잔뜩 머리를 맞대고 있는 무덤들뿐이었다.

결국 아버지의 자리에 할머니가 먼저 눕고 마는구나.

이마를 쩍쩍 갈라놓을 듯이 땡볕이 내리쬐고 있었다. 양쯔강을 수장시킨 집중호우는 아직 서남해안에 도착하지 않은 모양이었다. 국내 일기예보에 등장한 땅콩 모양의 구름 몇 조각이 버드실 들판 지평선에서 내 머리 위쪽으로 엉거주춤 떠 있는 것 말고는 하늘 어디에도 호우의 전조를 찾아볼 수가 없었다. 나는 수건으로 땀을 훔치며 구름의 방향을 살폈다. 땡볕에 얼어붙은 것처럼 구름은 꼼짝도 하지 않았다.

"야, 너 곡햐. 엄니를 묻는데 니가 곡을 안 하면 어떻게 하냐."

하관이 시작되면서 상욱이 할아버지가 상주에게 손가락질을 했다. 땡볕을 피해 상여꾼들이 숨어들었기 때문에 하관은 사위 둘과 삽질하던 마을 사람 둘이서 맡았다. 나는 오늘 아침 발인제를 지낼 때처럼 유족 뒤편에 어정쩡하게 선 채 할머니의 관을 내려다보았다. 저곳에 어떻게 사람이 누울 수 있을까 싶을 정도로 관은 작고 비좁았다. 보면 볼수록 오 척 단구인 아버지를 모시기에도 벅찬 크기였다.

"상석 위에 흙 뿌릴 때두 곡하는 겨."

목관에서 시신을 들어내 하관을 하고 대리석 상석을 덮은 다음 그 위에 명정을 올려놓고 석회 흙을 뿌릴 때까지 상주는 곡을 쏟았다. 이미 목젖이 퉁퉁 부어 있을 상주의 입에선 에구구구, 신음만 겨우 삐져나왔다.

쿠르르릉.

진우 형 옆에서 수건을 뒤집어쓰는데 갑자기 축대 무너지는 소리가 들렸다. 봉분 작업을 하기 위해 포클레인이 움직이기 시작했다.

"아, 얼른들 내려와서 떼 입혀!"

상덕이 할아버지가 불러 내린 상여꾼 대여섯이 달려들어 삽질을 하자 포클레인이 사이사이 흙을 돋았고, 삽날 끝으로 흙을 뒤엎어 떼를 입힌 뒤 삽날 등으로 퍽퍽 내리치며 봉분의 모양을 만드는 데 걸린 시간은 고작 삼십 분도 되지 않았다. 대충 모양만 갖추는 듯하면서도 일정하게 떼의 줄과 간격을 맞추어 봉분을 올리는 솜씨는 감탄할 만했다. 그렇게 또 한 개가 만들어졌다. 상욱이 할아버지의 가묘였다. 할머니 산소와 나란히 쌍분을 했다.

그렇다면…… 이제 장목골 선산은 더 이상 빈자리가 없다. 아버지의 자리가 없어진 것이다. 팔십 평생 객지를 유랑하다 마침내 고향에 돌아와야 할 이즈음, 아버지의 자리는 사라지고 만 것이다. 세 번째 버드실을 떠난 뒤부터 장터를 떠돈 지 사십여 년. 그 세월 내내 짊어졌던 괴나리봇짐 같은 삶을 끝낸 뒤 아늑하고 평화로운 귀향길이 될 바로 그 순간에.

뻥!

언덕 아래에서 한 떼의 불티가 날아들었다. 꽃상여에서 불길이 솟았다. 뻥! 뻐벙! 만장을 달아맸던 대나무의 마디가 터지는 모양이었다. 장목골 민둥산이 한바탕 진저리를 쳤다. 뻥! 소주병 뚜껑을 경쾌하게 따던 하동댁. 하동댁은 어디에 묻힐까. 고향 논산으로 돌아갈 것인지, 아니면 섬진강 변에 뿌려질 것인지…….

10.

"지랄하구, 초상집에 온 것들이 어딜 그렇게 돌아다녀."

어젯밤 지현을 만나고 막 돌아왔을 때였다. 빈소의 대청마루 기둥에 매달린 괘종시계의 바늘이 2와 3 사이에서 뒤엉켜 있었다. 시계를 올려다보면서 천막에 엉덩이를 내려놓는 나를 향해 둘째 사위가 지랄하구를 연발했다. 뜨악한 눈으로 소주잔을 움켜쥔 내 앞을 대고모가 가로막을 때까지 내리 서너 번을 반복했다.

"신경 쓰지 말게. 저 사람, 술만 먹으면 지랄하구를 입에 달구 살아."

"예."

"어디 다녀오는 길인가?"

"읍내에 아는 사람이 좀 있어서요."

"여러 사람이 찾았어."

상가를 떠난 사이 부의함 옆에 놓인 전화기가 요란했던 모양이었다.

"열 시쯤부터 반시간 간격으로 확인 전화가 왔다야."

"아, 예."

"네가 휴대폰을 꺼놓았다면서 상가가 들썩거렸여."

대고모가 등 돌리고 눕자 진우 형이 소주잔과 함께 상가를 들썩였다. 막차로 버드실을 떠난 아버지가 집에 도착하지 않아서 전화통이 불이 났다는 말이었다. 열두 시를 꽉 채우고 아버지가 아파트 현관문에 들어섰다는 마지막 전화까지 합쳐 서너 차례를 상주와 유족이 번갈아 가며 마루를 오르내렸다고 했다. 막차를 탄 뒤 아버지는 무려 다섯 시간 만에 귀가한 셈이었다. 평소보다 두 배 가까이 지체된 시간이었다. 아버지, 일곱 시 막차 탔어요. 내 전화를 받은 어머니와 아내는 그동안 손가락에 힘을 주고 상가 전화번호를 꾹꾹 찍어 댔을 것이었다. 한 번은 어머니가, 또한 번은 어머니의 성화를 못 이긴 아내가. 나는 이미 짐작하고 있던 일이었다. 모든 게 교통사고 때문이었다.

용산 형과 헤어져 버드실로 돌아오는 택시 안에서 지현과 통화를 했다. 지현은 '꿈엔들 잊힐리야'에 있었다. 시내를 빠져나와 2차선으로 좁아지는 국도에서 대형 사고가 있었다. 금산으로 향하던 직행버스와 맞은편에서 중앙선을 넘어온 승용차가 정면 충돌을 하면서 뒤따르던 차량 대여섯 대가 동시에 부서진 것이다. 지현의 백여 미터 앞이었다. 중앙극장 앞 순대마을에서 만나기로 약속한 시간에 맞추어 지현이 대전을 출발했으니까 아버지가 버드실에서 막차를 타고 떠난 이삼십 분 뒤에 벌어진 일이

었다. 그랬으므로 태봉재 터널과 산길을 끼고 도는 2차선 국도
가 밤늦도록 마비될 것은 뻔한 노릇이었다.

지현은 땡볕으로 녹아 버린 아스팔트에 자동차 바퀴가 달라
붙은 것처럼 한 시간 남짓 제자리에서 동동거리다가 옆 골목으로
겨우 빠져나왔다. 옥천 쪽의 국도를 타기 위해서였다. 옥천 입구
에서 금산 쪽으로 연결된 지방도를 지현은 알았다. 지난겨울 용
강에 들러 용산 형을 만나던 날, 지현의 차로 우회했던 길이다.
고전 찻집 '꿈엔들 잊힐리야'는 그 길의 중간쯤에 숨은 듯 박혀 있
었다. 나는 용강과 상관없이 그곳을 지현과 두 번 더 다녀왔다.
붉은 색종이를 흩날린 것처럼 산허리가 한창 어지러울 때, 그리
고 누군가 흰 페인트를 뿌려 놓은 듯 산의 머리부터 발밑까지 빈
틈없이 흰색뿐이었을 때. 지현은 열대야를 피해 그곳에 앉아 있
었다. 용산 형을 다시 만나는 일이 썩 마음에 내키지 않아서 그
냥 돌아갈 생각으로, 나는 왕복 요금을 약속하고 버드실 입구에
서 택시를 돌렸다.

"북경에 올 수 있겠어요?"

"…….."

"한국에 돌아오는 게 많이 늦어질지도 몰라요."

"정리할 게 너무 많고……, 쉽지 않을 거야."

"선배. 쉽지 않다는 말을 너무 쉽게 하는 것 같아요. 핏덩이
를 떼 놓고 가는 사람도 있어요."

차를 마시고 곧장 상가로 돌아올 수가 없었다. 지현이 어둠

속에서 차를 몰고 가는 대로 가만히 앉아 있었다. 용강까지 지현은 단숨에 차를 몰았다. 겨울에 다녀갔던 강변의 미루나무 숲에 차를 대고 지현은 같은 말을 두 번씩이나 반복했다.

"출국을 반년이나 미루었어요."

"……."

"그게 딸 때문만이 아니란 건 선배가 더 잘 알잖아요."

선배도 나처럼 한 가지쯤은 포기할 줄 알고 기다렸어요. 그 말을 입 밖으로 꺼내지 않았으나 지현의 가슴속에 그 엇비슷한 말들이 가득 차 있음을 나는 안다. 지현은 나를 만나고 헤어지던 지난 이 년 동안 자신을 위해, 아니 우리를 위해 자신과 내가 포기해야 할 것들에 대해 낱낱이 그림을 그려 두었을 것이다. 나를 위해 선배가 포기할 수 있는 게 뭐죠? 용산 형을 만나던 겨울 밤, 미루나무 숲을 떠나면서 지현은 그 말을 내 가슴에 송곳처럼 꽂아 두었다.

"내가 무슨 생각을 하면서 지냈는지 아세요?"

지현은 미루나무 숲을 향해 나보다 반걸음 앞서 나갔다.

"지현아. 나를 포기하는 건 어렵지 않아. 하지만, 내 주변에 포기할 수 없는 것들이 너무 많아."

목젖이 가늘게 떨렸다. 멈칫, 지현이 제자리걸음을 했다.

"선배가 포기할 수 없다는 그것을 포기하면서 이 년을 견뎠어요."

확연히 드러낼 수는 없지만 생각하면 그랬다. 두 번의 겨울을 보내고 세 번째의 여름을 맞는 동안 지현이 자신의 자리를 하나씩 포기하는 그 순간, 나는 이미 포기했던 것조차 되살리며 무엇이든 포기하지 않기 위해 굳게 다지고 있었는지 모른다. 아니, 어쩌면 지난 이 년이란 세월은 나뿐만 아니라 지현 역시 결국 아무것도 포기할 수 없다는 것을 확인한 시간이었는지도 모른다. 지현의 출국은 오래전부터 예정된 일이었고, 내가 지켜야 할 자리를 소유한 것처럼 머지않아 새로 간직하게 될 분명한 자리를 지현은 암암리에 준비하고 있었으므로.

넉넉히 삼십 분은 지났을 것이다. 미루나무 숲을 말없이 걷기만 했다. 어깨동무를 하듯 서너 개가 늘어서 있는 강 건너의 식당과 모텔 근처에서 언뜻 사람 우는 소리가 들렸다. 지난 겨울밤처럼 어디선가 살얼음 깨지는 소리가 쩡, 들리는 것도 같았다. 자정이 다 된 시간이었다. 미루나무 숲엔 지현과 나 말고는 아무도 없었다. 입을 다문 채 사람 키만 한 언덕을 사이에 둔 강변과 미루나무 숲을 오르내리는 동안 그 겨울의 먹빛 강물과 미루나무 그림자가 끈질기게 우리를 따라붙었다. 얼어붙은 강물처럼 차갑게 빛나던 주차장 가로등 불빛은 발끝만 닿아도 몸을 송두리째 빨아들일 듯 검붉게 출렁였다. 두 번째 용강을 다녀가던 날, 숲 끝의 모텔에 들어가 지현을 안으면서 유리창 밖으로 내려다보던 그 불빛이었다.

"선배. 강물을 보면서 하고 싶어요."

그 겨울의 모텔 문을 다시 열고 들어선 것은 누가 먼저였는지

모른다. 서로의 옷을 벗겨 준 것 역시 누가 먼저였는지 알 수 없
었다. 다만 강물이 보이는 창가에서 하자는 얘기를 먼저 꺼낸 사
람과 창틀에 등을 댄 순서는 그 겨울과 달랐다.

"선배. 꼭 전화를 해야 했어요? 떠나는 걸 알면서?"

"이런다고 달라질 건 없지만 이러지 않을 수도 없었어."

"내겐 올 수 없다는 사람이 자신에겐 와 달라고 하는 것, 그
거 너무 잔인한 거 아닌가요?"

"보고 싶었어. 그냥 보고 싶어서……."

지현의 눈물이 분명할 촉촉한 물기가 나의 목덜미에 번지는
게 느껴졌다. 나는 지현의 어깨와 가슴을 움켜쥐었다.

"아아. 으흑! 선배. 깊이 들어와 줘."

"윽. 으윽."

"아아! 더 깊이."

"흐윽!"

"아! 아아아……."

지현의 요구대로 강물을 보기 위해 창틀에서 서로 체위를 바
꾸었지만 강물은 못 본 채 사정을 끝내고도 한참 동안 가로등 불
빛만 보았다. 어둠이 삼켜 버린 것처럼 강물은 어디론가 사라지
고 없었다. 몸에 물을 뿌리고 모텔을 나왔을 때도 강물은 보이지
않았다. 불빛이 밝혀 주는 어둠뿐이었다.

나와 한 팔쯤 거리를 둔 채 지현은 어둠의 중심 같은 불빛
을 향해 또박또박 걸어갔다. 그러다 돌연 몸을 돌려 내 앞에 마

주 섰다.

"이런 말 하고 싶진 않지만…… 봄에 병원 다녀왔어요."

느닷없는 말이었다. 지현의 등 뒤 멀리, 하나둘씩 모습을 드러내는 미루나무를 바라보던 나는 하마터면 무슨 병원, 할 뻔했다. 지현은 무엇인가 작정한 듯 침착하면서도 긴장된 낯빛이 역력했다.

"서로 원했던 일이 아니었기에…… 나 혼자 가슴에 품은 채 떠나려고 했는데……."

"몰랐어."

전혀 몰랐던 일이었다. 오늘처럼 한밤중에 용강을 다녀간 뒤, 나는 겨울 끝이 보이도록 혼자 섬과 오지를 떠돌기에 바빴다.

"봄부터 내가 얼마나 아프게 견뎠는지 아세요?"

"미안해."

"무엇이 나를 그토록 아프게 만들었는지 아세요?"

지현의 목소리가 땀에 전 것처럼 가라앉았다. 이미 오래전부터 준비했던 말을 꺼낼 모양이었다. 오로지 나를 보기 위해, 그것도 한증막 같은 여름밤에, 이 먼 곳까지 차를 몰고 달려올 리는 없었다. 무엇인가 할 말이 있었을 것이다. 그 말을 감추고 돌아갈 줄 알았다. 병원을 꺼내기 전까지만 해도.

"두려움이에요, 두려움."

두려움. 그 낱말을 입술 끝에 살짝 물던 나는 듣기만 하는 게 좋을 것 같아서 입을 다물었다.

"병원 문을 나서는 순간부터 두려움과 맞부딪쳤어요."

"……."

"그 두려움은…… 단순히 한 사람과의 결별이 아니에요. 그 사람과 얽힌 기억들에 묶여 있을 내 미래에요."

사랑해. 용강의 어둠 속에서 그 말을 딱 한 번 지현에게 했었다. 그 말을 꺼내 놓고 나는 내 안의 어떤 비밀이 탄로 난 것처럼 짧게 전율했다. 사랑해. 오랫동안 잊고 살아왔던 말이었다. 사랑을, 사랑의 감정이 아니라 사랑이라는 낱말을 입에 담은 게 언제였던가. 아내에게 그 말을 한 기억조차 가물가물했다. 대체 언제였던가. 아슴아슴 기억을 반추할 무렵, 지현은 내 귀에 속삭였다. 그 말, 함부로 입에 담는 것 아니에요. 그게 우리의 관계였다. 사랑한다는 말을 입 밖으로 꺼낼 수 없는 관계. 흠뻑 젖도록 살을 섞고 헤어질 때마다 나는 입술이 타는 것처럼 목이 말랐다.

"선배. 지난 이 년이 내게 어떤 의미가 있는 줄 아세요?"

"……."

"내 과거도 없고, 미래도 없는 것처럼 선배의 현실에 나를 결박했던 시간이었어요. 내 두려움이 거기서 비롯된 걸 뒤늦게 깨달은 것이고요."

"미안해, 지현아."

나는 꼭 그래야만 될 것 같아서 다시 미안해, 했다. 그 말을 지현이 어떻게 받아들일지는 미처 생각을 못 한 채.

"선배. 세월이 흐른 뒤 과연 내가 나의 과거와 화해할 수 있을까요?"

"……."

"만약 화해하지 못한다면, 나는 나의 과거에 대해 얼마나 미안해해야 될까요."

지현의 병원과 두려움은 거기서 멈췄다. 주차장을 향해 두어 걸음 앞서 걷는 지현의 뒤에 처져 나는 독백처럼 중얼거렸다. 나 역시, 화해하지 못한다면……. 지현은 차에 올라 한참을 앉아 있었다. 나는 미루나무 숲과 불빛을 한 바퀴 둘러보았다. 숲속에서, 아니 불빛 속에서 불쑥 낯익은 얼굴이 떠올랐다.

지현이 병원을 다녀오던 봄, 그즈음이었다. 아내는 배낭을 꾸려 열흘가량 집을 나갔다. 나의 외유를 더 이상은 두고 볼 수 없다며. 그 열흘 동안 나는 아내의 행방을 수소문하며 울었다. 그 울음이 아내를 향한 것인지, 나를 향한 것인지, 아니면 다른 누군가를 향한 것인지 알 수 없었지만 나는 거의 매일 흐느끼며 지냈다. 아내가 돌아오던 날 아내의 배낭을 풀면서 나는 어이없게도 지현의 얼굴을 떠올렸다. 이대로 얼마나 더 견딜 수 있을까. 그리고 반년 남짓 아내와 마주칠 때마다 반문했다. 이 상황들을 과연 내가 끝까지 감당할 수 있을까. 그러다 느닷없이 출국 통보를 받았다. 예상하지 못한 일은 아니었지만 불과 일주일 남짓 앞두고 전해 들은 출국 소식에 나는 당황했다. 출국 날짜를 확인하려고 지현에게 전화했을 때, 지현은 단 한마디로 통화를 끝냈다. 조용히 떠날 거예요. 나는 무엇엔가 쫓기는 사람처럼 배낭을 꾸려 지리산으로 떠났다. 하동에서 호우 예보를 들었고, 집에 돌아오자마자 부고를 받았다. 출국하기 전에 볼 수 있는지……. 내가 그 전화만 하지 않았다면 지현은 끝내 병원을 숨기고 떠났을 터였다.

지현의 차 엔진 소리를 들으며 나는 미루나무 숲 너머 강물을 내려다보았다. 가로등 불빛이 몸에 닿으면서부터 느꼈을 것이다. 열대야로 찐득찐득해진 내 몸 어느 구석에선가 파리 떼가 윙윙거리는 소리와 함께 돼지 똥 냄새가 나는 것 같았다. 나는 곧장 강물로 뛰어 들어가 몸을 벅벅 문지르고 싶었다.

쌀가마니. 인삼 광주리. 기적 소리. 쇠톱. 식칼…….

언제부턴가 환영처럼 눈앞을 스쳐 가는 그 풍경들 때문인지 망막에 통증이 느껴졌다. 내 뼛속까지 각인되어 있을 듯한 그 모든 기억들이 미루나무 그림자에 뒤엉켜 흔들리다 한꺼번에 강물 속으로 곤두박질쳤다. 용산 형과 마신 막걸리가 목구멍으로 꾸역꾸역 쳐 올라오는 것처럼 구토가 일었다.

북경 한국어 학원 강사 자리, 다시 알아봐 주라.

나는 지현이 버드실을 떠날 때까지 끝내 그 말을 하지 못했다. 같은 내용으로 휴대폰 문자를 찍었지만 임시 보관함에 둔 채 전송하지 않았다. 잘 가. 하류초등학교 앞에서 지현의 차가 후진과 전진을 반복하는 동안 나는 그저 밤길을 조심해서 가라는 듯이 오른손 손바닥을 펴 들고 두어 번 흔들었다. 잘 가.

지현의 차 불빛이 멀어지는 것을 지켜보는 동안 엔진 소리 같은 돼지 울음이 마을 입구에서 꾸역꾸역 밀려왔다. 그 울음에 실려 파리 떼와 함께 구린내가 풀풀 날렸다.

금산 장의사. 이씨 상가.

삼거리 오동나무 아래에서 조등이 깜박거리고 있었다. 나는 조등 곁에 쭈그리고 앉아서 『백 년 동안의 고독』의 부엔디아 집안의 계보보다 더 어지러운 우리 집안의 계보를 그렸다. 몇 번씩이나 양자를 들여 대를 잇고 유난히 이복형제가 많았던 노산 이씨 금릉공파…….

"그러니까 아버지가 집안 사람들하구 척짓구 사는 까닭을 알아야 혀."

한식 즈음이었다. 벌초를 하러 왔던 나를 앉혀 놓고 상욱이 할아버지가 아버지를 눈앞에 들이밀었다.

"니 아버지 잘못이 말여, 집안 전답을 날린 것만이 아녀. 민우 너 낳기 전에 니 어머니가 아들 못 가진다구 광주 여자하구 첩 살림을 했어."

"예?"

"다른 여자랑 살았다구."

"…….."

아버지가 어머니를 만나 결혼식 시늉만 내고 살림을 차린 곳은 어머니의 고향 춘천이었다. 신혼 일 년도 못 채우고 터진 한국전쟁으로 함께 버드실로 내려와 내리 두 누님을 낳은 뒤의 일이었다. 중앙극장 앞에서 쌀가게를 하던 그즈음, 풍요로웠던 시절, 아버지는 일 년 남짓 두 집 살림을 했다. 어머니의 탯줄을 끊고 나온 내 피 묻은 울음이 아버지의 귓바퀴에 끈적끈적 묻어날 때까지 아버지는 광주 여자와 밥상을 마주했다. 상욱이 할아버지의 말에 따르면 버드실 전답의 절반이 날아간 것은 쌀가게 때문이었고, 전답의 서너 배 값으로 불어난 쌀가게가 바람처럼 사라진 것은 바로 그 광주 여자 탓이었다. 광주 여자는 어느 날 밤 홀연히 아버지 곁을 떠났다. 빗자루로 쓸어 내듯 아버지의 금고를 털어서. 그리고 얼마 뒤, 어머니와 삼 남매를 두고 아버지 역시 바람처럼 사라졌다.

아버지와 쌀가게의 상실은 곧 나와 두 누님의 고향 상실로 이어졌다. 그뿐 아니었다. 지금까지 경험하지 못한 생존의 고통이 두고두고 우리 집안에 잔류하는 것을 의미했다. 하루하루 생계를 꾸리기 위해 대둔산 기슭을 떠돌았던 어머니가 아버지와 재회한 것은 광주 여자가 사라지고 사 년쯤 지난 겨울이었다. 대고모댁을 비롯해 버드실 집안을 걸식하듯 유랑하던 우리 삼 남매는 나란히 봇짐 하나씩을 쥐어 든 채 버드실을 떠났다. 그리고 어딘지 알 수 없는 곳을 향해 밤늦도록 버스와 기차를 갈아탔다. 졸다 깨어 내린 곳이 경부선 간이역 신탄진이었다. 단칸방 어둠 속에서 처음 마주친 아버지는 한때 떵떵거리던 쌀가게 주인이 아니라 추레하고 궁핍한 장돌뱅이 톱 장수였다.

"그리고 말이다. 이게 참 조심스런 얘긴데 말이다."

"……."

"니 아버지 광주 여자 집에 드나들 때, 니 어머니가 너를 가졌어."

"그게…… 무슨 말씀인지요?"

"그냥 그랬다는 얘기여. 귀한 아들을 봤는데도 아버지가 첩을 끼고 살아서 말들이 많았어. 아주 옛날 얘기고, 이젠 다 썩어서 땅에 묻힐 얘기지만 말이여."

"……."

"어쨌든 말이다. 처자식마저 팽개치구 고향을 등진 니 아버질 누가 장손 대접하겠냐."

상욱이 할아버지의 말을 전해 듣던 그날, 나는 전신마취를 당한 것처럼 온몸이 뻣뻣하게 굳은 채 버드실을 떠났다. 그리고 어제, 붙들이 엄마께서 불러서 버드실로 돌아왔다. 나는 이씨 상가의 조등 밑에서 더위와 피로에 팔다리가 풀린 채 나를 향해 끝없이 반문했다.

집안의 계보가 미로처럼 뒤엉켜 버리도록 많은 이복형제를 잉태시킨 4대조와 3대조. 그리고 한때 첩 살림까지 했던 아버지. 당신들의 몸속을 관류한 그 어떤 피가 혹시 내 몸에도 흐르는 것은 아닐까.

그런데 나는 대체 누구의 아들일까. 아버지의 아들일까. 아니면…… 어머니의 아들일까.

11

"집에 가면 아버지한테 서운하게 생각 말라구 해라."

언제 올라왔는지 내 앞에 상욱이 할아버지가 서 있었다. 막 일어서려던 참이다. 정오의 땡볕을 머리에 이고 선 할아버지의 얼굴이 대고모댁 녹슨 펌프처럼 검붉게 이글거렸다.

"땅이 손바닥만 하니 어쩔 수 읎지 어떡햐."

"……."

"장손이든 뭐든 땅속에 묻히는 게 사람 뜻대로 되는 겨? 무덤은 임자가 없는 겨. 먼저 죽는 사람이 임자지."

나는 시야에 들어온 무덤 서너 개를 내려다보았다. 묏자리가 비좁아 항렬이 무시된 채 들어앉은 무덤들이 잡풀에 파묻혀 겨우 머리만 내밀고 있다. 할아버지 말대로 저 무덤들은 오로지 죽은 사람의 몫이다.

"할아버지. 뱀실 논을 팔아야겠어유."

목에 두른 수건을 풀면서 진우 형이 단호한 어조로 할아버지와 내 틈으로 끼어들었다.

"민우 아버지 말씀대로 뱀실 논을 팔아야 될 것 같어유."

"그게 무슨 소린가?"

"형편이 그런 것 같어유. 선산은 빈자리가 없구, 뱀실 논을 팔아서라두 민우 아버지든 누구든 집안 어른들 돌아가시면 당장 모실 자리라두 마련해야 될 것 같구만유."

"죽은 사람이 조금씩 자리를 좁혀 앉든지 해야지. 종중 땅을 함부루 처분한다는 건 도리에 어긋나는 일인 겨."

종중 땅. 아버지가 이 말을 들었으면 당장 멍충하고 무식한 종자들을 앞세우고 달려들었을 것이다. 식칼을 뽑아 들지도 모를 일이다.

"할아버지. 죄송합니다만, 아버지 뜻대로 하겠습니다."

나는 툭툭 엉덩이를 털고 일어섰다.

"팔아서 비탈밭이라도 하나 사야겠습니다."

"글쎄, 자네들 말뜻은 알겠지만 그게…….."

"아버지는 죽어도 버드실엔 돌아오지 않겠다고 하셨지만 아무래도 큰일 닥치기 전에 아버지 자리를 마련해야겠습니다."

"글쎄, 그게 쉬운 일이 아니라구."

"평생을 객지에서 보내셨는데 아버지 시신마저 객지를 떠돌게 할 수는 없습니다."

성분제를 올리며 유족들이 오열하던 것처럼 나는 짐짓 비감해져 있었다. 축사에 눈을 가린 안태골 조부 산소와 그 산소 때문에 사 년째 흉몽을 꾸고 있는 아버지의 얼굴이 눈앞에 어른거렸다. 그 얼굴은 어머니와 한평생을 선병질로 대립할 때마다 집안을 납덩이 같은 침묵으로 몰아넣곤 했던 모습이었다. 아니, 그것은 초등학교 3학년인 내가 술래잡기를 하다 장독을 깨뜨리고 쇠톱에 얻어맞을 때 보았던 그 모습이었다. 아니, 어쩌면 그보다 오래전, 중앙극장 앞 쌀가게를 날리고 고향과 어머니, 우리 삼 남매와 결별할 때의 모습일지도 몰랐다.

나는 어떻게든 아버지를 고향으로 돌아오게 만들어야 할 것만 같았다. 아버지로 하여금 고향을 등지게 만든 모든 과거와 아버지를 화해시키고 싶었다. 비록 그게 아버지의 죽음으로나 가능한 일일지라도.

"우선 점심부터 해결하자. 그 문제는 초상 치르구 나서 사람들하구 의논해 볼 테니깐."

진우 형이 두어 마디를 더 보탠 뒤에 일단 내려가자며 상욱이 할아버지가 산문 쪽으로 등을 돌렸다. 천막 밖에서 대고모가 손을 흔들고 있었다.

너 같은 샌님 체질로는 땡볕에 산역 치르다 쓰러질 수도 있어. 용산 형이 불안한 눈으로 염려했지만 무사히 장례를 마친 탓인지 아랫배에서 허기가 탱탱하게 차올랐다. 두어 걸음 진우 형 뒤에서 휘청휘청 언덕을 내려갔다. 조금 전 봉투를 내던진 상여꾼이 불씨를 죽이기 위해 오줌발을 들이댔지만 꽃상여와 목관을 태운 자리엔 미미하게 불씨가 남아 있었다.

나는 바지의 지퍼를 내릴까 하다가 그만두고 뒷주머니를 뒤졌다. 지갑 속에서 편지를 꺼냈다. 노고단 숲 어딘가에서 버릴 생각이었지만 지금껏 지갑 속에 남아 있던 항공우편이다. 북경시 조양구 망경가도 망화로……. 함부로 버려서는 안 될 것처럼 편지를 만질 때마다 주소가 떠올랐다. 주소가 적혀 있는 편지는 기억을 되찾아 떠나는 시간 여행의 열차표예요. 지현의 웃음소리가 들리는 듯하다. 나는 선산의 무덤을 한 바퀴 둘러보고 불씨 위로 편지를 던졌다.

이런다고 편지의 주소가 곧장 잊히지는 않을 것이다. 할머니의 죽음이 버드실 사람들의 머릿속에서 지워지듯 어느 땐가 결국 내 기억 속에서 그것 역시 사라지긴 하겠지만.

지갑을 뒷주머니에 넣다가 다시 꺼내서 펼쳤다. 주민등록증 위에 꽂힌 낡은 사진을 꺼냈다. 양친의 얼굴과 어깨 주변에 검붉은 녹물이 앉은 흑백사진. 두 달 전, 통장을 찾던 아내가 어머니의 장롱 서랍 밑바닥에서 발견한 사진이다. 나는 어머니 몰래 사진을 보관해 오다가 불쑥 물었다. 사진의 출처와 촬영 연대에 대하여. 어머니는 무슨 돌이킬 수 없는 실수라도 저지른 것처럼 떠듬떠듬 말했다.

젊어서 찍은 사진인데……, 그것 한 장뿐이라서……, 안전하게 보관해 둔 거여.

사진을 찍은 시기는 정확히 기억할 수는 없으나 중앙극장 앞에서 쌀가게를 하던 무렵이었던 것만은 분명하다고 했다. 내가 서너 살 때, 그즈음의 일이다.

그 시절엔 보기 드물었을 더블 정장을 하고 뒷짐을 진 채 서 있는 아버지와 양단 저고리를 입고 무릎 위에 단정히 손을 모은 채 앉아 있는 어머니. 내가 기억하는 한 그것은 양친의 평생 여유 있고 행복했던 단 한순간의 모습이었다.

돌아가면 이 사진을 액자로 걸어 둘 것이다. 양친의 안면에 저승꽃처럼 번져 있는 녹물을 지우고 확대해서. 수십 년째 두 이

불을 쓰고 있는 것처럼 한 팔쯤 틈이 벌어진 양친의 초상화 사이에 이 사진을 걸어 두면…… 징용 시절, 별 달린 모자를 쓰고 찍은 사진을 그랬듯이 아버지는 결코 멍충한 짓이라며 액자를 떼어 내진 않을 것이다. 짐작하건대, 그것은 나뿐만 아니라 아버지 역시 당신 기억의 저편에 있는 행복했던 시절의 유일한 초상일 테니까. 그 사진을 바라보면서 아버지는 암암리에 반추할지도 모른다. 기억의 심연에 가라앉아 있는 중앙극장을 찾아 내가 삼십여 년째 고향으로 발을 옮기듯 당신 역시 더블 정장과 양단 저고리 앞에서…….

"어여 내려와 점심 먹어."

"뜨거운데 그늘에 계시지 않고요."

산문으로 내려설 때까지 기다렸던 대고모가 내 손목을 잡고 천막 안으로 들어갔다. 따뜻한 체온이 오래전부터 익숙한 느낌이다. 나는 뒷주머니의 지갑을 꾹꾹 찍어 누르며 땅바닥에 주저앉았다. 진우 형이 기다렸다는 듯이 코앞으로 막걸리 주전자를 들이밀었다.

마침, 뻐꾸기가 울었다

흐린 기억들이 나를 맑게 한다.
기억의 탁류에 휩쓸려 여기까지 왔다.
오는 동안 자정自淨을 거듭했으니
나 한 컵 따라서 마실 만하겠다.

―「탁류」

옥천 용암사 산복숭아꽃 곁에서 이 시를 쓴 뒤, 나는 다시 탁류에 잠겼다. 마침, 물결 어디선가 뻐꾸기 울음소리가 들렸다. 163명째 코로나19 사망자가 나오던 날이다. 아흔 살 어머니의 요양원 문이 닫힌 지 어느덧 두 달 보름…….

*

구월 십 일. 옥천장 날이다.
어머니는 오늘도 옥천장터를 다녀오신 모양이다. 작은 김 씨, 아니 김달호 씨와 함께. 두어 번의 숟가락질 시늉만으로 저녁상을 물린 것으로 보아 틀림없다. 당신 평생을 동반하던 된장찌개가 된서리를 맞듯 외면당한 것은 무엇을 뜻하는가. 그것은 토종 민물 장어구이를 썹고 돌아온 포만감을 다른 음식물로 깨뜨리고 싶지 않다는 말씀이다. 그렇다면 오늘 밤, 어머니의 바이오리듬은 최상일 게 분명하다.
오늘도 김달호 씨가 13층 우리 집까지 올라와 잔칫집 가듯 어머니를 모시고 나갔을 것이다.

가아, 몸보신이나 하입시다!

짐작건대 어머니는 절반 이상이 닳아 없어진 틀니로 장어구이 덩어리를 씹는 척 마구 삼켰을 것이다. 개숫물 그릇에 물을 받아 애벌 설거지를 하고 있는 지금쯤, 오늘 낮의 그 감격적인 장면들을 어머니는 막막히 떠올리고 있을지 모른다. 나는 묻지 않겠지만 옥천장터를 다녀온 날이면 늘 그래 왔듯 어머니는 설거지를 끝내고 일일연속극을 보는 사이, 이윽고 말할 것이다. 마치 무슨 부끄러운 일을 벌인 사람처럼 얼굴을 돌린 채, 지나가는 말로.

김달호 씨와 옥천장에 다녀왔다. 용암사에 가서 뻐꾸기 소리도 듣고. 나 때문에 또 큰돈을 썼어.

김달호 씨.

내가 사는 114동 경비원 가운데 한 사람이었다. 세 달 전까지는. 114동 경비원의 성이 둘 다 김씨였기에 주민들이 두 사람을 구별하기 위해 키를 기준으로 부르던 작은 김 씨다. 올해로 칠순을 맞는 나이에도 자식뻘이나 되었을 젊은 애 엄마들이 자나 깨나 머슴 부르듯 불러 대는 그 호칭에 그는 아무런 불만의 낯빛도 보이지 않았다. 내 기억으론 작은 김 씨의 이름 석 자를 또박또박 밝혀 부르던 사람은 아마 114동에선 어머니뿐이었을 것이다. 이 아파트에서 어머니의 유일한 친구인 1407호 지애 할머니가 가끔씩 부른 것 같기는 하다.

우리 가족이 1700세대의 고층 아파트 단지로 이사 온 뒤 첫

돌을 맞은 게 두 달 전이었다. 그러고 보니 어머니가 작은 김 씨를 만난 것도 얼추 일 년이 지난 셈이다. 가을비 스치듯 후딱 지나 버린 일 년이었다.

작은 김 씨가 우리 집 안의 한 모퉁이를 차지한 것은 고층 아파트 생활의 첫 관문처럼 여겨졌던 엘리베이터 작동법을 어머니가 거의 익혀 갈 무렵이었다. 입주한 지 한 달이 조금 더 지났을까. 초여름의 무더위가 고개를 갸우뚱거리며 거실의 유리창에 는적는적 달라붙을 때였다.

딸랑, 딸랑, 딸라앙.

두부 장수 종소리를 들은 것은 해거름이었다. 저녁 준비를 하면서 냉장고 문을 두어 번 열었다 닫기 전의 일이다. 아내는 퇴근 전이었고, 어머니가 숨 한 번 쉴 만큼 먼저 들었을 종소리를 야간 자습 감독이 없어 곧장 집으로 달려온 나 역시 들었다. 그리고 주방의 창문으로 내려다보았다. 아파트 후문 쪽 맨 끝 동의 우리 집에서 훤히 내려다보이는 영구임대아파트 광장을 두부 장수 트럭이 막 돌아 나오는 중이었다. 운전석 밖으로 내밀고 종을 치는 두부 장수의 왼 팔뚝이 흡사 북 치는 곰 인형의 그것처럼 기계적으로 흔들리고 있었다. 이제 두부 장수 트럭은 매일 저녁 그랬던 것처럼 큰길을 무단 횡단하여 114동 주차장으로 들어설 것이다.

딸랑. 종소리가 잠깐 멎었을 즈음이다. 된장찌개를 올려놓았던 가스 불을 끄고 어머니가 현관문을 나섰다. 나는 만화영화를 보고 있던 딸을 데리고 뒤따라 일어섰다. 딸아이에게 종소리를 들려주기 위해서였다. 대여섯 살 무렵, 딸만 한 나이였을 때, 새벽잠을 깨우던 두부 장수의 종소리에 대한 기억이 언뜻 떠올랐기 때문이다.

114동 주차장 빈자리에 두부 장수 트럭이 주차해 있었다. 아파트 동마다 중앙 통로에 하나씩 배치된 경비실을 비낀, 두 칸 저쪽의 통로 입구였다. 안면이 없는 삼십 대 여자 둘이 트럭 뒤편에 붙어 서서 거만한 자세로 두부를 집적거렸다. 다른 통로에 사는 애 엄마 같았다. 그 오른쪽으로 어머니와 함께 애 아빠가 고속도로 경찰이라는 405호 윤정이 엄마가 나란히 섰다.

딸랑, 딸라앙.

두부 장수는 아파트 정면을 향하여 몇 번 더 종을 딸랑거리다 이내 트럭 쪽으로 돌아갔다. 얼굴은 노안 같은 잿빛이었지만 삼십 대의 젊은 사람이었다. 등을 돌린 그의 손에서 연방 종이 딸랑거렸다. 오래전, 고향 금산의 산길 굽이굽이 넘어가던 꽃상여 상두꾼의 요령. 그것과 꼭 닮은 황동 종이었다.

종소리가 끝날 때쯤 젊은 여자의 목소리가 높아졌다.

"아무리 돈 천 원짜리 물건이라지만, 아저씨, 이 세상에 에누리 없는 장사는 없는 법이죠."

어디서 많이 듣던 노래 가사 같았다. 나는 한때 콧수염을 달고 코미디계를 풍미하던 그 노래의 주인공을 떠올리며 트럭 가까이에 다가섰다. 종소리를 따라잡던 딸아이가 할머니를 발견하고는 내달렸다.

"아, 글쎄 슈퍼에서 파는 공장 두부하고는 질이 다르다니까요. 집에서 직접 만든 손두부라서 맛도 좋고 영양가도 두 배는 더 돼요. 보세요. 크기도 손가락 한 마디는 더 있잖아요."

"아저씨, 그래도 좀 깎아 주셔야죠. 콩나물 오백 원어치도 에누리가 있는데."

"그래요, 아저씨. 또 이렇게 여러 사람이 사잖아요."

"천 원에서 십 원짜리 동전도 에누리는 안 됩니다."

"그러지 말고 윗대가리만 톡 쳐내죠. 아저씨와 하루 이틀 거래할 것도 아니고. 우리가 두부를 안 먹고 산다면 몰라도."

애 엄마 둘이 번갈아 가며 두부 장수에게 콧소리를 쏟았다. 설득 반, 애걸 반으로. 그 가운데를 어머니가 비집고 들어섰다.

"아, 그려. 두부 장수 양반이 좀 양보를 혀. 한 모에 천 원짜리니깐 팔백 원씩 대여섯 모 팔면 크게 손해는 아니잖어."

"할머니. 손해가 아니라니요?"

"소비자 상대가 다 그런 거 아녀? 조금 팔아 큰 이문 남기는 것보다는 조금 남겨도 떼로 팔면 그게 더 큰 이문 아닌감. 그러면 누이 좋고 매부 좋고지."

"손바닥만 한 두부 팔아서 몇 푼 남는다고 차 떼고 포 떼고 그래요."

서로들 상대방에게 씨가 먹혀들 것 같지 않은 흥정이 몇 번 더 공전되다가 마침내 절충안이 나왔다. 구백 원으로 낙찰된 것이다. 그렇게 막 팔려 나갈 판이었다. 삑, 삐이익. 삐이익. 경비원의 호루라기 소리가 들렸다.

"거, 뭐 하는 사람이고? 아파트 단지 내 잡상인 출입 금지를 몰라서 들어온 기가? 당장 아파트 밖으로 나가소! 당장 차 빼소, 마!"

작은 김 씨였다. 호루라기를 입에 문 채 트럭 쪽으로 달려들고 있었다. 몇 발짝 허청거리던 걸음을 멈추고 호루라기를 빼더니 그 손으로 내처 삿대질을 하면서 당신, 큰 실수를 저질렀다는 듯이 악다구니를 썼다.

"이보쇼. 저 짝에 잡상인 출입 금지라는 팻말 안 보이능교? 퍼뜩 차 빼서 나가이소. 후문 경비실은 뭐 하고 있는 기고. 잡상인도 못 막고. 폼으로 앉아 있나, 뭐꼬?"

작은 김 씨가 트럭을 에둘러 섰던 애 엄마와 어머니를 비켜서라는 시늉으로 손사래를 칠 때에서야 황당한 표정으로 사람들을 두리번거리던 두부 장수의 대꾸가 시작되었다.

"경비 아저씨. 조용히 장사만 하고 나갈 것인데 왜 그러는 겁니까? 아파트 실내를 무단출입한 것도 아니고, 뭘 그렇게 소리를 지르고 그러십니까?"

작은 김 씨는 두부 장수의 말을 전혀 알아듣지 못한 사람처럼 처음에 했던 말을 반복했다. 두부 장수도 마찬가지였다. 눈앞에서 지금 딱딱거리고 서 있는 늙은 경비원의 어조가 영 비위에 거슬린다는 표정이었다. 봉고 트럭을 몰고 다니는 자신을 두부 장수라고 얕잡아 보는 듯이 대뜸 반말지거리를 뱉은 것부터 속이 뒤틀렸다. 안 나가면 때려 부순다는 식의 반 협박조는 또 무엇인가. 두부 장수는 자신의 상권을 부당하게 탈취당한다는 위기감보다는 먼저 휴지 조각처럼 구겨지고 있는 자존심이 더 문제라는 듯이 말끝마다 한숨을 뿜어냈다.

내가 잡상인이라니. 생존이 달린 상행위를 잡상인 취급하다니.

뭐 대충 그런 불쾌한 심기가 실핏줄처럼 얼굴에 죽죽 퍼져 있었다. 한 손으로 애 엄마에게 넘길 두부를 조심스럽게 거머쥔 채 한 손으로는 종을 잘강잘강댄 것은 두부 장수 자신의 인내심을 대신 나타내는 비유적인 동작이었을 것이다. 그렇다고 비굴한 자세로 한번 봐달라는 말만은 끝내 못 하겠던지 한마디 던진다는 것이 그만 진창에 발을 헛디디는 꼴이 되고 말았다.

"경비 아저씨도 젊었을 때 이런 시절 겪지 않았습니까."

"뭐라꼬? 내가 왜 젊었을 때 두부 장사를 했다 말이고?"

"경비 아저씨나 나나 처자식 먹여 살리려고 이렇게 개같이 벌어 정승같이 쓰려고 한다는 그 말씀입니다."

"뭐라꼬? 개가 어떻고 정승이 어떻다꼬? 젊은 기 문자 쓰고 앉았네. 당신 지금 날 설득할라꼬 하나?"

금방이라도 멱살을 쥐어틀 듯이 작은 김 씨가 두부 장수 코앞으로 다가설 때 어머니가 다급하게 끼어들었다.

"자, 자, 그만하면 됐으니깐 해결하자구. 두부 장수는 저녁에 잠깐 들어왔다가 볼일 보고 후딱 나가면 되고 작은 김 씨는 모르는 척 눈감아 주면 되겠네. 아 그러면 서로 손해 날 일도 없을 것이구."

내 목구멍에서도 그 비슷한 말들이 오르락내리락하고 있었다. 그쯤에서 절충이 될 줄 알았다.

"아, 아줌마는 무슨 말을 그렇게 하능교. 누구 메가지 다는 거 볼라고 그카능교? 안 그래도 관리비 많이 나온다꼬 주민들이 난리법석이라서 경비를 줄인다 카는데. 나 짤리면 아줌마가 월급 줄랑교?"

"그럼, 오늘 저녁은 어차피 들어왔으니깐 흥정하던 거 마저 끝내고 내일부터는 아파트 밖에서 사 먹읍시다. 우리가 무슨 억하심정으로 작은 김 씨 목숨 짜를 일이 있겠나."

이때다 싶었는지 두부 장수가 어머니의 말꼬리를 휘감고 나왔다.

"이것 보세요, 경비 아저씨. 잡상인이라고 아파트에 출입하지 못하라는 법이 있습니까?"

"당연히 법이 있지."

"법이 있다면 그 법을 누가 만들었습니까. 사람 아닙니까. 사람이 두부 안 먹고 사는 사람 있으면 나와 보라고 하세요. 먹는 사람이 있으니깐 파는 사람 있는 게 자본주의 아닙니까. 수요가 있으면 공급이 있다. 그 말입니다."

"자본주의 같은 소리하구 앉았네. 여기는 그냥 보라아파트고, 잡상인 출입 금지 구역이고, 그게 법이라는 거 모르나? 나는 경비 아이가. 경비로서 법 집행을 하면 되는 기고. 그러이 퍼뜩 나가라 그마. 쌔파랗게 젊은 놈이 뭐 해 처먹을 게 없다고 두부 장수 되가꼬 말썽을 부리노."

"말썽을 부리다뇨?"

"그라믄, 이게 말썽이 아이고 칭찬받을 일이가?"

작은 김 씨가 찢어질 듯이 호루라기를 불어 114동 옆의 후문 경비를 불러낸 것과 두부 장수가 손에 들었던 두부를 주차장 바닥에 내동댕이친 것은 거의 동시였다. 에이 씨펄, 하며 두부 장수는 트럭에 올라 부르릉, 시동을 걸었다.

두부 장수는 지금까지 그랬던 것보다 힘차게 누우런 종을 딸랑거리며 주차장을 한 바퀴 돌고는 아파트 밖으로 휭하니 빠져나갔다. 그 광경을 끝까지 지켜보던 작은 김 씨는 한 번인가, 호루라기를 맥없이 불다가 경비실로 들어갔다. 한밤중에 비상소집 당한 예비군처럼 달려 나왔던 후문 경비는 별 싱거운 꼴 다 보겠다는 듯이 황당한 얼굴로 되돌아갔다.

"은솔이 애비야. 먼저 올라가 전기밥솥 불 좀 살펴봐라. 나는 경비실에서 잠깐 쉬었다 갈 테니."

"예, 어머니."

"그런데, 작은 김 씨가 오늘도 술을 마신 것 같다."

종소리를 들려주려고 딸아이를 데리고 나왔던 나는 어른들 말싸움만 생생하게 보여 주곤 씁쓸한 기분으로 엘리베이터를 탔다. 그러고 보니 조금 전 악다구니를 쓰던 작은 김 씨의 입에서 소주 냄새가 풀풀 날렸던 것 같기도 하다. 종소리든 말싸움이든 산산조각 난 손두부든 나오든 상관없다는 듯이 딸아이는 엘리베이터에 올라타자 재빨리 13번을 눌렀다. 만화영화 때문인 모양이었다. 그게 아니라면 벽시계의 창문을 열고 튀어나올 뻐꾸기 때문인지도 몰랐다.

어머니가 경비원 작은 김 씨와 꽤 많은 이야기를 나눈 것은 그날 저녁상을 물린 뒤였다. 기어이 술 한잔하자며 애걸하듯 부탁했다고 말하면서 어머니는 경비실로 다시 내려갔다. 그리고 열한 시 심야 뉴스가 끝날 무렵에야 현관 쪽에서 울리는 엘리베이터의 벨 소리가 들렸다.

소주 냄새를 풍기며 어머니가 풀어놓은 김 씨의 내력은 그날 이후 작은 김 씨를 어머니로 하여금 김달호 씨로 또박또박 부르게 만들었다. 그리고 작은 김 씨는 우리 가족이 둘러앉은 4인용 식탁의 한 모퉁이를 가족의 한 사람처럼 스스럼없이 차지하게 되었다. 작은 김 씨를 기둥서방으로 삼아 밥상을 마주하던 송강댁이 13층 엘리베이터를 오르내린 것은 그로부터 두어 달 뒤의 일이다. 비록 작은 김 씨와 함께 어머니가 옥천장터를 다녀온 다음 날이거나 그즈음에만 가끔씩 있는 일이긴 했지만.

"경비실임다아! 비가 오고 있으니이, 외출하실 때엔 우산 가꼬 내려오십쇼오. 비가 오고 있슴다아. 이사앙, 경비실에서 안내 말씀 드렸슴다아. 죄송함다아."

밤 열 시가 넘었다. 거실의 스피커가 지글지글 찌개 끓는 소리를 내기에 도대체 지금이 몇 신데 이 소란인가 하고 뻐꾸기시계를 들여다보았다. 하긴 조금 전에 뻐꾸기가 울었으므로 불을 끄고 잠자리에 들 만큼 깊은 밤은 아니었다. 그러나 분명히 밤중이었다. 그런데 이 시간에 난데없이 경비실 안내 방송이라니. 게다가 볼륨은 있는 대로 다 키워 놓고. 비가 오고 있으니 우산을 준비하라는 내용은 또 무언가. 아니, 언제부터 아파트 경비원이 비설거지 안내 방송까지 맡아 했단 말인가. 건짜증이 났다. 겨우 잠이 들었을 딸아이가 누운 채로 멀뚱멀뚱 천장을 바라보고 있을 것 같았다. 도둑질하듯 안방 문을 열었다. 잠자리를 준비하던 아내가 무슨 일이냐며 토끼 눈을 떴다.

"은솔이 아빠. 무슨 일이야?"

"으응, 비 오니까 우산 들고 외출하랴."

"예? 이 밤중에?"

"비설거지하란 말이겠지."

"작은 김 씨죠? 또 술 드신 모양이군요."

"글쎄, 그런 것 같기도 하고 아닌 것 같기도 하고."

"목소리가 툭툭 튀는 게, 틀림없어요."

철판을 두드리듯 꼬장꼬장한 억양도 그렇고 말꼬리가 필요 이상으로 질질 늘어지는 것으로 보아서도 소주를 들이켠 게 틀림없었다. 늘 그래 왔던 것처럼 작은 김 씨는 페트병에 넣은 소주를 반병 넘게 비웠을 것이다. 주민들 몰래 음료수 마시듯 홀짝거렸을 광경이 눈앞에 어른거렸다.

칠순 노인이 알코올중독이라니.

눈보라가 안면을 후려치는 듯한 쓸쓸함이 불현듯 가슴 밑바닥을 훑고 지나갔다. 작은 김 씨가 뱉어 낸 목소리의 뻣센 힘줄이 내 목구멍에도 몇 올 걸려 있는 것처럼 뒤끝이 영 개운칠 않았다.

"왜 그렇게 매일 취해서 사는지 모르겠어요. 안 마시면 벌금이라도 내는 것처럼 하루도 건너뛰는 날이 없으니."

"여자가 먼저 죽으면 그렇게 되는 법이라구. 그러니까 당신은 나보다 기필코 오래 살아야 돼."

"또 그런 뚱딴지같은 말을 해요. 고장 난 녹음기도 아니구. 눕기 전에 얼른 쑥물이나 드세요."

나보다 오래 살아야 한다는 게 나쁜 말은 물론 아니겠지만 아내는 자신보다 먼저 죽어야 한다는 남편의 말을 그냥 한 귀로 듣고 다른 귀로 흘려버릴 사람이 아니었다. 입 아래 코요, 말이 씨가 된다는 것도 모르냐는 표정이 역력했다.

처음부터 작은 김 씨를 콕콕 쏘아붙이던 아내의 목소리에 저녁상의 청어 가시가 박혀 있었다. 오늘 낮에 회사에서 거래처 직원과 한바탕했다는 분기가 슬그머니 되살아나는 모양이었다. 아내가 누군가. 공사장 건축 기사나 현장 인부들을 맞상대하는 여자다. 공연히 튀는 불똥에 머리 그을리지 말고 은근슬쩍 비켜 가는 게 나을 듯했다. 나는 십 년 묵은 체증을 뚫어 볼 요량으로 닳여 놓은 쑥물을 들이켠 뒤, 상처한 작은 김 씨를 떠올렸다.

초등학교 4학년, 5학년짜리 두 딸과 갓 입학한 아들을 두고 간경화로 떠난 아내. 두 딸은 출가시키고 말썽 많은 외아들에겐 군복을 입힌 홀아비 김달호 씨. 경북 청도 근처에서 살다가 신도시 아파트 건설 현장을 찾아 대전 땅을 밟은 건축 잡부. 청춘의 막노동꾼에서 초로의 아파트 경비원으로 쇠락한 남자. 모든 게 15년 전, 후의 일이다. 그 세월의 분량만큼 소주를 마셨다. 서 말의 이가 들끓지는 않았지만 날마다 서너 개의 소주병이 방바닥에 뒹굴었다. 집 밖의 노동보다 집 안의 할 일로 푹푹 나자빠지는 육신도 그랬다. 사는 게 외롭다거나, 몰골이 꾀죄죄하다거나, 아침저녁 거울 보듯 자신을 돌아볼 겨를이 없었다. 강소주로 견뎌 온 세월이었다. 어금니로 뚜껑을 물어뜯은 소주병만큼이나 건축 공사장과 아파트 경비실을 돌아다녔다. 허릿심이 신혼의 절반으로 뚝 분질러지고 팔뚝의 근육질이 물먹은 솜처럼 흐느적거리면서 공사 현장을 떠나 자리 잡은 아파트 경비원이었다. 여기 보라아파트가 일곱 번짼가 열 번짼가 기억이 어렴풋하다.

작은 김 씨가 송강댁과 함께 우리 집을 두어 번 다녀간 뒤였다. 어머니가 나에게 송강댁을 소개했다. 오십 대 후반의 과부였다.

집에 들어앉아 살림하는 여자여. 혼자 몸이라 단출하니 살림이랄 것도 없지만. 남편은 오래전에 사별했고. 가진 재산은 좀 있고. 4공단 들어설 때 전답 보상금 받은 걸로 단독주택을 장만했다니까. 올봄에 막내아들 장가들이는 일로 오 남매 여의었다니 큰일 다 치른 게지……. 김 씨와는 새로 지은 아파트에서 서로 만났댜. 송강댁이 방 청소하고 니스 칠하러 다닐 때. 그 아파트 경비로 취직한 김 씨가 점심을 나눠 먹었다나. 몇 년 되었다지, 벌써. 송강댁이 보상받기 전부터니깐. 은행나무도 마주서야 연다고, 그렇게 만난 인연이었어. 자식들 다 커서 뭐라 흉볼 일도 없고, 기둥서방처럼 왔다 갔다 하고 살지. 김 씨가 비번일 때 홍도동 셋방에 와서 밥도 해 주고 빨래도 해 주며 그럭저럭 정붙이고 사는 게지. 용돈 쓰라고 김 씨가 다달이 십만 원씩을 줬다는데…….

송강댁은 유성 변두리인 송강동에서 살다가 4공단이 들어서면서 시내로 나왔다고 했다. 송강댁은 어머니가 붙인 이름이었다. 어머니보다 두 살 아래인 작은 김 씨를 생각해서 편하게 부르려고.

우리 집 식탁에 둘러앉아 작은 김 씨는 멋쩍게 말하곤 했다.

이 여자를 만난 다음부터 곤드레가 되는 건수가 줄었어. 울력으로도 뒤바꿀 수 없던 일인데, 묘한 일이야. 이미 술이 핏줄을 갉아먹기 시작했지만 그래도 삭정이처럼 말라붙은 홀아비 생활이 한때나마 마음 놓고 호루라기 소리라도 낼 수 있던 건 오로지 이 여자 덕분이야. 낑낑거리며 늙은 속살이라도 부딪치다 보니 잘났든 못났든 사람 사는 즐거움이라는 게 있긴 있는 모양인데.

두부 장수와 작은 김 씨가 말싸움을 벌인 일 년 전부터 어머니에게 새새틈틈 털어놓은, 그리고 그만큼 내가 전해 들은 작은 김 씨의 살아온 내력은 늘 생생하기만 하다. 떠올릴 때마다 쑥물 한 대접을 들이켠 것처럼 입안에 쓴맛이 가득 차곤 한다. 그것은 마치 어머니 얼굴을 바라보는 것처럼 쭈글쭈글한 궁핍의 주름살들이 금방이라도 손에 잡힐 것만 같은 신산한 삶이었다. 건축 잡부 30년의 결과라는 게 고작 이천만 원짜리 방 한 칸이라니. 술밖에 위안이 될 수 없던 그 삶이 오죽했겠는가.

그 냉랭한 추억의 밑바닥을 빠져나와 한편 생각하면 따뜻한 일도 없지 않다. 무엇보다 반폐인이 다 된 작은 김 씨와 송강댁을 어머니가 집 안에 들이고 저녁상을 마주한 것은 뜻밖의 일이었다. 가재는 게 편이라는 말이 맞았다. 젊은 시절 내내 수박밭과 마늘밭과 고추밭에서 일당 잡부로 견딘 어머니였다. 밑바닥에서 뼈가 굵은 당신이었으므로 속내만은 누구 못지않게 수더분한 편이어서 두 사람을 불러들인 것은 어쩌면 당연한 일이었을지 모른다. 짐작하건대 고되고 쓸쓸했을 작은 김 씨의 삶을 어머니가 넉넉히 가늠했을 것이다. 그러나 처음부터 나는 어머니가 무작정 작은 김 씨를 집 안에 들였을 리가 없다고 여겼다. 소낙비가 훑고 간 밭두둑처럼 황량하고 꼬부장한 어머니의 성격을 보더라도 그랬다. 정도를 넘어서는 어머니의 선병질은 시부모를 모시고 맞벌이를 하는 아내뿐만 아니라 출가한 지 이미 오래인 두 누님까지 훤히 꿰뚫고 있는 사실이 아닌가. 실제로 하찮은 일에도 건짜증을 내는 어머니의 속마음을 가늠하는 일은 사십 년 넘게 한 지붕 아래 살아온 나로서도 불가능한 형편이니까.

그 빌어먹을 유랑 때문이여. 단단히 역마가 꼈지. 역마가 끼지 않고서야, 어디…….

내 나이만큼 괴나리봇짐 하나로 오일장 장터를 떠돈 아버지. 따지고 들자면 그 곤궁한 살림이 어머니의 감정을 그토록 곰팡스럽게 만들었을 터였다. 어머니는 장남인 내가 넌더리를 낼 만큼 살기가 뚝뚝 듣는 선병질을 아버지에게 쏟아붓곤 했다. 출가한 지 반백 년이 지나도록 겨우 손가락에 꼽을 정도나 친정 길을 밟아 본 한의 덩어리가 어머니의 감정을 나무토막처럼 뻣뻣하게 굳혀 놓았을 것이다. 나는 그렇게 믿고 있다. 이제 어머니로선 당신의 주머니를 불룩하게 해 줄 그 무엇도 더 이상 기대하지 않을 것이다. 이고 지고 가도 제 복 없으면 못 산다더니, 일 년 전에 입주한 서른 평짜리 아파트 한 채가 지지리도 박복한 당신 생애를 압축해 놓은 상징물임을 어렴풋이 깨닫고 있을 뿐. 때때로 걷잡을 수 없이 터져 나오는 당신의 결기에 허둥허둥 둘째 아들의 집으로 몸을 피하는 중늙은이가 그 까마득한 세월 동안 한 이불을 덮었다는 게 믿어지지 않을 뿐.

그런 당신이 우리 집 식탁에 선뜻 작은 김 씨를 앉힌 까닭은 무엇일까. 송강댁을 집 안에 들인 것은 도대체 무슨 꿍꿍일까. 거의 장학금으로 학업을 마치고 아슬아슬하게 고등학교 선생이 된 큰아들과 가난한 시부모 덕분으로 건설 회사에서 밤늦도록 컴퓨터를 두들기는 맏며느리의 눈치를 살펴 가면서 말이다. 배 속이 늘 비어 있는 듯한 허전함. 시도 때도 없이 코끝을 찡하게 만드는 쓸쓸함. 모르긴 몰라도 그것들에 가위눌린 탓이었을 것이다.

이 나이 먹도록 한 번도 오십 키로를 못 넘겼어야. 몸뚱아리를 어떻게 지탱해 왔는지 알 수 없다니께.

마른 수세미 같은 체구를 휘청거리며 잔술에도 쉽게 취하는 당신이었다. 그랬으므로 새로 이사 온 아파트에서 어떻게든 맵고 쓴 추억으로 가득 찬 당신의 생애를 풀어놓을 친구가 필요했을 터였다. 허전함과 쓸쓸함을 옹벽으로 둘러친 당신의 삶을 깊숙이 파고들어 어느 땐가 무너뜨릴 수 있는 사람을 찾아 나섰고, 마침내 그 적당한 사람을 만난 것이다. 그것도 김달호 씨와 송강댁, 두 사람을 한꺼번에. 함께 나누면 더욱 가벼워질 것이므로 고비늙은 칠순의 몸으로도 웬만큼 감당할 수 있을 허전함과 쓸쓸함을 위하여. 그렇게 두 사람은 우리 집 안의, 아니 어머니의 저녁상에 정성껏 모셔진 셈이다. 그것은 우연한 일이었지만, 한평생 어머니의 밥상을 따라붙던 된장찌개 속의 두부, 그 두부 장수의 종소리가 필연의 끈으로 이어진 결과였다.

양친과 한 지붕 아래 사는 자식으로서 어머니의 의중에 옥천장터와 민물 장어구이에 대한 욕망을 결부시키는 것이 옳은 일인지는 모른다. 혹 그렇다 치더라도 그것은 칠순 노모의 기우뚱한 육신을 받쳐 줄 싸릿대 같은 지팡이일 뿐이라 여기고 싶다. 젊은 우리들에게서 흔히 발견되는 허망한 물욕 같은 것은 아닐 거라는 얘기다.

은솔 애비야. 옥천장터 가는 날 말이다. 장어구이를 먹고 나면 김 씨가 꼭 용암사를 가는데, 이상하게 김 씨만 나타나면 뼈

꾸기가 울어. 어쩜 그렇게 때를 맞춰 우는지. 뻐꾸기가 김달호
씨를 기다린 건지, 김달호 씨가 뻐꾸기를 부른 건지, 하여튼 귀
신이 곡할 노릇이여. 전생에 무슨 인연이 있는 것을 부처님이 알
고서 둘을 불러들인 것도 같고 말이다.

한 달에 두어 번씩 포만감에 사로잡혀 느긋해하는 어머니를
보면서 나는 별다른 반응을 보이지 않았다. 내일 옥천장에 가입
시다. 언젠 한번 신세를 갚아야 하는데. 인터폰으로 오가는 작
은 김 씨의 뻣센 억양과 어머니의 짠한 표정에 대해서도 나는 짐
짓 냉담했다. 어머니께 드리는 용돈이 넉넉하지 못한 것에 대한
자괴가 슬몃 들다가도 오히려 그 때문인지 나는 어머니의 행동
에 말마디를 보태고 빼내어 가지치기를 할 형편이 못 되었다. 다
만 작은 김 씨와 함께 송강댁이 집 안 출입을 한다는 말을 처음
듣고 얼마간 고민을 했던 것은 사실이다. 그러다 아버지를 생각
해 어머니에게 한마디 했을 뿐이다. 먹거리가 변변치 않은 동생
의 전셋집으로 한 주일의 절반이나 노구를 옮겨 놓는 아버지에
대한 연민 때문이었다.

작은 김 씨는 몰라도 송강댁은 아버지 계실 때만이라도 피하
시는 게 좋겠어요.

그 요청으로 송강댁의 출입이 끊겼는지는 확인할 수 없다.
나는 어머니에게 아무것도 묻지 않았고, 어머니 역시 작은 김 씨
와 옥천장터에 다녀온 얘기만을 이따금 들려주었을 뿐이다. 그
러나 딸아이가 유치원을 다녀오는 아침 열 시부터 오후 두 시까

지 어머니와 작은 김 씨가 송강댁을 사이에 두고 식탁에 나란히 둘러앉아 무엇인가 세상 돌아가는 일들을 골파 다듬듯 두런두런 간종그리는 모습을 떠올리는 것은 어렵지 않았다. 나는 어머니가 저녁밥을 절반 이상이나 남길 때마다 달력의 날짜를 확인했다. 그게 오 일이거나 십 일이면 어김없이 옥천장터와 민물 장어 구이와 송강댁을 나란히 그려 보곤 했다. 솔직히 말해서 불과 두 번 마주친 게 전부였기에 송강댁의 인상을 제대로 그려 낸다는 것은 불가능한 일이다. 그러나 일 년 사이, 송강댁의 어렴풋한 실루엣을 사이에 둔 세 사람의 모습을 연상하는 일은 어느덧 습관처럼 굳어져 내 일상의 한 부분을 차지했다. 그것은 최소한 작은 김 씨가 보라아파트 경비실을 떠난 얼마 전까지 반복되었다.

작은 김 씨가 아파트 경비실을 떠난 지도 세 달이 지났다. 몸도 안 좋고 일도 힘들어 좀 쉬겠다며. 작은 김 씨가 114동 경비실에서 후문 경비실로 옮긴 것도, 그리고 후문 경비실이 폐쇄된 것도 꼭 그만큼의 시간이 흘렀다.

아파트 관리비 예산 삭감을 위해 후문 경비실을 폐쇄한다는 소문이 반년 전부터 돌았지만 하필 그곳으로 작은 김 씨가 발령 났는지 처음엔 아무도 그 까닭을 아는 사람이 없었다. 다만 어느 날인가 우리 집 저녁 식탁에서 작은 김 씨가 생선 가시를 뱉어 내듯 내던진 한마디로 나는 대충 짐작은 했다.

아이고, 그놈의 술이 뭐라꼬. 술이 웬수지.

작은 김 씨의 말대로 붉은 신호등이 커진 그 주벽 탓이었다. 아무리 우리 집 안을 살붙이처럼 드나들고 어머니가 극진히 모시는 작은 김 씨라 해도 대부분 알코올 냄새를 풍기며 드러내는 일련의 행태를 나는 그다지 달갑게 여기지 않았다. 그것은 우선 작은 김 씨의 능력이 아파트 경비원으로서 최소한 갖추어야 할 요건에서 크게 부족하다는 불신 때문이었다. 비록 작은 김 씨가 칠순을 목전에 둔 노인이라 할지라도, 그리고 말 못 할 집안 사정으로 비감에 젖은 채 노년을 황량하게 보낸다고 해도, 나의 판단을 적당히 양보하고 싶지는 않았다. 아마 114동 주민이라면 대체로 나와 같은 판단을 각자 내려 두고 있었을 것이다. 우리가 작은 김 씨에 대하여 막연히 품고 있을 동정심이란 것이 직장인의 한 사람으로서 그에게 내려질 정당한 평가를 능가할 수 없다는 인식을 다들 오래전부터 암암리에 증폭시켜 왔을 테니까.

떠나기 며칠 전이었다. 끌탕만 거푸 해 봐야 이미 엎질러진 물, 다른 아파트를 찾아보겠다는 작은 김 씨의 말을 어머니는 옥천장터에서 들었다. 장어구이 덩어리를 울근거리는 내내 한 마디도 못 한 채.

김달호 씨가 경비를 그만둔댜. 밥상에서 눈물을 흘렸어야.

옥천장터를 다녀오던 날 밤, 어머니는 저녁 식탁에서 딱 한 숟가락을 떠넘기며 말했다. 마치 작은 김 씨의 눈물을 대신 흘리는 것처럼 붉은 눈으로. 나는 이미 알고 있었다는 듯이 묵묵부답으로 밥그릇만 덜그럭거렸다.

생각해 보면 핏발 선 어머니의 눈빛을 나는 한 차례 더 겪었다. 하루아침에 114동의 두 김 씨가 사라지고 경비복을 입은 생면부지의 중늙은이가 주차장을 어슬렁거리던 날이었다.

아니? 김 씨 둘이 모두 어디로 떠난 겨?

일단 날이 잡히면 꽝꽝 얼어붙는 추위에도 김장 배추를 절여 놓는 성격대로 뭔가 사달이 벌어졌음을 직감한 어머니는 잰걸음을 놓았다. 큰 김 씨는 정문 경비실에서, 작은 김 씨는 후문 경비실에서 찾았다.

예의 바르고 바지런하던 큰 김 씨는 본인 자신이나 주민들이 보아도 마땅히 그래야 되는 것처럼 1700세대 고층 아파트 단지의 관문에 여봐란 듯이 자리를 잡았다. 연내 인사이동이 거의 없는 경비원의 속성으로 볼 때, 그것은 파격적인 승진이었다. 아마 파월 장병답게 일사천리로 처리하는 업무 능력을 인정받은 것 같았다. 따이한 출신인 큰 김 씨는 고엽제 후유증으로 부득이 결근하는 것 말고는 말 그대로 보라아파트의 일등 보디가드로 통했다. 그런데 믿기 어려운 일이 동시에 벌어졌다. 40여 명의 경비원 가운데 겉더께처럼 맴돌던 작은 김 씨 역시 알짜 보직을 얻어 후문 경비실로 자리를 바꿔 앉은 것이다. 그것은 승진과 다름없었다. 믿어지지 않는 일이었다. 왜냐하면 시내 아파트 경비원의 경우, 흔히 후문 경비실 발령은 우선 승진 코스로 여겨지는 자리였기 때문이다.

그러나 어머니와 마찬가지로 작은 김 씨 역시 물색 모르는 사

람은 아니었다. 다들 칠순의 문턱을 오르내리는 사람들이 아닌
가. 각자 걸어온 자갈밭 같은 인생으로 말하면 무엇이든 이미 백
전노장인 셈이다. 누군가 눈을 끔벅이거나 운만 띄우면 일의 처
음부터 끝까지 돌아가는 방향을 가늠할 줄 알았다.

김달호 씨는…… 후문으로…….

두 김 씨를 차례로 만나고 돌아온 어머니가 말을 더듬었다.

후문으로 발령 난 게 아니라 술 때문에 아예 아파트 경비실
에서 쫓겨날 것 같아요.

나는 저만큼 어머니를 앞질러 갈까 하다가 그만두었다.

떠나기 전날, 일요일 아침이었다. 퇴근 무렵 우리 집에 올라
와 해장국을 먹으면서 작은 김 씨는 평소보다 많은 말을 쏟았다.
어머니는 처음 얼마간은 경청하는 듯했다. 싸릿대 같은 실핏줄
이 흰자위에 죽죽 뻗쳐 있는 눈으로.

후문 경비는 며칠 해 보이깐 일하는 기 억수로 쉽더라. 뭐,
잡일도 없는 기 일도 아이더라.

그 말은 내 짐작으로도 거짓말이었다. 하고 싶은 말이 아니
었다. 어머니는 작은 김 씨의 말을 뚝 잘랐다. 정작 할 말은 그
게 아니라는 것을 눈치챈 것처럼.

다 그만두고, 어여 아침이나 드시오.

어머니의 말을 못 들었는지, 아니면 못 들은 척하는 건지 작
은 김 씨의 말꼬리가 늘어지기 시작했다. 이제 곧 먼 길을 떠나
기 위해 미적미적 석별의 정을 나누는 사람처럼 애써 진지한 어

조를 유지하면서.

아파트 입구에서 경비 서는 일에 비하면 아무것도 아인기라. 정년퇴직한 공무원이라고 대접받으며 101동, 102동, 또 그 몇 동인가, 45평짜리에서 일해 봤자 뭐, 명절날 떡 두어 쪽 얻어먹 능 기 더 남새스러운 일이제. 남자들은 몽조리 사장님이라카제, 여자들은 사모님이라카제. 배때기 아파 눈깔도 똑바로 몬 뜨고 살민서 뭐가 그리 좋다고 그짝에 승진해 갈라꼬 지랄들이고. 후 문에 비하면 아무것도 아잉기라.

그럴 것이었다. 술에 취하면 경비실에서든 우리 집의 저녁 식탁에서든 늘 말하지 않았던가. 각 동마다 하나씩 배치된 경비 실 근무의 고달픈 일상이 수도꼭지를 틀어 놓은 것처럼 줄줄이 쏟아져 나왔다. 무식했던 시절에나 있을 법한, 영락없이 남의 집 머슴살이 같은 게 아파트 경비원이라고 꼬리표를 붙이기도 했다. 그에 비하면 후문 경비는 누워서 떡 먹기라는 말이었다.

아파트 경비라는 게 남 보기엔 그럴듯해 보여도 이건 노동 중 의 상 노동이다. 정신과 육체가 따로 돌다가는 모가지가 백 개라 도 모자라는 게 이 직업이다. 일 년 내내 잘하다가도 딱 한 건만 터지는 날이면 곧장 끝이다. 어쩌다 잡상인들이 벨을 누르기라 도 하면 하루 종일 지청구에 시달리다 반상회에 불려가 인민재판 받듯 여기저기 얻어터지는 것은 예사다. 위층이 시끄럽다. 엘리 베이터가 고장 났다. 전면 주차를 어겼다. 불법 개조 단속하라. 쓰레기통이 넘쳤다. 외부 차량 통제해라. 분리수거 지켜봐라.

태극기 달게 하라. 야간 순찰 강화해라. 보안 카메라에서 눈 떼지 마라. 출입구 센서 작동시켜라. 우편함 잘 지켜라. 안내방송 잘해라. 잡상인 스티커를 떼라. 베란다에 세탁물 못 널게 하라. 이불 털지 말라고 해라······.

작은 김 씨가 경비복을 반납한 일주일 후, 반년을 끌어 온 소문대로 후문 경비실이 폐쇄되었을 때, 그때야 주민들은 작은 김 씨의 발령 사유를 확인할 수 있었다. 모월 모일 자로 근무처를 후문 경비실로 명함. 그것은 승진이 아니었다. 감원 열풍이 불어 대는 일반 회사로 말하자면 권고사직, 아니면 정리해고였다. 당신은 더 이상 이 직장에서 쓸모가 없으니 적당히 때를 잡아 떠나라. 그런 뜻이었다. 나를 포함해서 114동 주민들은 어쩌면 이미 오래전부터 그 인사 발령의 처음부터 끝까지를 예측하고 있었는지도 모른다. 마치 그렇게 되기를 원해 왔던 사람들처럼.

1305호 우리 집으로 향하던 작은 김 씨의 발길이 끊긴 게 달포가 지났다. 작은 김 씨가 후문 경비실에서 사라진 다음에도 어머니는 옥천행 버스에 서너 번인가 올랐다. 그렇게 옥천장터를 다녀오던 어느 날이었다.

김달호 씨 몰골이 북어포 같더라야. 술을 못 먹어서 그렇댜. 오늘은 용암사엔 못 가고 그냥 왔어야. 일이 바쁘다고. 홍도동 아파트 경비로 들어가면서 알콜중독이 절반은 회복된 모양이여. 몸은 망가졌어도 얼마나 다행한 일인지.

어머니는 작은 김 씨의 안부를 한 아름 가져왔다. 우연히도 그 무렵부터 소식이 끊겼다. 철 지난 가을대추 모양인 얼굴과 생선 가시 같은 경상도 억양이 보름 넘게 13층 엘리베이터에 오르내리질 않았다.

마침 야간 자습감독이 없었고, 그래서 어제처럼 별일 없이 퇴근한 저녁이다. 농촌 같았으면 저녁 이내가 스멀스멀할 해거름이다.

어제와 마찬가지로 길 건너 영구임대아파트와 노점상 금지 구역 팻말이 서 있는 후문 경비실 사이의 인도엔 잡상인이 즐비했다. 대규모의 상가가 들어서지 않은 서민 아파트 어디서든 발견되는 익숙한 풍경이다. 무와 배추 장수부터 골파며 속옷, 옛날 순대, 김가네 만두, 아산 사과, 뺑과자, 닭똥집, 붕어빵, 떡볶이, 호떡, 짝퉁 구두, 양말, 도자기 장수 등등. 텅 빈 후문 경비실을 통과하지 못하는 저 물건들과 사람들이 공연히 슬프게 느껴졌다. 그것은 아파트 경비실을 못 벗어나는 경비원도 마찬가지다. 지금쯤 홍도동 아파트에서도 그렇게 하겠지만, 그토록 힘차게 불러 젖히던 작은 김 씨의 호루라기 소리라는 게 정작 아파트 밖에선 무용지물이었던 것을 생각하니 나도 모르게 헛웃음이 나왔다.

간단히 손을 씻은 후 저녁상을 기다리는 동안 미처 못 읽은 신문을 뒤적일 때였다.

딸랑. 딸라앙.

종소리가 들렸다. 딸랑. 딸라앙. 딸라앙. 일 년 전부터 계속된 두부 장수의 그 종소리였다. 그렇다면 여섯 시 반, 혹은 일곱 시? 나는 습관처럼 주방의 창문으로 내려다보았다.

두부.

책가방만 한 글씨가 트럭 지붕에 실려 영구임대아파트 정문에서 직각으로 꺾이는 중이었다. 트럭은 좌회전 깜박이를 켜기가 무섭게 중앙선을 무단 횡단하여 114동 후문 쪽으로 길을 잡아 꾸물꾸물 움직였다. 팔뚝 하나가 운전석 밖에서 아래위로 흔들렸다. 팔뚝이 왕복하는 그 중간쯤에서 종소리는 정확히 한 번씩 딸랑거렸다. 이 아파트에 입주한 일 년 전부터 그랬다. 마치 이렇게 해야만 하루가 무사하다는 것처럼, 그 하루하루가 쌓여 오늘에 이른 것처럼 그 종소리의 간격과 깊이는 거의 빈틈이 없을 만큼 일정했다.

"어머니, 두부 한 모 사올까요?"

종소리를 따라잡으며 어머니에게 말했다.

"살 것 없다. 엊그제 산 게 남았어."

두부 반찬 없이 식탁이 거의 차려질 무렵에 어머니가 문득 말했다. 그냥 지나가는 말로, 귀담아듣지 않아도 좋다는 듯이.

"정문 경비실 큰 김 씨가 그만두었어. 한 달 전에 자리를 옮겼다. 신흥동 아파트 공사 현장이라고 하더라."

114동 주민들과 일일이 고맙다는 인사말을 나누며 정문으로 나간 지 석 달. 고엽제 후유증으로 휴직과 복직을 번갈아 했던 그사이에 또 자리를 옮겼다는 말이었다. 무엇인가 석연치 않았다. 고엽제 후유증이 얼마나 심각한지, 치료는 제대로 받고 있는지, 정부 차원에서 나섰다는 보상금 문제는 해결되었는지, 그리고 무엇보다도 큰 김 씨를 꺼리던 동료 경비들이 그 질병에 대해 충분한 이해를 하고는 있는지, 당장은 그게 궁금할 터였지만 나는 다른 무엇을 떠올렸다.

"작은 김 씨는 어떻게, 잘 지낸다고 해요?"

몇 숟가락 뜨면서 어머니에게 물었다.

"집에 오신 지가 한참 되었는데요."

"꽤 되었지. 밥이나 잘 챙겨 먹는지 모르겠다."

"전화번호 적어 둔 게 있잖아요. 전화 좀 해 보지 그러세요."

"글쎄, 송강댁도 통 소식이 없으니 전화를 한번 넣어 보긴 해야 할 텐데. 그놈의 돈은 다 어디로 숨어 버리는지. 이렇게 허리띠를 졸라매고 살면서도 밥 한 끼 못 사 주고 떠나보냈으니."

어머니의 목젖이 젖는 듯했다. 나는 어머니 곁에 있던 딸아이를 내 옆자리로 옮겨 앉혔다.

"내일이 옥천 장날이네요."

"……."

"옥천 장날, 맞죠?"

"맞어."

어머니는 돌연 숟가락을 놓고 무선전화기를 집어 들었다.

"이 영감탱이가 죽었는지 살았는지 도통 연락이 없어."

무선전화기를 들고 안방으로 들어간 지 이십 분이 지나도록 방문이 열리지 않았다. 어머니의 목소리가 작은 김 씨의 그것처럼 몇 번이나 뻣세게 튕겨 나오다 방문에 부딪쳤다. 보름 남짓한 시간이 흘렀을 뿐인데, 나눌 말씀들이 저렇게 많은가? 나는 식탁에서 일어나 슬그머니 안방 문에 귀를 붙였다. 중간중간 어머니의 혀 차는 소리가 어린애의 젖 빠는 소리처럼 반복되었다. 송수화기 저쪽의 사람이 어떤 슬픈 일이 있는 것인지, 그에 반응하는 감정의 무게 때문인지 어머니의 억양도 높낮이가 여러 번 달라졌다. 그중 제대로 알아들은 한 토막은 누군가의 죽음에 관한 내용이었다. 어떻게, 초상은 잘 치렀소? 미안하게 되었구만. 큰 김 씨도 그만두어서 누가 전해 줄 사람도 없구. 전혀 알 도리가 없어 가지고…….

"무슨 나쁜 소식이라도 있어요?"

통화 내용이 궁금해서 방문을 나서는 어머니에게 다그치듯 물었다.

"송강댁이 교통사고로 죽었댜. 달포나 되었단다."

"그랬어요?"

"용전동 사거리에서 트럭에 치여 즉사했댜. 김달호 씨 셋방에 들러 김치를 담그고 돌아가던 밤에."

천장을 올려다보면서 어머니는 바싹 마른 목소리를 날렸다. 마치 당신과는 상관없는 일인 듯, 무심히, 그냥 지나가는 말처럼.

"김달호 씨……."

"예."

"내일은…… 옥천장에 못 간댜. 강에 다녀온다고. 송강댁 뼈
가…… 잘 떠내려갔는가 보고 싶댜."

무슨 말인가를 감추려고 애써 입안에 삼키듯 어머니는 위태
위태하게 말을 이어 갔다. 한참 동안 말꼬리를 잡던 어머니는 오
금을 박듯 무겁게 한마디를 던졌다.

"쉰여덟밖에 안 됐어. 나이가 아깝잖어. 그냥저냥 살아 있기
라도 하면 빨래도 해 주고 밥술이나 함께 나눌 텐데."

"너무 안타까운 일이네요."

"애비야."

"예, 어머니."

"너, 국어 선생이고 시인이잖어."

"예."

"이런 건 시가 안 되냐?"

"…….."

그 말을 끝으로 어머니는 저녁을 먹는 내내 침묵했다. 아무
대답도 필요 없다는 것처럼 어머니는 나를 바라보지 않았다. 식
도 기능이 약한 데다 역류성 식도염을 앓고 계신데, 저렇게 목
을 꺾은 채 음식을 삼켜도 괜찮을지. 나는 어머니의 식사 속도
에 맞추어 건성으로 숟가락질을 하면서 어머니를 살폈다. 다 식
은 반찬과 밑바닥이 드러난 밥그릇을 사이에 두고 침묵이 이어

지는 중이었다. 난데없이 뻐꾸기가 울었다. 마치 두 사람의 침묵이 무겁고 지루하다는 듯 뻐꾸기는 가볍고 낭랑한 목소리로 울다 홀연히 사라졌다.

"애비야."

어머니가 정색을 하면서 나를 불렀다.

"저것 말이다. 저 뻐꾸기시계."

"예."

"내다 버리면 좋겠는데 말이다."

"저건……, 은솔이도 좋아하고 어머니도 좋아해서 달아 놓은 건데요."

"요즘, 저 짐승 우는 소리가 심란해서 잠을 못 잔다. 그래서……."

어머니는 된숨을 내쉬고 말을 이어갔다. 나는 잠자코 듣기만 했다.

"은솔이 저 어린것이 좋아하는 거야 나도 알지. 그런데 말이다. 늙은 나도 들으면 옛 생각에 빠지던 뻐꾸기 울음이 말이다. 요 며칠 전부터 이상하게 귀가 아프고 맘도 시리고 그렇다. 나도 갈 때가 됐는지……."

흑백소설의 진실

'스스로에게 솔직하다면 무슨 이야기를 쓰든 모두 진실이다.'

영화 〈ALL IS TRUE〉의 중심인물 셰익스피어의 대사다. 같은 제목으로 수록한 작품에서도 인용한 바 있다.

모든 문학작품이 당연히 그렇겠지만 소설집 『아버지의 초상肖像』은 진실의 기록이다. 삶과 죽음, 욕망과 좌절, 동행과 배반, 상승과 추락에 대한 진실을 중·단편소설 여섯 편으로 담았다. 진실의 가치와 경중을 떠나서 모든 것은 오롯이 진실이다.

나는 진실의 신뢰성을 높이기 위해 『아버지의 초상』에 실린 모든 작품의 중심인물을 나─이민우로 선택했다. 나와 세계의 관계에 대한 편협성이라는 한계에도 불구하고 동일한 캐릭터로 한정한 것이다. 그런 까닭에 『아버지의 초상』에 실린 작품들은 색과 맛은 다르지만 서로 유기적인 관계를 맺고 있다고 하겠다.

시골 훈장의 장남. 일제 징용피해자. 한국전쟁 피난민. 육장六場을 떠돈 톱 장수 장돌뱅이.

격변의 한국 근현대사에서 결코 뒤지지 않을 연보의 소유자인 아버지는 나를 둘러싼 거대한 세계다. 내가 눈을 뜰 때마다, 숨을 몰아쉬는 순간마다 맞닥뜨리는 가장 구체적이면서 공

고한 현실이다. 어린 아들의 등에 쇠톱을 휘두른 아버지와 동행
과 결별을 반복하는 동안 나는 읽고, 쓰고, 찍으며 이순의 문턱
을 넘었다.

나는 『아버지의 초상』을 내면서 한 가지를 작정했다. 아버지
와 가족사로부터의 일탈이다.

92년간 가족이라는 덩굴을 이끌고 세상의 벽을 타고 오른 아
버지. 가늘고 여린 당신의 힘으로 일곱 권의 시집과 소설집, 그
리고 두 권의 흑백다큐사진집을 건축했다. 그런데 왜, 다시 아
버지인가. 묻어 둔 아날로그 필름 카메라를 디지털 광속의 시대
에 꺼내는 일은 아닌가. 반문에 대한 답은 명료하다. 자유를 위
해서다. 『아버지의 초상』은 아버지라는 세계와의 마지막 갈등이
며 동시에 극복을 위한 배수진인 셈이다.

"나중에 커서 내 얘기를 꼭 연속극으로 만들어야 한다."

아버지의 꿈은 이루어지지 못했다. 화려한 약력에도 불구하
고 내 일천한 능력 탓에 무명으로 묻히고 말았다. 당신껜 면목이
없는 일이다. 그럼에도 가족들이 극구 만류하는 아버지와 가족
사의 누설을 반복한다. 그러나 이것으로 종지부를 찍는다. 이제
당신도 나도 자유로울 것이다. 그렇게 되기를 희망한다.

화석처럼 굳어져 더 이상 늙고 낡아질 수 없는 아버지와 어머

니. 붉은 세월의 녹물이 빈틈없이 배어든 당신의 흑백사진. 그와 엇비슷한 색채를 띤 진실의 존재들.

『아버지의 초상』을 아날로그 활자의 셔터를 눌러 찍은 '흑백소설'이라 부르자니 아주 틀린 말은 아닐 듯싶다.

2021년 늦가을
이강산